夏色のエンゲージ

リンダ・ハワード 他
沢田由美子 他 訳

mira

Published by K.K. HarperCollins Japan, 2022

夏色のエンゲージ

愛していると伝えたい

リンダ・ハワード

沢田由美子 訳

おもな登場人物

アンナ・シャープ――――秘書
サクソン・マローン――――社長
エミリン・ブラッドリー――――サクソンの里親
ハロルド・ブラッドリー――――サクソンの里親。故人

プロローグ

幕開け

サクソン・マローンは顔も見ずに言った。「このままでいるわけにはいかない。僕の秘書になるか、愛人になるかのどちらかにしてくれ。両方はだめだ。どちらがいいか、決めてくれ」

サクソンの求める契約書をさがして、山のような書類をきびきびとめくっていたアンナ・シャープの指の動きがとまった。あまりにもだしぬけで、息の根をとめられたような気がする。サクソンの言葉にはどんなときにも裏がない。〝どちらがいいか、決めてくれ〟と彼は言った。秘書か愛人かを選べですって？　サクソンの言葉にはどんなときにも裏がない。本気で返事を求めているのだ。

どう答えるかで将来は決まってしまうと、アンナはたちまち気がついた。秘書と答えたら、サクソンは以後ぜったいに誘いをかけてはこないだろう。彼はプライベートと仕事は混同しない。サクソンのことなら、よくわかっていた。鉄のような意志の力で、断固として公私のけじめをつける人だ。ビジネスにはぜったいにプライベートなことを持ちこまないし、プライベートにもビジネスは持ちこまない。もし恋人と答えたら——いいえ、愛人だ——何百年も昔から存在するパトロンという形で、すべての面倒を見てくれるだろう。ただし、サクソンに暇ができ、訪ねてくる気になったら、アンナはいつでもセックスのお相手を務めなくてはならない。なんの見返りも要求できず、ただただ彼に尽くすのみだ。サクソンのほうはアンナだけを相手にする必要はないし、将来を保証することもない。

常識から考えても、自尊心から考えても、秘書と答えて、清廉に仕事に徹するべきだ。愛人では下劣な薄汚い存在になってしまう。なのに、アンナはためらっていた。サクソンの秘書になって一年になる。職についてほどなく、アンナは彼を好きになった。ここで仕事を選んだら、サクソンは今以上に彼女を近づけてくれることはないだろう。愛人と答えれば、少なくとも自分なりのやり方で、堂々と愛を表現することができる。そして、将来サクソンがいなくなるということなど忘れて、彼の腕の中でひとときを過ごせる。ただし、いつの日か彼はいなくなるのだ。サクソンはひとところに落ち着くような男性ではない。ただし、落ち着くタイプの男性ならば、女は先のことを考えられる。だが、サクソンはしがらみをいっさい嫌う男性だった。

アンナは小さな声で言った。「愛人を選んだら、どうなるの？」

サクソンはやっと顔を上げた。ダークグリーンの目で射るように見つめる。「そうしたら、新しく秘書を雇うさ」淡々とした言い方だった。「それと、結婚などという期待はしないでくれ。その気はないんだ。まるっきりね」

アンナは深く息をついた。サクソンの言いたいことはいやというほどはっきりしている。昨夜、二人は炎のような勢いで結ばれた。でも、その炎がそれ以上燃えあがることはないのだ。少なくとも、彼のほうは消しとめる気でいる。

足元のこの絨毯《じゅうたん》の上で、二人はあんなに長い間、激しく愛を交わしたのに、サクソンはどうしてこんなに冷然としていられるのかしら？　さっさとすませたセックスなら、つかの間の情事として黙殺することもできるだろう。でも実際は、めくるめく激情にかられて、何度も何度も愛を交わしたではないか。あの激情はぜったいに演技などではなかった。このオフィス中にセックスの記憶が刻まれている。床でも、ソファでも、今は契約書や書類がいっぱいの机でも、二人は愛を交わした。洗面所さえ例外ではなかった。サクソンの愛し方はやさしくはなかった。猛々《たけだけ》しく、激しく、無軌道といえるぐらいだった。ただ、自分に劣らずアンナも満たされているかどうか、彼はしっかり気を配ってくれた。あれほどの情炎に二度とひたることができなくなるかと思うと、アンナは胸がよじれるような苦痛を感じた。

アンナは二十七歳の現在まで、人を愛したことがなかった。十代のころですら、ふつうの女の子のように、いろいろな男の子にうつつを抜かしたり、特定の男の子とデートをしたりするという経験はなかった。このチャンスを逃したら、二度と人を愛することはないかもしれない。そしてなによりも、サクソンと愛を交わすことができなくなってしまう。

アンナはさんざん考えた末、サクソン・マローンの女になることにした。「愛人を選ぶわ」彼女は小声で言った。「ただ、一つ条件があるの」

サクソンの瞳に熱い炎がゆらめいたと思ったが、アンナの最後の言葉で、その炎はたちまち消えた。「条件は認めない」

「どうしても聞いてほしいの」アンナはくいさがった。「私だってそんなに世間知らずではないから、こういう関係が……」

「関係ではない。協定だ」

「この〝協定〟がいつまでも続くとは思わないわ。だから、自活の道を残しておきたいの。働いて稼ぎたいのよ。そうすれば、いきなり住む場所を失うとか、生活のめどが立たないとかいうことは避けられるわ」

「暮らしの面倒は僕が見る。信じてほしい。なにも不自由はさせないよ」サクソンはじっくりとアンナの体を上から下へと眺めた。彼女は突然裸にされたような気がして、肌がたまらなくほてり、張りつめた。「君名義の株を購入する。君には働いてほしくないんだ。わかったね」

アンナは、二人の関係を――サクソンは〝関係〟ではないと言い張るが――お金に基づくものにするのはいやだった。でも、そうしなければ、彼が承知しないのもわかっていた。アンナのほうは、サクソンが望む形がどんなものであれ、彼と関係を続けるつもりだった。「わかったわ」アンナは言い、サクソンにはねつけられそうもない言葉を頭の中でさがした。心情がのぞくような言葉は禁物だった。「契約成立ね」

サクソンはしばらくアンナを黙って見つめた。いつもどおり、表情から心の中は読み取れない。ただ、彼の目には炎が映っている。その炎が欲望の証《あかし》だった。やがてサクソンはゆうゆうと立ちあがり、ドアまで行き、鍵《かぎ》をかけた。もう勤務時間は終わり、会社に残っているのは二人だけだというのに。アンナのほうに引き返してくるとき、彼女の目にもサクソンの体の興奮がはっきり見て取れた。その興奮に、彼女の体も反応して、こわばった。サクソンの手が伸びてくる。もうアンナの息づかいは荒くなっていた。

「では、さっそく始めることにしよう」サクソンはそう言って、アンナを腕に抱き入れた。

1

二年後

鍵穴に鍵を差しこむ音がする。アンナはソファで姿勢を正した。たちまち鼓動が速くなる。サクソンは予定より一日早く戻ってきたのだ。当然それを電話で連絡してくることはなかった。旅に出たあと連絡をよこさないのは、いつものことだった。そんなことをすれば、二人の関係を承認するような気がすると彼は言い張る。住まいは別にしながら、関係を続けて二年もたつというのに。いまだに彼は毎朝、仕事に行く前に自宅に戻って、服を着替えている。

アンナも喜んでサクソンの腕に飛びこんでいくようなまねはしなかった。彼がよく思わないのはわかっていた。二年もたてば、愛する男性のことはかなりわかる。どういうわけか、彼は気づかいに類するものをいやがった。やみくもにアンナに会いたいというそぶりはぜったいに見せないし、愛称で名前を呼ぼうともしない。つかの間でも、たわむれに体に触れることはないし、激しく愛を交わしている真っ最中ですら、愛の言葉をささやくようなことは決してなかった。ベッドで語る言葉といえば、欲望にくぐもった声で、興奮を高めようとする、きわどいものばかり。それでいて、アンナが陶酔するのを見届けるのは忘れない。アンナはサクソンと愛を交わすのがうれしかった。彼から与えられる陶酔感もさることながら、欲望を隠れ蓑《みの》に、思いきり彼への愛を表明することができるからだ。いったんベッドを離れたら、サクソンは決してアンナの愛情を受け入れようとはしないのだ。

ベッドの中でなら、サクソンに触れ、キスを交わし、腕にかき抱いても、拒まれることはなかった。そういうときは、彼のほうも心ゆくまで愛撫《あいぶ》してくれる。夜のとばりの続く限り、サクソンはあくことなくアンナを求めた。行為そのものだけではない。体が触れ合っていなければ、気がすまなかった。毎晩、アンナはサクソンの腕に抱かれて眠る。眠っている間、なんとなく体が離れてしまうと、サクソンは必ず目を覚まし、彼女をきちんと自分の腕に戻す。朝になれば、彼は自分の殻に閉じこもってしまう。しかし夜の間は、サクソンはまさしくアンナのものだった。アンナは夜が待ち遠しくてしかたがなかったが、彼も同じ気持ちでいるような気がすることもあった。夜のとばりの中でしか、サクソンは自分を与えることも、愛を受け入れることもできないのだ。

アンナは座ったまま、読んでいた本を膝に置いた。ドアが開き、スーツケースを床にどすんと置く音がする。やっと彼女は顔を上げて、サクソンにほほえみかけた。この二年間ずっとそうだったように、彼の顔を見ると、たちまち鼓動がはねあがる。でも、これからは会えなくなるのだ。そう思うと、心がよじれるような痛みを感じた。もう一晩だけ、サクソンと過ごすことにしよう。今夜だけ。そうしたら、終わりにしなければ、とアンナは思った。

サクソンは見るからに疲れていた。目の下にクマができ、端整な口の両側に深くしわが刻まれている。それでも、彼は信じられないぐらいハンサムで、アンナはあらためて見入った。オリーブ色がかった肌、黒い髪、そしてダークグリーンの澄んだ瞳。彼の両親の話は聞いたことがないが、これほどまでに絶妙な色合いを生み出した親はどんな人たちなのだろう。しかし、こういうこともやはり、アンナは尋ねるわけにはいかなかった。

サクソンはスーツの上着を脱ぎ、そばのクローゼットにていねいにかけた。その間に、アンナはホームバーに行き、スコッチをきっかり二フィンガー分ついだ。彼はありがとうというようにため息をつき、スコッチを受け取った。そしてネクタイをほどきながら、飲みはじめた。彼のすぐそばに立っているようなことはしたくなくて、アンナは一歩退いた。だが、視線はがっしりした広い胸から離れない。アンナの脈拍はいつものことながら速くなっていった。

「出張は順調だった?」アンナは尋ねた。ビジネスの話題なら、彼の機嫌を損ねる心配はない。

「ああ。カールッチは手を広げすぎていたよ。君が言っていたとおりだ」サクソンはスコッチをぐっと飲みほすとグラスをわきに置き、両手をアンナの腰に添えた。アンナはいかにも驚いた目をして、頭をうしろにそらした。彼はどうしてしまったの？　旅から戻ったときの行動は決まっている。まずシャワーを浴び、その間にアンナが簡単な食事を用意する。二人で食事をしたあと、彼は新聞を読んだり、二人で旅のことを語り合ったりする。そして初めてベッドへ向かうのだ。ベッドに入って、ようやくサクソンの情熱がほとばしる。それから長々と愛の行為が続くのだ。この習慣は二年間変わらなかった。なのに、家に落ち着いたとたん、サクソンはアンナに手を伸ばした。これまでのやり方を、彼はなぜ崩しているのだろう？

サクソンのダークグリーンの瞳は、アンナには読み取れなかった。表情は閉ざされているが、いつになく妙に輝いているのはわかった。サクソンの指がアンナのウエストにくいこんだ。

「どうかしたの？」アンナは心配そうに尋ねた。

サクソンはわざとらしく高笑いした。「いや、なんともないよ。旅で疲れたんだ。それだけだよ」そう言いながらも、彼はベッドルームに向かっていた。部屋に入るなり、アンナを自分のほうに向かせ、もどかしげに服をはぎ取りはじめた。アンナはおとなしく、彼の顔をくいいるように見ていた。夢を見ているのかしら？　やっと私を裸にして抱き寄せたとき、彼の顔によぎったのは安堵《あんど》の色？　サクソンはアンナの体がつぶれてしまいそうなほど強く抱きしめた。シャツのボタンが彼女の胸にくいこむ。アンナはわずかに身をすくめたが、従順さは高まる興奮に取って代わられた。彼女はいつものように、すぐさま激しく彼の求めに応じた。

アンナはサクソンのシャツを引っ張った。「こんなものはないほうがいいと思わない？」彼女はささやいた。「それに、これも」そして、二人の体の間に両手をすべらせ、ベルトをはずしだした。

サクソンの息づかいは荒くなった。服を通しても、燃えるような体の熱がアンナに伝わる。サクソンは服を脱ぐこともせず、彼女にきつく腕をまわすと、そのまま抱きあげて、ベッドに連れていった。腕に彼女を抱いたまま、ベッドにあおむけになり、やがてころがるようにして彼女の上になった。筋肉質の腿がアンナの膝を割り、腿の付け根に彼の腰が押しつけられたとき、彼女は小さくうめいた。

「アンナ」サクソンの胸の奥からうめくような声がもれた。彼は両手で彼女の頬をはさみ、唇を重ねた。それから二人の体の間に手を伸ばし、ズボンのジッパーを下ろした。なぜか彼は熱に浮かされていた。やみくもに求めているのが感じられ、アンナは彼のなすがままにまかせた。サクソンが強引に身を沈める。アンナは背中をそらし、ベッドからずり落ちそうになった。まだ体の準備ができていなかったので、痛みを感じたが、彼女はサクソンの髪に指を差し入れ、頭をかき抱いた。勝手が違う理由がわからないままに、彼に安らぎを与えようとした。

いったんアンナの中におさまると、サクソンの目からせっぱつまったような欲望は薄れ、体の緊張もゆるんだ。彼女の中に沈みこみ、かすかに歓喜のうめきを発する。アンナは彼の重い体に押しつぶされそうになっていた。しばらくすると、サクソンは両肘をついて半身を起こした。

「悪かった。君を傷つけるつもりはなかったんだ」彼はささやいた。

アンナはやさしくほほえみ、サクソンの髪を撫《な》でた。「わかっているわ」手に力をこめて、キスができるように彼の顔を引き寄せる。アンナの体はすっかりサクソンに順応し、彼が乱暴に身を沈めたときの痛みも消えていた。今は、彼と愛を交わせたという、えもいわれぬ喜びにひたっていた。口に出して言ったことはないが、アンナの体が声をあげているる。そして心の中でも、その言葉が響いていた。〝愛しているわ〟サクソンがまた動きだし、アンナは心の中でその言葉を繰り返した。これが最後になるのかしらと考えながら。

アンナはしばらくうとうとして、シャワーの水音で目を覚ました。起きて、食事の支度をしなくてはと思っても、妙に体がけだるい。これから二人の間に起こることに、今後の私の人生はかかっている。そう思うと、食事のことなどかまってはいられなかった。もう先延ばしにすることはできない。

もしかすると、今夜が最後にはならないかもしれない。そうよ。以前にも奇跡が起こったのだから。

奇跡を願いたいとは思ったが、現実はそんなに甘くはないのだと、アンナは気を引き締めた。サクソンが用意してくれた、この瀟洒《しょうしゃ》で住み心地よいアパートメントも出ていくことになるだろう。次に住むところは、色彩の調和になど気を配られてはいないだろう。でも、しかたがない。絨毯とカーテンの色を合わせたからって、それがなんなの？　サクソンにとっては大切なことかもしれないが、私はもう彼といっしょにいることはできないのだ。ただ、泣き崩れて、哀願するようなまねだけはしたくない。そういう修羅場は彼の機嫌を損なうだけだ。

サクソンと会えなくなる。アンナにとって、これほどつらいことはなかった。愛人になることを承諾した二年前に比べて、彼を思う気持ちはずっと強くなっている。思いやりを示すサクソンのやり方は、いつもアンナの胸に響いた。でも、たいしたことをしたわけではないと、彼ははっきりさせている。わざわざ彼女のためになにかをするつもりはなかったのだと。でも、そういう冷たい顔を見せながらも、実は気づかってくれているのだ。口には出さないが、着々とアンナ名義の株を買い集め、彼女の経済的な安定をはかっている。そして、彼女の料理はどんなものでもおおげさにほめてくれた。

サクソンほど愛情を必要としている人間はいないのではないか、とアンナは思う。そして、これほど頑強に人からの愛を拒む人間も。

　サクソンは過剰なほど自分を律しようとする。ところが、愛を交わしているうちに、そのブレーキがきかなくなっていくのが、アンナはたまらなく好きだった。それにしても、今夜ほど彼にやみくもに求められたのは初めてだった。サクソンの真の姿がのぞけるのは愛の行為の最中だけだ。いつもは秘めている激しい情熱が、そのときだけは表に出てくる。アンナはサクソンの一挙一動をいとおしく思っているが、愛を交わすときの彼は格別だった。黒い髪は汗で湿り、目は燃えるように輝く。彼の動きがアンナの体の奥深くでスピードを増すにつれ、すべての抑制は跡形もなく燃えつくされていく。

　アンナはサクソンの写真を持っていないので、しっかり記憶にとどめておかなければならなかった。そうすれば、孤独感にさいなまれるようなとき、記憶をたぐって眺めることができる。やがては、大好きな彼の顔と、彼女を安らかな気持ちにさせると同時につらい思いにさせる、同じくらいいとしい顔をあきずに比べて、その類似点をさぐることだろう。

　アンナはまだ平らなおなかを撫でた。中で子どもが育っているようにはとても見えない。もうすぐ四カ月になるのに、アンナにはほとんど妊娠の徴候がなかった。生理がまるっきりなかったのは、今回が初めてだった。受胎して初めての生理はわずかながらあった。次の月はかすかに血痕《けっこん》がつく程度だった。その血痕を見て、アンナは念のため医者に診てもらうことにした。その結果、彼女は健康そのもので、妊娠は間違いないと言われた。つわりはいっさいない。考えてみると、ほんの数回胸がつかえるような感じはあったが、それだけのことだった。胸が心もち敏感になり、昼寝をするようになった。でも、それ以外はほとんど変わりがない。ただ、赤ん坊のことを考えると、胸がいっぱいになる。サクソンの子どもなのだ。自分の体の中に彼の分身が宿っている！　なんという喜びだろう。私が守るのだという激しい思い。身ごもっているという強烈な感覚。赤ん坊を早くこの手に抱きたい。だが、喪失感は耐えがたい。子どもを産むからには、その父親をあきらめなくてはならない。それが恐ろしくてたまらないのだ。

サクソンは最初から、絆《きずな》を持つ気はないと言いきっていた。子どもができれば、絆どころか、頑丈な鎖でつながれてしまう。そんなことが彼に耐えられるはずはない。アンナの妊娠を知っただけで、逃げ出したくてたまらなくなるだろう。

そんなサクソンに憤慨しようとしたが、アンナにはできなかった。彼女が自分の意思で選んだ道なのだ。サクソンは初めからアンナになにも隠そうとはしなかった。将来の約束はなにもしないし、体の関係以上のものはいっさい期待しないでくれとはっきり言った。そして、彼はその言葉をきっちり実行した。避妊に失敗したのはサクソンのせいではないし、彼を失ったら、アンナが絶望するとしても、彼には関係ないことだった。

シャワーの音がとまった。すぐにサクソンが濡《ぬ》れた髪をタオルでふきながら、裸で入ってきた。まだベッドから出ていないアンナに、彼はわずかに顔を曇らせたが、タオルを首にかけ、ベッドのかたわらに座った。肌掛けの下に手をすべらせ、彼女の温かく、しなやかな体をさぐる。そして、手を彼女のおなかにあてた。「大丈夫かい？」心配そうに尋ねた。「僕が痛い思いをさせたのではないのかい？」

アンナはサクソンの手に自分の手を重ねた。「大丈夫」彼の子どもがこの手の下にいるのだ。これ以上うれしいことがあるだろうか。

サクソンはあくびをし、肩をすくめて、凝りをほぐした。さっきまでの緊張は跡形もない。リラックスした表情をして、体が満たされたために、そのまなざしはけだるそうだ。

「おなかがすいたな。食事は家でするかい？　それとも食べに行く？」

「家でしましょうよ」彼との最後の夜なのだ。人の多いレストランで過ごしたくはなかった。

サクソンは立ちあがろうとしたが、アンナが手を押さえたので、その場から動けなくなった。彼はちょっと驚いた顔を見せた。アンナは深く息をついた。決心が鈍らないうちに、今言っておかなくてはならない。なのに、口から出た言葉は考えていたものとは違った。

「ちょっと考えていたのだけど……もしも子どもができてしまったら、どうする？」

鎧戸《よろいど》が下ろされたかのように、サクソンの顔から表情がうせ、視線が凍りついた。彼はとても低い声で、ゆっくりと話しだした。「最初に言ったはずだ。どんなことがあっても、結婚はしない。だから、結婚させたいから妊娠しようなどと考えても無駄だ。結婚を考えているのなら、僕は相手にはなれないから、協定を反故《ほご》にするしかないだろうな」

　緊張が戻った。裸のサクソンは、筋肉という筋肉を引き締めて、アンナの答えを待っている。だが、心配している顔ではなかった。彼の心は決まっていて、今は彼女の答えを待っているだけなのだ。アンナの胸は重く沈み、張り裂けそうだった。サクソンはこう言うだろうと予想していたが、そのとおりになってしまった。

　しかし、答えはすぐに言えないとアンナは気がついた。それを言えば、サクソンは今すぐ立ちあがって、服を着て、出ていってしまうだろう。今はまだそうなってほしくない。明日の朝、告げよう。この最後の夜だけは、彼といっしょに過ごしたい。彼の腕に強く抱かれたい。そして、唯一サクソンが許してくれるやり方で、もう一度だけ、愛していると伝えたい。

2

翌朝、サクソンは明け方薄暗いうちに目を覚ました。昨夜アンナにきかれたことが引っかかり、目がさえて、もう眠れない。あのとき、アンナの言葉に、これまで築いてきた人生が音をたてて崩れていくような気がした。だが、彼女はしとやかな笑顔で、穏やかに言った。〝いいえ。強引に結婚を迫ろうなんて、ぜんぜん思っていないわ。ちょっときいてみただけよ〟

アンナはサクソンの左肩を枕《まくら》に、まだ眠っていた。彼は左腕を彼女の体にまわし、右腕を彼女の腰に置いていた。最初のときからアンナがかたわらにいないと、彼は寝つくことができなかった。それまではずっと一人で眠っていたのに、アンナを愛人にしてからは、一人で眠れなくなってしまった。我ながら不思議だった。

しかも、それがひどくなっている。以前は仕事で出張することになっても、なんの問題もなかった。むしろ外に出ると、仕事がはかどった。ところが、最近はいらだつことの連続だ。今回の出張は、中でも最悪だった。いつになく手間取り、交渉は不調に終わり、いらいらさせられた。しかも、これまではあたりまえだったことまで耐えがたく感じられ、神経を逆撫でされた。

飛行機が遅れて気をもんだと思ったら、青写真に誤りがあり、担当者をクビにしたいぐらい腹が立った。荷物に損傷があって、やつあたりし、不眠というおまけまでついた。ホテルはうるさく、慣れないベッドで神経が休まらなかったのだ。もっとも、アンナがいっしょにいれば、そんなことは気にならなかっただろう。そう思うと、いっそう焦燥感はつのった。そして極めつけは、デンバーの我が家に、アンナのもとに帰りたくてたまらないという衝動だった。彼女をベッドに引きずりこみ、そのしなやかで温かな体に包みこまれるのを感じて初めて、彼はくつろぐことができた。

アパートメントに足を踏み入れるとすぐに、サクソンは下半身に痛烈な衝撃を加えられたような欲望を感じた。アンナはいつもの笑顔で彼を見あげた。濃茶色の瞳は、木陰の池のように、穏やかで澄んでいる。すると荒々しい気分は消え去り、純粋な欲望が取って代わった。アンナの家の玄関を入るのは、彼のために特別につくられた女性の待つ聖域に入るようなものだった。アンナは酒をつぎ、サクソンのそばにやってきた。二人のシーツにしみついている彼女の肌の甘いにおいがした。ホテルのシーツには決してないにおいだ。あのときとらわれた、もの狂おしいほどの欲望は、今朝になってもまだサクソンの体の中にさざなみのようにくすぶっていた。

アンナ。秘書として雇った最初の日から、サクソンは彼女の落ち着いた雰囲気、女らしい香りに惹《ひ》かれていた。ほんとうは初めから彼女が欲しかった。でも、仕事に情事はからめたくないので、欲望は抑えた。だが、欲望はじわじわとふくらみ、耐えがたいほどになった。昼となく、夜となく、その欲望に悩まされ、彼の自制心は崩れはじめた。

アンナは蜜《みつ》のようにおいしそうだった。それをどうしても味わってみたくて、サクソンは気がどうにかなりそうだった。金髪のまじった、絹のような薄茶色の髪。濃い蜜色の瞳。肌までがなめらかで、温かく、蜜のような色調をおびている。けばけばしいところはまったくないのに、明るい雰囲気があり、道行く人を振り返らせる。蜜色の目はいつも温かく穏やかで、誘いをかけられているような気がした。そして、サクソンはその誘いに抗しきれなくなったのだ。

初めて結ばれたときのめくるめくような感覚。思い出すだけでも、いまだに体が震えてくる。あのときまで、自分をコントロールできないなどということはなかった。アンナの体の奥深く、熱い蜜の中で、彼は我を忘れてしまった。元に戻ってはいないと感じることもときどきある。

サクソンは人を近くに寄せつけたことはなかった。それが、あの晩初めて肌を合わせて、アンナはほかの女性とは違うと思った。自分は彼女のもとから離れることはできないだろうと。その単純な事実がわかると、むしょうに恐ろしかった。この恐れに対処するには、ビジネスの世界からアンナを完全に切り離すしかないと思った。愛人にすればいい。それ以上の関係は持たない。そうすれば、アンナの存在が必要以上に自分の中で大きくなることはないだろう。それでも、必要以上に彼女を近づけないように、いまだに警戒していなくてはならなかった。

アンナとかかわれば、破滅が待っている。サクソンは心の奥底でなんとなくわかっていた。自分を守ることを、こんなに心もとなく思ったことはなかった。彼女のもとを離れ、二度と戻るまい、顔も見るまいと決意することはあっても、実行できなかった。それほど彼はアンナを必要としていた。そして、そんな気持ちをぜったいに彼女に悟られてはならないと必死だった。

しかし、協定を結んだことで、サクソンは毎晩アンナとベッドをともにできるようになった。彼女の温かく、しなやかな体の中で、何度となく我を忘れることができるのだ。ベッドの上なら、アンナにキスをし、愛撫し、彼女の香りに包まれ、触れることができる。ベッドの上なら、蜜のようなアンナを味わって、彼女に触れたい、しっかりと腕に抱きたいという荒々しい欲求を満たすことができる。ベッドの上なら、アンナはひたすらサクソンにすがりついてくるし、彼が求めれば、いつでも体を開いてくれる。大胆に彼に触れ、やさしく愛撫し、めくるめくような陶酔に導いてもくれる。いったんベッドにいっしょに入ると、アンナの愛撫はとめどなく続くように思われ、サクソンは不本意ながらも夢中になった。アンナにさすられ、撫でられ、抱きしめられると、奇妙な、完全に肉体的であるとは言いきれないエクスタシーにひたって、うめいたりしないように自分を抑えるのが精いっぱいになるときもあった。

わずかながらでも距離をおくことが必要だと感じて、サクソンは最初、別居すると言い張ったが、日がたつにつれ、その話はなかったことになっていった。そして実質的にともに暮らす生活が二年続いているが、彼がアンナについて知っていることはほとんどなかった。彼女のほうから自分の過去や現在の細かいことを言いだすことはない。サクソンも尋ねなかった。うっかり尋ねたら、アンナも彼の過去をきくだろう。自分の過去を人に語るなど、サクソンは考えたことすらなかった。

アンナの年齢、出生地、出身校、社会保険番号、それに以前ついていた仕事は知っている。履歴書に書いてあったからだ。さらに、彼女は誠実で、家の装飾が上手で、平穏な暮らしを好むのも知っている。アルコールを口にすることはめったにないし、ことに最近はまったく飲まないようだ。彼女はよく本を読み、フィクションであれ、ノンフィクションであれ、興味の幅は広い。淡い色が好きで、スパイスのきいた食べ物は好みでないことも知っている。

ただ、以前にだれかと愛し合ったことがあるのか、家族構成はどうなっているのかなどということは、いっさいわからない。アンナの履歴書の近親者の欄には〝なし〟とあった。

チアリーダーをしていたとか、子どもじみたたわむれで面倒に巻きこまれたことがあるとか、そういったこともわからない。なぜデンバーに来たのか、将来なにをしたいと思っているのかも謎《なぞ》だった。ただ、だれにでもわかる表面的な事実しか、サクソンは知らなかった。彼女の思い出や将来の希望はわからないのだ。

ときどきサクソンは不安になることがあった。アンナについては知らないことが多すぎる。彼女はいつかいなくなってしまうかもしれない。アンナの考えていることがわからないのは自分のせいなのだから、これから彼女がどうするつもりでいるかなど予測できるわけがない。アンナに尋ねたこともないし、過去についてしゃべりたくなるように話を持ちかけたこともなかった。この二年間、いつかは彼女を失うかもしれないと内心ではいつも恐れていた。それでいて、どうすることもできないでいる。自分のほうから手を差し伸べて、抱き寄せるすべを知らないのだ。ほんとうは、アンナの前でどれほど自分が無防備でいるかを知られてしまうのが恐ろしく、それを知られることを考えるだけで、サクソンは気がめいった。

アンナのことを考え、しなやかな彼女の体に触れていると、サクソンは欲望がつのり、体が興奮してきた。ほかにはつながりがないとしても、少なくともたがいに体を求める、すさまじいまでの欲望だけはたしかだ。彼はセックス以外のものを女性に求めたことはなかった。ところがアンナを前にすると、セックスを口実にしながらも、そばに寄ることを求めていた。なんという皮肉だろう。彼女の体を愛撫していると、鼓動がどんどん速くなる。アンナを起こし、情熱にひたるのだ。そうすれば、彼女の中でくつろぐことができ、彼女と愛を交わすという信じられないほどの喜びのほか、しばらくすべてを忘れられる。

四月下旬にしては暖かく、空気が澄んでいる。日の光がまばゆく、空は晴れ渡っていた。そんな理想的な好天が、アンナには皮肉に感じられた。彼女の心はひどく沈んでいる。アンナは朝食を作り、天気がいいときにはよくするように、テラスに出てサクソンとともに食べた。彼に食後のコーヒーをつぎ、向かい側の椅子に座った。手が震えないように冷たいオレンジジュースのグラスを両手でつかむ。

「サクソン」アンナは彼に目を向けることができず、ジュースを見つめた。吐き気がしたが、つわりというよりは、心にかかる不安のせいだった。

サクソンは地元デンバーのニュースを読んでいたが、新聞から目を上げ、アンナを見た。彼の視線が自分に注がれているのを彼女は感じた。

「お別れしなくてはならないの」アンナは低い声で告げた。

サクソンは顔色を失った。しばらくの間、まばたきもせず、身じろぎもしなかった。そよ風に新聞がかさかさと音をたてる。ようやく彼は新聞をたたんだ。体を動かすたびに痛みが走るかのように、ゆっくりと、慎重に。来るべきときが来たのだ。サクソンは耐えられるかどうか不安だった。口をきくことさえできるかわからない。うつむいているアンナの頭を、彼は見つめた。淡い色の絹のような髪に太陽が反射している。なにか言わなくては。少なくとも理由だけは聞きたいと彼は思った。

それで、その一言を口にしたが、かすれた声だった。「どうして？」

サクソンのせっぱつまった声の響きに、アンナはたじろいだ。「予定になかったことが起きてしまったの。しかたが……なかったのよ」

きっとほかに男ができたのだ、とサクソンは思った。胸が苦しく、息がつまりそうだ。彼は必死で息をしようとした。僕はアンナを信じきっていた。留守中に別の男と会っているなどとは疑いもしなかった。でも、どうやら間違っていたようだ。

「男ができたから、別れるんだな？」サクソンは乱暴に尋ねた。

アンナはびくっとして顔を上げた。驚いたようにサクソンを見つめる。彼は彼女を見返した。怒りをたたえた瞳のグリーンがいつになく濃く見える。

「違うわ。そういうことじゃないの」アンナはささやいた。

「じゃあ、どういうことだ？」サクソンはテーブルから勢いよく離れて、立ちあがった。大きな体全体が抑えきれない怒りにこわばっている。

アンナは大きく息をついた。「子どもができたの」

その瞬間、サクソンは表情を変えなかった。だが、いっきに色を失い、けわしい顔になった。「なんだって？」

「子どもができたの。そろそろ四カ月になるわ。予定日は九月の終わりごろよ」

サクソンはくるりと背を向け、テラスの手すりのほうまで行き、町を見渡した。憤慨して、肩をいからせている。「なんということだ。まさか、君にそんなことをされるとは思ってもいなかったよ」きびしいが、怒りを抑えた声だった。「まったく、いいようにあしらわれたものだ。ゆうべ、君に尋ねられたとき、わかってしかるべきだったな。子どもの認知を求めて告訴されるぐらいなら、結婚したほうが実害が少ないぐらいだ。まあ、君のほうは、どっちにころんでも、もうかるわけだ」

アンナは席を立ち、静かに部屋に入っていった。手すり際のサクソンは拳《こぶし》を握り締め、はらわたが煮えくり返る思いで、裏切られたという冷たい現実と闘っていた。心の底では苦痛がうごめき、表に出る機会をうかがっていた。表に出てくれれば、少なくとも怒りはやわらぐことだろう。

緊張の糸が今にも切れそうで、サクソンは長く立っていることはできなかった。これ以上は耐えられないと思い、彼も部屋に入った。ひどくつらいのはわかっていたが、自分の愚かさをとことん突きとめようと思った。歯が痛むとき、痛みを確かめるように、しょっちゅう舌でその歯を触ってしまうことがあるが、今のサクソンはそんな状態だった。アンナにどれほどずたずたにされるとしても、確かめなければならない。そうすれば、もう傷つけられることはない。二度とだれにも左右されることはないだろう。かつては、自分は人に傷つけられるような人間ではないと思っていた。でも、彼の感情の鎧にもわずかなほころびがあった。それを今、アンナに見せつけられている。でも、この試練を克服できれば、なにものにもゆるがされない人間になれるはずだ。

アンナは落ち着きはらって机の前に座り、紙になにか書いていた。今ごろは荷物の整理をしているかと思ったのに、まさかなにか書いているとは思いもよらなかった。

「なにをしているんだ?」

サクソンのけわしい声に、アンナは一瞬びくっとしたが、手は休めなかった。外より中は暗いので、彼の目が慣れていないのだろうか。アンナの顔は蒼白《そうはく》で、やつれて見える。今の僕の苦しみの片鱗《へんりん》ぐらい、アンナも感じればいいんだ。サクソンは粗暴な気持ちになっていた。

「なにをしているかときいているんだ」

アンナは最後の段に署名し、日付を入れた。そして紙をサクソンに渡す。「はい」声が震えないように必死だった。「これで、認知の訴訟を心配することはないわ」

サクソンは紙を受け取り、ちゃんと読めるように向きを変えた。一度ざっと目を通し、次にもっと丹念に読み直した。まさかという気持ちがどんどん強くなっていく。

短いが、要点をついている。〈以下のことを私はみずからの意思により保証いたします。

私のおなかにいる子どもの父親は、サクソン・マローンではありません。私に対しても、おなかの子どもに対しても、同氏にはなんら法的責任はありません〉

アンナは立ちあがり、サクソンの目の前を通り過ぎた。「荷物を整理して、今夜までには出ていくわ」

サクソンは手の中の紙を見つめた。相反する気持ちがせめぎ合い、どうしていいかわからない。アンナがこんな書類を作ったなんて信じられない。それもあんなに平然として。たったこれだけの文章で、アンナは大金をもらうことができなくなる。サクソンとしては、必要とあれば破産してでも、金は払うつもりだった。赤ん坊がなに不自由なく育つようにするつもりだった。彼と違って……。

サクソンの体は震えはじめ、顔から汗が噴き出した。あらためて憤りがこみあげる。彼は紙をつかんで、ベッドルームに向かった。アンナはクローゼットからスーツケースを出しているところだった。

「真っ赤な嘘《うそ》じゃないか！」サクソンは叫んで、紙をまるめ、アンナに投げつけた。

アンナはひるんだが、落ち着いた表情は崩さなかった。くずおれて泣きだす前に、自分はどれだけ耐えられるだろうかと内心考えていた。「もちろん嘘に決まっているわ」彼女はやっとのことで言い、ベッドにスーツケースを上げた。

「その赤ん坊は僕の子どもだ」

アンナは妙なまなざしでサクソンを見た。「疑ってたの？　ほかの男性と付き合ったなんて言っていないのよ。少しは安心してもらえるかと思って、書いただけ」

「安心だって！」

サクソンは自制心がすべて崩壊したような気がした。今や彼はどなっていた。アンナと知り合って三年間、一度も声を荒らげることなどなかったのに。

「いったいどうして僕が安心できると思うんだ？　僕の子ども……僕の子どもが……」その先を続けることができなかった。

アンナはたんすの引き出しから中身を出し、きちんとたたんで、スーツケースにつめていく。「あなたの子どもが……なんなの？」先をうながした。

サクソンはポケットに手を突っこみ、中で拳を作った。「産む気はあるのか？」声がかすれた。

アンナは体を硬くして、背筋を伸ばし、サクソンを見つめた。

「どういうこと？」

「中絶することに決めたのか、ということだ」

アンナの濃茶色の瞳から温かみも穏やかさもかき消えた。「どうしてそんなことをきくの？」抑揚のない言い方だった。

「当然の質問だろう」

サクソンはなにもわかっていないんだわ。アンナは神経が麻痺《まひ》したような気がした。私の気持ちがうすうすでもわかっていれば、彼の子どもを中絶するなんて考えられるはずはないのに。長々と夜の闇《やみ》の中で見せたつもりの愛も、サクソンにはまったく通じていなかったのだ。いくら情熱をこめても、囲われた女がパトロンを喜ばせるためのテクニックぐらいにしか感じなかったのかもしれない。

しかし、アンナはなにも言わなかった。しばらくサクソンを見つめ、唐突に言った。

「いいえ。中絶はしないわ」そして彼に背を向けて、また荷物の整理を続けた。

サクソンはあわてて手で制した。「だったら、どうするんだ？　産んだとして、そのあとはどうするんだ？」

アンナは信じられないという気持ちでサクソンの言葉を聞いていた。私の気がおかしくなったのかしら？　それとも、おかしいのは彼のほう？　私になにを求めているのかしら？　心の中にいろいろな答えが浮かんできた。わかりきったことや、そうでもないことが。赤ん坊を育てる際のこまごました手順を彼は聞きたいというのかしら？　それとも、私自身がどうするかを聞きたいの？　平素からサクソンはもってまわった言い方はせず、核心をずばりと突く。そうだとすると、ますますどう答えたらいいのかわからなかった。

「どういうことかしら？　そのあとはどうするのかって？　ふつうの母親がするようなことをするつもりだけど」

サクソンの顔は血の気がうせ、汗が光っていた。「僕の子どもなんだよ」一歩前に出て、がっしりした手でアンナの肩をつかんだ。「ごみみたいに捨てられたりしないように、僕はなんでもするつもりだ」

3

背筋が恐怖にぞくっとして、アンナは一瞬、口がきけなくなった。サクソンに肩をきつくつかまれるのをなんとかこらえる。目を見開いて彼を見すえ、驚きのあまり、口をわずかに開いた。何度か口をぱくぱくして、やっと声は出たが、かすれていた。「捨てるですって？　なんてことを言うの。ひどいわ。よくもそんなことが言えるわね」

サクソンは震えていた。肩に置かれた手を通して、アンナにもそれが伝わった。大きな体がぶるぶる震えている。それほどまでにこの人は動揺しているのかと思うと、アンナはふいに自分の苦悩を忘れた。どういうわけか、サクソンは狼狽《ろうばい》していて、慰めを必要としている。その動揺はアンナよりひどいようだ。彼女はとっさに彼の胸に手をあてた。

「あなたの赤ちゃんを傷つけるようなことはぜったいにしないわ。安心して」アンナはやさしく言った。

サクソンはますます体を震わせた。グリーンの瞳に粗暴な光がのぞいたが、心までは読めない。彼は抑制力を取り戻そうと深く息をつき、顎を引き締めた。その気迫がアンナにも伝わった。サクソンは苦闘しているのだ。だが、すぐに彼の震えはとまり、顔色は真っ青だが、表情が岩のように硬くなった。彼はゆっくりとアンナの肩に置いた手を離し、わきに下ろした。

「ここを出ていく必要はないよ」今までの話の続きででもあるかのようにサクソンは言った。「このアパートメントは住み心地がいい。君が引き続き借りられるように……」

アンナは身をひるがえして、胸を刺す苦痛を見せまいとした。ほんの一瞬だが、今のままでいいとサクソンは言ってくれそうな気がした。でも、そうではなかった。彼はやはり手を切るつもりなのだ。「やめて」サクソンの言葉をさえぎるように、アンナは手を差し出した。「お願い。やめて」

「やめるって、なにを?」サクソンは挑むように言った。「君の便宜ははかるなということ?」

アンナは肩で息をして、顔を伏せた。なんとか落ち着きを取り戻したかった。でも、不安でたまらない。サクソンの本心をきかなくては、と思った。これで終わりなのか、と。なのに、どうして言葉が出てこないのだろう? プライドのせい? プライドなんかで一生をだいなしにするのはばかげている。

アンナはもう一度大きく息をついた。「あなたがいないのに、ここに住みつづけるようにと言うのはやめてほしいの。私がここにいるのは、あなたがいるからなのよ。あなたがいなければ、こんなところにいても、しかたがないわ」彼女はサクソンのほうを向いた。顔を上げ、目を見て、はっきり慎重に言った。「あなたを愛しているの。愛していなかったら、初めからここには来なかったわ」

サクソンの顔に衝撃が走り、ますます血の気が引いた。唇を動かすが、声にはならない。「別れることにしたのは、それがあなたの望みだと思ったからよ」アンナはゆっくりと続けた。「最初からあなたははっきりさせていたでしょう。しがらみは持ちたくないって。だから、そんな期待はしていなかったわ。もしも二人の……二人の協定を続けたいと言われても、それは無理だと思うの。母親と、どんなときにもあなたの相手を務めなければならない愛人とは、両立しないわ。赤ん坊には待ったなしのこともあるでしょう。だから、このままでは出ていかなくてはならないわ。だからといって、あなたへの愛がなくなるということではないのよ」なくなるなんて決してないわ、とアンナは心の中でつぶやいた。

サクソンはアンナの言葉が信じられないのか、彼女の言葉を否定したいのか、首を横に振って、ベッドに腰を下ろした。蓋《ふた》の開いたスーツケースを呆然《ぼうぜん》と見つめている。

そんなサクソンが、アンナは心配になった。彼は怒るか、冷たく出ていくかのどちらかだろうと思っていた。ところが、まるで恐ろしいことでも起きたかのように、ひどく動揺している。アンナはサクソンのわきに座った。彼の表情から少しでも心情を読み取ろうと、目をこらした。リラックスしているときでも、表情を読むのはむずかしいのに、今の彼は大理石のように表情が硬い。

アンナは手を握り締めてつぶやいた。「あなたがこんなふうに出るなんて考えてもいなかったの……なんとも思わないだろうと思っていたわ」

サクソンは勢いよく顔を上げた。剣の刃のように鋭く、人を刺し通すような目でアンナを見つめる。「僕はただ出ていって、君や赤ん坊がどうなっても、なんとも思わないと考えたのか?」アンナをとがめるような、きびしい口調だった。

アンナは退かなかった。「そうよ。そう思ったわ。ほかにどう考えられるというの? あなたから見たら、私は便利な欲望のはけ口でしかなかったわけでしょう。それ以上の気持ちは見せてくれたことがないじゃないの」

サクソンの心はよじれるように痛んだ。思わず視線をそらす。僕にとっては、アンナといっしょのときだけが生きていてよかったと実感できるときだったのに、彼女のほうは自分が便利な女にすぎないと考えていたのか。たしかに僕は心の内を見せなかった。その点ではアンナの言うとおりだ。むしろ、そんな気持ちを知られまいと必死だった。それが原因で、彼女を失うことになるのか? サクソンはずたずたにされたような気がした。あまりにも苦しくて、彼女を失うのがつらいのか、せっかくできた赤ん坊を失うのがつらいのか、自分でもわからなかった。

「行くところはあるのかい?」サクソンは感覚が麻痺したように尋ねた。

アンナは声にならない、ため息をついた。最後の希望の糸は切れてしまったのだ。「いいえ。でも、大丈夫よ。少しは見てまわったの。ただ、あなたにお話しするまでは、どこにも決めたくなかったのよ。ひとまずホテルに行くわ。すぐに別のアパートメントをさがせると思うの。それに、経済的に困窮する心配がないように配慮してくれたでしょう。感謝しているのよ。それと、赤ちゃんを授けてくれたことにもお礼を言いたいわ」アンナは無理にほほえんでみせた。でも、彼女のほうを見ていないサクソンには、その笑顔は届かなかった。

サクソンは身を乗り出し、膝に両肘をついて、片手で額をこすった。顔には疲労がしわになって現れている。「ホテルなんかに行くことはないよ。アパートメントはここからさがしに行けばいいんだ。二回も引っ越すことはないじゃないか。それに、法的にも片づけることがたくさんあるから」

「その必要はないわ」アンナは言った。サクソンは首を傾け、彼女の心をつらぬくような視線を向けた。「必要ないのよ」彼女は言い張った。「経済的にじゅうぶんやっていけるように、あなたは配慮してくれたわ。赤ちゃんを育てるにはじゅうぶんすぎるぐらいよ。あなたからお金を絞り取れるだけ絞り取ろうとしているなんて、思わないでほしいの」

サクソンは体を起こした。「でも、僕が養育費を出したいと言ったら？　僕の子どもでもあるんだ。それとも、僕には子どもの顔も見せないつもりだったのかい？」

アンナはほんとうにどう答えたらいいのかわからなかった。「養育費を出したいというのは本気なの?」予想もしていないことだった。二人の関係が終わってしまうという、身を切られるような現実しか、頭になかったのだ。

なんてことを言ってしまったのかというように、サクソンはまたまた顔色を変えた。ショックを受けているのだ。唾《つば》をのみ、立ちあがって、いらいらと部屋を歩きまわった。まるで罠《わな》にかかった動物さながらだった。

アンナはかわいそうになり、やさしく言った。「心配しないで」

安心するどころか、アンナのその言葉で、サクソンはかえって落ち着かなくなったようだ。髪を両手でかきむしり、いきなり玄関に向かった。「だめだ。ゆっくり考えてみなければ。君は必要なだけ、ここにいてくれ」

アンナが呼びとめる間もなく、サクソンは出ていってしまった。ほんとうにいなくなってしまったのだ。玄関のドアが音をたてて閉まる。ようやくアンナはベッドから立ちあがった。今まで彼のいた場所ががらんとして見える。サクソンは苦しそうな目をしていた。彼があんなに動揺を見せるとは予想もしていなかった。なぜなのか、さっぱりわからない。

過去についてはなにも話してくれなかったので、サクソンの子どものころのことは、親のことさえ、アンナはなに一つ知らなかった。彼に家族がいるとしても、彼女にわからないのは当然だった。今でもサクソンは自分のアパートメントを所有していて、郵便物はすべてそちらに届けられている。自宅の電話に出ないときに連絡ができるように、家族に愛人の家の電話番号を教えるとは考えられなかった。

この二年間、我が家として住んだアパートメントをアンナは見まわした。次のアパートメントが見つかるまで、ここに住んでいればいいと、いくら親切に言われても、このままいられるかどうかわからない。サクソンがいないのなら、ここにいたくないと言った彼女の言葉に偽りはなかった。このアパートメントにはサクソンのにおいがしみついている。物理的なことを言っているのではない。むしろ記憶に刻まれた一つ一つの出来事のほうが簡単には忘れられないだろう。今座っているこのベッドで、おなかの子どもを授かったのだ。アンナは一瞬そのことを思った。すると唇がゆがんで、苦笑いになった。

このベッドだったとは限らないのだわ。快適な点では一番なので、ふつうはベッドで愛を交わしていた。だが、サクソンはセックスはベッドでするものだとは思っていなかった。シャワーも、ソファも、キッチンカウンターですら可能性はある。それは、ある寒い日の夕方、アンナが夕食をキッチンで用意していたときのことだった。サクソンは帰ってくるなり、寝る時間まで待てないと言ったのだ。

いつかは終わるとわかっていたが、そういう情熱にあふれたすばらしい日々は終わってしまった。サクソンの見せた動揺までは予想がつかなかったが、終わったという事実に変わりはなかった。

サクソンは歩いた。行くあてもなく、なにも気にせず、ただ歩いた。アンナから受けた二重の衝撃からまだ立ち直れないでいる。考えをまとめることも、感情を律することもできなかった。これまでずっと、彼は自在に感情をコントロールしてきた。何年も前に起きたことは、心の底に封じこめて鍵《かぎ》をかけた。そのうちに心の中の怪物はおとなしく馴《な》らされ、恐ろしい悪夢も薄らぐと思っていた。ところが、アンナに妊娠を知らされて、自分をだましだまし保ってきたガラスのような平安は音をたてて崩れてしまった。しかも彼女は出ていってしまう。ああ、なんてことだ！　僕と別れるというのだ。

空中に拳を振りあげて、この残酷な運命を呪《のろ》えるだけ呪えたらと思う。だが、苦痛のあまりの激しさに、それもできない。心にあふれる苦しみのほんの一端でも表に出してしまったら、歩道にうずくまり、どうかした動物のようにうめき声をあげるしかないだろう。だから、封じこめるのだ。唯一苦痛を考えずにすむ場所は、いつもそうだったように、アンナのところだ。

これからのことは考えることもできない。サクソンにとって、将来はないも同然だった。よりどころもない。なんの目的もない日々が待っている。そういう将来は考えたくもなかった。明日一日だけでも耐えられないし、そんな日をえんえんと続けるわけにはいかない。アンナのいない一日？　どうしてそれがこんなにつらいのだろう？

アンナの存在がどんなに大切かを口に出す勇気はなかった。自分のそんな気持ちを認めるのさえ、サクソンは耐えがたかった。彼の経験では、愛のあとには裏切りや拒絶が待っている。自分の心に愛という感情を芽生えさせてしまったら、身も心もずたずたにされるのがおちなのだ。それに、彼を愛してくれた人などいなかった。一人も。物心ついたころから、サクソンにはそれがわかっていた。そのため、対処のしかたも身につけていた。無関心を決めこんで、固い殻に閉じこもるしかないのだ。そうやって、鎧の上に鎧を重ねて、自分を守ってきた。

その守りが束縛に感じられるようになったのは、いつのころからだろうか？　亀というものは、頑丈な甲羅から自由になって、思いのまま走りまわりたいと思うことはあるのだろうか？　おそらくそんなことはないだろう。だが、あいにく僕は違う、とサクソンは思った。アンナは僕を愛していると言った。たとえそれがほんとうでないとしても、そう言ってくれたからには、僕のほうで思いきって応じさえすれば、もう少しそばにいてくれることになっただろう。なのに、僕はそうしなかった。応じてしまえば、ほんの少しでも鎧を脱ぐことになる。鎧を脱ぐなどと考えるだけで、心が幼いころに植えつけられた恐れに支配されてしまう。長い間受けた虐待のせいで、その恐れは心に深く根を張っていた。

サクソンは自分のアパートメントの前に来た。一瞬、どこなのかのみこめずに眺めていた。そして、やっと気がついた。僕のアパートメントじゃないか。ここまで何キロも歩いてしまったのだ。彼はポケットの鍵をさぐった。

中は物音一つなく、かびくさかった。やさしく出迎えてくれる人もない。アンナがこのアパートメントに足を踏み入れたことがないので、索漠としている。こんなところで少しでも過ごすのかと、考えるのもいやだった。墓場のように暗く、寒々としている。明かりをつける気もしなかった。サクソンにとって、明かりといえるのはアンナだけだった。そのつかの間の明かりも今はない。欲望を制御できなかった自分がいけないのだ。出ていくようにアンナを追いこんでしまった。

これまでサクソンは片時もアンナから離れていられなかった。人間はこんなに頻繁に愛を交わすことができるのかと驚くほど、何度も体を重ねた。彼女の中に身を沈め、二人の体が結びつくと、その信じられないほどの陶酔感に、何度となく彼は燃えあがった。あげくにアンナを妊娠させ、それが原因で、彼女をも失ってしまったのだ。

アンナがいない今、僕はどうしたらいいのだろう？　サクソンは頭が働かなかった。片づけなくてはならない契約や仕事があるのに、そんなことは考えることもできない。今までは仕事がたてこんでいたときでも、アンナが待っているとわかっていれば、片づけることができた。仕事で遠くに行かなくてはならないとしても、懸命に働けたのは、彼女がなに不自由なく暮らしていけるようにと思えばこそだった。アンナのために株を買いたすたびに、なんとも言えない満足感があった。かいがいしく働けば、ずっと彼女といられると考えていたのかもしれない。ほかのだれといっしょにいるより、あるいは自活するより、僕といたほうが生活は安定するのだと彼女にわからせられると思っていたのかもしれない。

アンナが愛人になったのは、単に経済的な安定を保証してもらえるからだとは一瞬たりとも考えられなかった。そんなふうに考えたら、まったく生きがいがなくなってしまう。違う。アンナはほんとうはお金と引き換えの関係を望んではいなかったのだ。僕にはそれがわかっていた。

つまり、アンナが僕のもとにいたのは……ただただ僕を愛していたからなのだ。

そのとき初めて、サクソンは先刻アンナに言われたことを考えてみた。あのときの彼には受けとめる余裕がなかった。でも今、彼の意識の中に、その言葉は弱った鳥が光をこわがるように、おずおずとよみがえっていた。

アンナは僕を愛している。

サクソンは静まり返ったアパートメントに夜になっても座りこんでいた。明かりをつけたいという気にも、音を聞きたいという気にもならず、ひたすら殻に閉じこもっていた。その暗い中で、いつしか心の殻をくぐり抜けていた。ほんの少しの可能性にすがって、なんとか打開できないものかという気分になっていた。成功の見込みはなさそうでも、打って出ることはできないものかと。だが、非情にも残された道はそれしかなかった。

アンナの愛がほんとうなら、このまま彼女の言うままに別れることはできない。

4

アンナにとっても、夜は苦しかった。眠れなかった。もともとぐっすり眠れるとは思っていなかったが、まさか何時間も寝つけないとは思わなかった。暗い天井を見つめていると、隣にだれもいない悲しみがひしひしと胸を刺す。サクソンは仕事で出張が多く、これまで何日も彼女のもとを離れたことはあった。そんなときもアンナは眠るのに苦労した。しかし、今は彼がかたわらにいないだけでなく、彼女の心の中に空洞ができていた。わかっていたつもりだったが、胃がよじれるほどの苦痛までは考えていなかった。こらえようとしても、涙がとめどなくあふれ、ついには頭がずきずき痛みだしたが、涙はとまらなかった。

ようやく涙がかれたのは疲れきったからだった。でも、胸の痛みは変わらない。長く暗い夜の間、やわらぐことなく苦痛は続いた。

これからずっとこんなことが続くとしたら、たとえ赤ん坊がいっしょでも、耐えていけるかどうかわからない。なにより大切なサクソンの子どもがいっしょなら、彼のいない心のすき間をうめてくれるとは思っていた。でも、生まれるのはまだ先のことで、今はぽっかり心に穴があいている。今すぐこの腕に赤ん坊を抱くことはできない。抱けるようになるまで、あと五カ月も待たなくてはならないのだ。

一睡もしないまま、明け方、アンナは起きあがった。ポットにカフェイン抜きのコーヒーをいれる。今日のような日こそ、ほんとうはカフェインで元気をつけたかった。でも、おなかの赤ん坊には禁物だ。ともかくコーヒーをいれ、いつもと同じように過ごせば、頭がしゃんとするのではないかと思った。そこで分厚いローブにくるまり、キッチンのテーブルについて、彼女は熱いコーヒーをすすった。

ベランダに続くガラスのドアを、雨が音もなくつたう。それが下に落ちて、濡《ぬ》れた石にしたたった。昨日はまたとない晴天だったのに、四月の天気は変わりやすい。寒冷前線が到来して、今日は冷たい雨になった。もしサクソンがいれば、二人とも今ごろベッドの中で暖かな上掛けにくるまり、えもいわれぬ快楽を気だるくむさぼっていただろう。

苦痛を抑えようとしたが、またいたたまれなくなり、アンナはテーブルに突っ伏した。泣き疲れて、まぶたは重く、目はひりひりするのに、まだ涙も、際限ない心の痛みも残っているようだった。

アンナはドアの開く音に気づかなかった。だが、板石の床に足音がする。あわてて身を起こし、手の付け根のあたりでさっと涙をぬぐった。目の前にサクソンが立っていた。浅黒い顔は寂しそうで、疲労をたたえている。昨日と同じ服のままなのがわかったが、その上に雨よけの革のボマージャケットを着ている。雨の中を歩いてきたのは歴然としていた。黒い髪が地肌に張りつき、しずくが顔に垂れていた。

「泣かないでくれ」サクソンはかすれて、うわずった声で言った。

泣いているところを見られてしまい、アンナはきまりが悪かった。サクソンにはどんな心情も押し隠してきたのだ。喜怒哀楽を見せられると、彼の機嫌は悪くなるのがわかっている。しかも、今のアンナの格好は最悪だった。目は腫《は》れ、涙に濡れ、眠れずに落ち着かない夜を過ごしたせいで、髪は乱れきっていた。そのうえ、首から足まで分厚いローブを着こんでいる。愛人なら、いつも身ぎれいにしていなくてはならないのにと思うといたたまれず、アンナはまた泣きたくなった。

サクソンはアンナを見つめたまま、ジャケットを脱ぎ、椅子の背にかけた。「まだここにいるのかわからなかった」声はまだ硬い。「いてくれればいいとは思っていたんだが……」そこまで言うと、いきなり電光石火の速さで、彼女を腕に抱き、すばやくベッドルームに向かった。

アンナは驚いて声をあげたが、すぐにサクソンの肩にすがりついた。初めてのときも彼はこんなふうに行動した。ダムの水位がぐんぐん上がり、ついには決壊してしまったかのように、情熱がほとばしったのだ。アンナは足をすくわれたと思ったら、もうオフィスの床に寝かされていた。そして驚く間もなく、彼がのしかかってきたのだった。あのとき、驚きは喜びに変わった。すぐさまアンナは彼に劣らず激しい欲望を感じて、自分から手足をからめた。やっとサクソンが体を離したのは、それから何時間もたったあとだった。

そのときに勝るとも劣らない激しさで、サクソンはアンナを抱きあげ、ベッドに寝かせた。身をかがめて、彼女のローブをゆるめ、前を大きく広げる。ローブの下は薄地の絹のネグリジェだったが、まだ着すぎている。彼はローブを脱がせ、ネグリジェも頭から脱がせた。そのサクソンの必死の形相をアンナは声もなく見あげていた。一糸まとわぬ姿で彼の前に横たわり、息は荒くなった。彼に見つめられて、まるで熱い愛撫《あいぶ》を受けたかのように、アンナの胸はこわばった。体の奥から、なま温かく、熱い欲望がふつふつとわきあがる。

サクソンはアンナの腿を割り、その間にひざまずいた。彼女の体を目でむさぼりながら、自分のベルトをさぐり、ジッパーを下ろして、ズボンを下げた。それから、彼女の顔に目を移す。茶色のベルベットのような瞳に迎えられて、サクソンのグリーンの瞳は輝いた。

「いやだったら、今、そう言ってくれ」

自分から呼吸をとめようとすることはできないが、それ以上にアンナはリクソンを拒絶できなかった。ほっそりした腕を上げて、彼をいざなう。彼はそれに応じて、身を乗り出した。いっきにアンナの中に入り、その腕に包まれた。サクソンはうめいた。信じられないほどの喜びもさることながら、苦痛が消えたのがうれしかった。自分の下にほっそりした彼女の体を感じ、彼女の中にすっぽり包まれた今、二人を隔てるものはなにもなかった。

猛々しく強烈な喜びに翻弄《ほんろう》されて、アンナは身をよじった。サクソンの濡れて冷たい服が裸の体に触れる。その衝撃で、自分が全裸でいることを彼女は今までになく意識した。腿の間にだけ唯一彼の素肌を感じるのが、かえって官能を刺激する。アンナの体の上で、中で、サクソンが動く。彼女は痛いほど彼の男らしさを意識していた。あまりにも強烈な刺激に、アンナは早々とクライマックスに達し、体をそらした。ほんとうはゆっくりと味わいたかったのに、ひどくあっけない気がした。

アンナの喜びを高めたい。彼女の体に深く身を沈めたまま、サクソンはじっと待った。彼女の顔を両手で包んで、ゆっくりとキスを浴びせる。「泣くんじゃない」彼はつぶやいた。そのときになって初めて、アンナは自分の目に涙がにじんでいるのを知った。「泣くんじゃない。まだ終わりにはしないよ」

アンナは声を出して泣いていたのだ。言うに言われぬ絶望が泣き声になっていたことに、彼女は気づいた。

サクソンはアンナとの二年間で身につけた、あらゆる愛の技巧を駆使した。速いリズムで、ふたたび欲望を引き出し、すぐにのぼりつめたりしないようにリズムを抑える。ゆっくりと愛撫されるときの喜び。体が一つになるときの喜び。その喜びの違いを二人は味わった。二人とも終わらせたくなかった。このようにいっしょにいる間は、別離という恐ろしい現実を考えないでいられるからだ。でも、これで体が離れてしまったら、もう愛を交わすことはなくなり、別れが待っているのだ。二人には耐えがたいことだった。

官能を刺激していたはずのサクソンの服が、かえってじゃまになってきた。アンナはシャツからボタンをもぎ取り、濡れた服を脱がせようとした。彼と肌を合わせたい。サクソンは体を起こし、広い肩をゆすってシャツを脱ぎ、わきへほうった。そしてあらためて胸板をアンナにつける。敏感な胸の先を胸毛に刺激され、彼女はかすかな歓喜の声をあげた。

サクソンは両手でアンナの胸を包み、両方のふくらみを真ん中に寄せた。硬くなったその先端に、そっとキスを浴びせる。胸の先端は少し色が濃くなり、胸自体も心もち大きくなっているのがわかった。彼女のまだ平らなおなかの中で、着実に赤ん坊は育っているのだ。そう思うと、サクソンは思いもよらぬ興奮を感じ、体が震えた。今の僕がしているのと同じ行為で、小さな命が芽生えたのだ。

まだクライマックスには早すぎる。サクソンは歯をくいしばってこらえた。僕の赤ん坊！　聞かされることと実感することには、大きな違いがある。このとき初めてサクソンは、この赤ん坊は僕のものだ、僕の分身で僕の遺伝子を受け継いでいる、とまさに実感した。僕の血液、僕の骨が、アンナの血や骨と複雑にまじって、二人の分身になったのだ。

サクソンは、物理的になにかを所有しているという、それまで味わったことのない感動を味わった。こんな感動があるとは夢にも思っていなかった。僕の赤ん坊！

そしてアンナは僕のものなのだ。蜜のようにうるわしいアンナ。なめらかで温かな肌。穏やかでやさしい濃茶色の瞳。

クライマックスまで、それ以上こらえることはできなかった。まずアンナを、続いてサクソンを快感の波が襲った。自分を包む彼女の体の激しい振動に、サクソンの体も限界に達した。二人は同時に歓喜の高みに突きあげられ、大きく叫び、我を忘れた。そして、その余韻にひたった。

二人は手足をからめてじっとしていた。どちらも自分から体を離したくはなかった。アンナはサクソンの湿った髪に指を差し入れた。指先に触れる頭皮の感覚がいとおしい。

「どうして戻ってきたの？」彼女はささやいた。「あのとき、あなたが出ていくのを見ているのはとてもつらかったわ。もう一度あの気持ちを私に味わわせるつもり？」

サクソンの体が緊張するのをアンナは感じた。これまで彼女は自分の心情を彼に見せたことはなかった。いっさい求めることをせず、笑顔だけを見せ、愛人としての役割に徹していた。でも、もうその立場は捨てたのだ。愛していると口に出してしまった以上、あと戻りすることはできない。愛の言葉は嘘だったなどと言う気はなかった。

サクソンはアンナを抱いたまま、横向きになった。その場から動けないように、腕を彼女の腰にまわしている。アンナは体を楽にしようと、片脚を彼の腰の上に上げた。サクソンはその間に入りこむように体を動かす。サクソンがおさまって、二人はほっと安堵のため息をもらした。

「どうしても行かなくてはいけないのかい？」ようやくサクソンが尋ねた。「なぜこのままここにいられないんだ？」

アンナは悲しそうな暗い目で、サクソンの肩に顔をこすりつけた。「あなたがいっしょでなければ、いやなの。耐えられないわ」

サクソンが必死に言葉を出そうとしているのが、アンナにはわかった。「その……もしも僕も出ていかなければ？　今までと同じように、ここでいっしょに暮らせるかい？」

アンナは顔を上げ、雨で薄暗い中、大好きなサクソンの顔を見つめた。今の言葉を口にするのが、彼にとってどんなに大変なことだったか、彼女にはわかる。これまでサクソンは、気をつかっていると見られるのがいやで、必死に気持ちを押し隠してきた。ところが今、心のつながりを求めて、手を差し伸べているのだ。サクソンは人一倍愛を必要としているとアンナは思う。ただ、彼が愛の重さに耐えられるかどうかはわからない。愛情には責任や義務が伴う。つまり、歩み寄りが必要で、犠牲が求められるのだ。

「そんなことができるの？」アンナは尋ねた。声にも瞳にも悲しみがこもっている。「あなたの努力をする気持ちはわかるのよ。でも、ほんとうにここにいられる？　あと戻りはできなくなるわ。状況は変わってしまったのよ。前と同じというわけにはいかないわ」

「わかっている」サクソンのけわしい表情に、アンナの心は傷ついた。うまくいくわけはないと彼が思っているのがわかったからだ。

アンナはサクソンを愛していると口にしたことはなかったし、彼の過去も詮索《せんさく》したことはなかった。ところが、二人だけの小さな世界はあれよあれよという間にほぐれて、すべてを引っくり返してしまった。なにかを得ようと思えば、ときには危険を冒すことも必要なのだ。

「赤ちゃんを捨てるのかなんて、どうして私に尋ねたの?」

アンナの質問が刃《やいば》のようにサクソンの心に振りかざされた。彼はたじろぎ、ショックで瞳孔《どうこう》が小さくなったのがアンナにはわかった。そのとき、彼が離れていきそうになった。アンナは脚に力を入れて彼の体を押さえ、手で肩をつかんだ。本気で離れたければ、そんな力など簡単にはねつけられただろうが、サクソンは動くのをやめた。ただただ彼女と触れていたくて、その場を離れなかった。アンナの力など、どうということはないが、やさしさにあらがうことはできなかった。

サクソンは記憶を締め出そうと、とっさに目をつぶった。だが、記憶は退こうとしない。アンナの質問に答えなかったら、いつまでもとどまっているだろう。その記憶について、これまで口に出したことはなかったし、出したくもなかった。心の奥底になまなましく刻まれた傷は、話したところで、癒《い》えるものではない。これまで彼はずっとそう思ってきた。

そして、その傷を乗り越えるために、できるだけのことはしてきた。人生のその部分はなかったことにして、封印してきた。今、アンナの質問に答えれば、生傷をえぐるようなことになりそうだ。だが、彼女にだけはほんとうのことを知らせるべきだろう。

「僕は母に捨てられたんだ」ついにサクソンは喉から声を振り絞った。だが、そこまで言うと、喉は閉ざされ、それ以上言葉は出てこなかった。どうしようもないというように、彼は首を横に振った。目もつぶったままだったので、アンナの顔が一瞬恐ろしさに引きつり、たちまち同情に変わったのは見えなかった。アンナは涙に曇った目で、サクソンを見つめた。しかし、わっと泣きだして、彼の気をそらすようなことはしなかった。ただ、彼の胸をやさしく撫《な》で、言葉ではない形で慰めようとした。この場に言葉はふさわしくないような気がする。それに、言葉を出そうとしても、涙にかき消されてしまうだろう。

ずっと沈黙が続いた。これ以上サクソンは言いたくないのかもしれない。もっとも、話を続けるよううながせば、なにか言ってくれるかもしれない。アンナは大きく息を吸って、平静を取り戻そうとした。かなりの努力を要して、ようやくふつうの声とはいかないまでも、愛情のこもった、やさしい声を出すことができた。

「どういうふうに捨てられたの？　置き去りにされたとか、養子に出されたとか？」

「どっちでもない」そう言うと、サクソンはアンナから身をよじるようにして離れ、あおむけになり、腕を上げて目をおおった。

サクソンが離れたのはつらいが、今は彼が望む距離をおくしかないとアンナは思った。人生には一人で対処しなくてはならないことがある。これも、その一つなのだろう。

「生まれたあと、僕はごみの中に捨てられたんだ。教会の階段に置き去りにされたり、児童福祉施設にでも預けられたりしていれば、母はほんとうは僕を愛していたけれど、重い病気にかかって、だれかに僕の世話をしてもらいたくて、泣く泣く捨てたのだとでも話を作れただろう。ほかの子どもたちはそろいもそろって、そういう話をでっちあげて、自分でもそう信じていたよ。ところが、僕の母ときたら、そんなふうに自分をだます余地さえ残してくれなかった。生まれて何時間もしないうちに、外のごみ箱に捨てられたんだよ。そんなことをされれば、少しでも母に愛情があったかもしれないなんて、間違っても考えることはできないだろう」

アンナはボールのように小さく体をまるめた。しゃくりあげそうになる声を押し殺そうと、口を拳《こぶし》で押さえる。涙に曇る目で、サクソンの顔を見つめた。サクソンは話をしてくれている。聞きたいと思ってきたことだが、今アンナは彼の口を手で封じてしまいたいという衝動と闘っていた。そんな残酷な生い立ちを知ったら、だれだってまともな大人になれるはずはない。

「ただ、僕をじゃまに思っただけじゃない」サクソンは感情を殺した声で続けた。「母は僕を死なせようとした。捨てたのは冬だったのに、なにかにくるもうともしなかった。実際、僕のほんとうの誕生日はわからないんだ。一月の三日か四日ということしかね。発見されたのは明け方の三時半だった。だから、生まれたのは三日の深夜か四日の早朝だろう。いずれにしろ仮死状態だったんだ。その後一年あまり、慈善病院に収容されたが、ずっと具合が悪かった。そして児童福祉施設に送られたんだが、それまで知らない人が僕の前に現れてはいなくなっていたので、どんな人が来ても、いい顔なんかできなくなっていた。そのためだろう、養子に引き取ってくれる人もいなかったよ。養子に望まれるのは、まだ毛布にくるまった赤ん坊なんだ。やせっぽちで病気がちの幼児、しかも人に手を出されると、ひいひい泣くような子なんか相手にもされなかったよ」

　サクソンは唾をのみ、目から手を離して、ただ上を見あげていた。

「だから、父も母もどんな人なのか見当もつかない。母親の手がかりは結局見つからなかったんだ。僕の名前は、見つけられた場所の郡と町の名前だ。マローン郡サクソンだよ。孤児の名前のつけ方なんて、昔からそんなものだな。それから、いろいろな里親のところをたらいまわしにされた。たいていたいしたところではなかったよ。迷子の子犬みたいに足蹴《あしげ》にされた。ソーシャルサービスの連中は、なんとか僕をどこかに押しつけたくて、ある家に預けたんだ。ケースワーカーが来るたびに、僕の体は傷だらけだったが、無視された。そのうち、その家の男に蹴られて、あばら骨が何本か折れたんだ。それで初めてその家から出してもらえた。十歳ごろだったな。それからようやく、次のまあまあ親切な里親が見つかった。我が子を亡くした夫婦だったよ。きっと僕がその息子の代わりになると思ったのかもしれないね。でも、思いどおりにはならなかった。僕にとっても、その夫婦にとってもだ。いい人たちだったんだが、どうしても息子のケニーとは違うという目で見られた。まあ、人並の暮らしはできたから、僕にとってはそれでじゅうぶんだった。学校を終えて、その家を出たあとは、二度と足を向けていないよ」

5

その打ち明け話で、アンナはサクソンの不可解な部分が氷解したような気がした。少しでも愛に類することを、なぜ彼はうまく受け入れられないかが。人生の最初の十八年間でサクソンがなにかを学んだとすれば、人が愛と呼ぶものに頼ることなどできないということだ。そんなものに彼はこれまで触れたことがなかった。

サクソンは、自分でも言っていたように、ほんとうは母親にも愛情はあったのだと人情話をでっちあげて、自分の心をごまかすことすらできなかった。母親は息子をかえりみるどころか、わざわざ捨てて死なせようとしたという事実はあまりにも歴然としていた。慈善病院のスタッフも仕事が過密で、サクソンにほんとうの愛情をかける暇はなかった。子どもは早く学ぶものだ。児童福祉施設に送られたころには、だれが面倒を見てくれても、その人を信じることはできないとサクソンはわかっていた。そこで自分を守るために、殻に閉じこもってしまった。自分以外のだれにも頼らないようにしてきたのだ。

里親の家をたらいまわしにされ、虐待を受けたり、どの里親ともしっくりいかなかったりしたため、サクソンの確信はさらに強まっていった。のけ者にされて、どこで愛を学べるというのだろう？　答えは決まっている。やりきれないことだが、サクソンは愛を学べなかった。ただただ窮乏生活から抜け出さなければならなかった。人に愛されるという、ごく基本的なことを経験せずに生きてこなければならなかった。そんな中で、彼がなしとげたことを思うと、アンナは畏怖《いふ》の念に打たれた。彼はよくよく意志が強いのだ。大学を卒業するため、懸命に働き、工学の学位を取得したばかりか、クラスでも抜群の成績をおさめ、求人は引く手あまただった。そこから始めて、自分で会社をおこすなんて、どれほどの努力をしたのだろう。

　サクソンの子どものころの胸が張り裂けるような話に、二人ともそれ以上心の奥をさぐる気力はなくなった。二人は暗黙のうちに起きあがって、いつもどおりにふるまうことにした。もちろん心の中は平静ではいられなかったが。この二十四時間で、二人とも心身ともに参ってしまった。長いこと言葉を交わす気力もなかった。ただ、昼食はなににするかといったありきたりの会話だけで、時間は過ぎていった。

　サクソンはとどまっている。出ていこうというそぶりは見せなかった。アンナは願いが通じたような気がして、自分の荷物はまとめないことにした。今はただ彼がいてくれさえすればよかった。

　雨は一日中そぼ降っていた。夕方近くになって、サクソンは感情を見せずに言った。

「今朝の僕の質問に君はまだ答えてくれていないよ。前と同じように、僕たちはこのままやっていかれるのかい？」

アンナはサクソンをちらりと見た。その顔からまだ緊張は解けないが、なんとか自分をなだめているという感じだった。アンナはどう応じたらいいのかわからなかった。でも、返事を先延ばしにしたら、彼はまた出ていってしまうだろう。それよりは、無理にでも答えておいたほうがいいと思った。

アンナはサクソンの正面に座った。考えをまとめて、ようやく口を開く。「私としては、ここにいるに越したことはないの。あなたがいない暮らしは、考えるだけでもつらいわ。もう一度あなたに出ていかれたら、耐えられるかどうか自信がないくらいよ。でも、私は自分のことだけを考えるわけにはいかないの。二人の協定を考えるだけではすまないのよ。赤ちゃんはどうするの？　最初は、ママとパパさえいれば、なんとも思わないでしょう。でも、私たち二人がずっといっしょにいるとして、子どもが学校に行くようになったら、どうなると思う？　ほかの子どもたちのママとパパは結婚しているのだとわかってしまうわ。ここはデンバーよ。ハリウッドとは違う。同棲《どうせい》しているだけならとやかく言う人はいないでしょうけれど、赤ちゃんができたら、話は違ってくるわ」

サクソンはうつむいて、自分の手を見ながら慎重に言った。「君がここを出ていったとして、状況はどう変わるのかな？　両親が結婚していないことに変わりはないだろう。だが、君は一人で子どもを育てることになるんだ。それが子どもにとっていいと言えるだろうか？　僕自身、どんな父親になれるか自信はないが、いないよりはましだと思うが」

アンナは唇を震わせた。必死になって、唇を噛《か》み締めた。なんてことかしら。サクソンのほうから子どもを取りあげないでくれと頼んでいる。私がそう仕向けてしまったの？　そんなつもりは決してなかった。とりわけ今朝、彼からあんな話を聞いたのだから。「あなたはすばらしい父親になると思うわ。あなたを赤ちゃんに会わせないつもりなんて、初めからなかったのよ。問題は、私たちの住まいをどうするかなの。その点について、私はまだよくわからないのよ」

「僕はわかっている。君が欲しいんだ。それに君だって……僕を求めているじゃないか」

サクソンはやはり、君は僕を愛しているんだろう、とは言えなかった。「今すぐ、どうこうする必要はないよ。君も言ったように、赤ん坊が僕たちをほかの親と比べるようになるのは、まだずっと先のことなんだから。だいいち、まだ生まれるまで間がある。その間、君がすこやかでいるかどうかわからなかったら、僕は夜も眠れないよ。少なくとも、赤ん坊が生まれるまではいてほしい。できるだけのことはしたいんだ。出産を控えた親たちのための講座にだってついていくし、出産のときも立ち会うよ」口調はいかにも自信ありげだが、瞳にはすがるような心情が映っていた。その瞳にアンナの決意はゆらいだ。ここではねつけてしまったら、彼は一生立ち直れないかもしれない。

「ここにいるに越したことはないわ」アンナは低い声で言った。サクソンはほっとしたように目を光らせたが、あわててそれを隠した。

「明日、僕の服をこっちに持ってくるよ」

アンナはあっけにとられて、ただ目をしばたたいた。サクソンは以前と同じ生活を続けたいのだと思っていた。毎晩ここでアンナと過ごし、朝になったら自分のアパートメントに戻って、着替えてから仕事に行くという暮らしを。この家のクローゼットの中はアンナの服だけで、がらんとしている。そこに彼の服もおさまるのかと思うと、彼女の心はときめいたが、少し心配でもあった。

でも、心配するなんて、どうかしているわ。もともと彼とほんとうにいっしょに暮らすことが、私のなによりの希望だったじゃないの。すべてがあっという間に変化している。ただでさえ妊娠で、私の日常は一変してしまった。おなかの赤ん坊が成長し、負担がかかってくるので、日を追うごとに体のコントロールはきかなくなっている。初めのうち妊娠の徴候はほとんどなかったが、今でははっきりと体の変化がわかる。

今日一日で、あまりにもいろいろなことが変化し、それに対処しているうちに、ふいにこらえきれなくなった。サクソンを見つめるアンナの目にみるみる涙があふれ、頬をつたう。彼はとっさにアンナのかたわらに寄り添い、腕をまわして、自分の肩に彼女の頭をもたせかけた。「どうしたんだい?」狼狽《ろうばい》したように尋ねた。「僕がここに引っ越してきたら困るのかい？　そのほうが君の面倒をきちんと見られると思ったんだが」

「そうじゃないの」アンナはすすり泣いた。「ほんとうはうれしくてたまらないの。ここにあなたが引っ越してきてくれないかとずっと願っていたのよ。あるいは、あなたのアパートメントに私を呼び寄せてくれないかしらって。とはいっても、引っ越しは私のためではないのよね。赤ちゃんのためなんだわ」

　サクソンはアンナの顔を上に向けさせ、親指で涙をぬぐった。顔をしかめて、黒い眉を寄せる。「君のためだよ。あたりまえじゃないか」彼はもどかしそうに言った。「僕には赤ん坊のことはわからない。だって、まだろくに気配すらないじゃないか。どうしても君を一人にしたくはないんだ」彼の顔がますますけわしくなった。「医者には診せたのかい？」

　アンナははなをすすって、目をふいた。「ええ。お医者様に言われて初めて、妊娠しているのがわかったのよ。ただ、最後の生理がほんのわずかだったし、その前もとても軽かったので、診てもらったの。それ以外はなんの徴候もなかったわ」

「それで、大丈夫なのかい？」

「なんの心配もいらないわ。すべて順調だって、お医者様にも言われたの。妊娠初期はほんの少し出血がある人もいるし、そうでない人もいるんですって。つわりも人によるのよ。私が気づいたことといえば、疲れやすくて、眠くなったこと。それに、とても涙もろくなったことぐらいかしら」

サクソンは安堵した。「すると、君が今泣いているのも、赤ん坊のせいなのかな？」

「違うわ。これはあなたのせいよ！」

「だったら、もう泣かないで」サクソンはアンナを抱き寄せ、額に唇を押しあてた。「君に泣かれるのはいやなんだ」

こんなふうにやさしく抱き寄せられるとどんな気持ちになるか、サクソンにはわからないだろう。こうされることを、私はどれほど待ち望んでいたことか。サクソンのように虐待を直接受けたことはないけれど、彼女も愛情の薄い家庭で育った。

サクソンと家庭を築くことが、アンナの長年の夢だった。同じことの繰り返しだが、毎日確実に彼が帰ってくるとわかっている、ごくありふれた家庭。夢の中のサクソンは、いつも彼女を腕に抱き寄せて、どんなに愛しているか教えてくれた。だが現実のサクソンは、体の関係がいかに親密でも、心情を見せてくれたことはなかった。ところが突然、その態度が変わったのだ。夢が現実になったようで、アンナは信じられない気がした。いずれにしろ、はかなくこの夢を終わらせたくはない。サクソンがここにいてくれる限り、一瞬一瞬を大切にしていきたい、とアンナは思った。

サクソンは言葉どおり、翌日自分のアパートメントを引き払った。そのことをアンナは直接聞いたわけではないが、電話が二本あった。一本は彼のアパートメントを借りたいという人から、もう一本は公益事業の会社からで、請求書の宛先《あてさき》を確認するものだった。それらの電話から、彼が公の住まいとしてきたところをきっぱりと引き払ったことがわかった。アンナとの関係を守ろうと、彼が真剣に考えているなによりの証拠だった。

アンナはサクソンの顔をまじまじと見て、いらだっていないかどうかさぐった。彼が二箇所にあった住まいをまとめたという表面的なことだけではなく、二人の関係が根本から変わったからだ。アンナは彼を愛していると告白した。その言葉はもはや消すことも、水に流すこともできない。二人の間にちょっとした摩擦があったあと、サクソンはそれまで以上にアンナへの心づかいを見せてくれるようになった。

この二年間、肉体的には親密にかかわってきたが、これほどの心のつながりを持つのは、サクソンにとって初めてのことなのだ。ときとして、どういうふうにふるまえばいいのかとまどっているのが、アンナにも伝わった。まるで言葉を知らない外国に来て、道路標識も読めないところを、そろそろと手さぐりで進んでいるかのようだった。

赤ん坊に対するサクソンの関心は日増しに強まり、彼が自宅を引き払ってわずか数日後に予定されていたアンナの検診日には、自分も同行すると言い張った。そして、妊娠後期になったら、超音波検査で赤ん坊の性がわかると聞かされると、いつになったらその検査はできるのかと即座に尋ねた。それから、男の子か女の子かの診断には、どのくらいの率で間違いが起こるのかということも。

子どもの性にサクソンが興味を示したのは初めてで、彼は男の子を望んでいるのかしら、とアンナは思った。どちらが欲しいとは、サクソンは口にしなかったし、アンナもどちらでもよかった。そのため、これまで〝赤ちゃん〟としか言わず〝坊や〟などと性を区別するような呼び方は使わなかった。

男の子が生まれたら、サクソンはどう接するかしら？　男の子のほうが自分の分身という感覚は強いだろうから、息子にたっぷり愛情を注ぐことで、自分の子ども時代の心の傷を消していくことができるかもしれない。泥だらけになりながら、歯をくいしばっている幼い息子に、どうやってバットを振るのか、内野に上がったフライはどうやってキャッチするのか、辛抱強く教えているサクソンの姿が目に浮かぶ。何年も野球の試合に行きつづけ、息子のあらゆる動きを鼻高々で見守ることだろう。ヒットを飛ばせば、こんなすごいヒットは見たことがないと言い、上手にボールをとらえれば、最高だねとほめるだろう。息子の成功は、父親の手ほどきの成果でもあるからだ。

良識を働かせれば、そんなことはありえないとわかっていても、アンナはリクソンとの将来を夢見ずにはいられなかった。すでに一度奇跡は起きたではないか。妊娠を知っても、サクソンは離れていかなかった。もう一度奇跡が起こるのを、彼女は期待しつづけるつもりだった。

その晩ベッドの上で、アンナはサクソンの胸板に顔を寄せ、彼の心臓が力強く、規則正しく、どきどきと打つのを聞いていた。アンナは手を下ろし、自分のおなかに触れた。ここにいる赤ちゃんも、私の心臓が同じリズムで規則正しく音をたてているのを聞いているだろう。そして、サクソンの鼓動で私の心が安らぐように、赤ちゃんも安心しているに違いない。すばらしく心地よい音だ。

「超音波のこと、ずいぶん興味があったみたいね」アンナは眠たそうに言った。

「うーん」サクソンは答えるかわりにうなった。アンナは頭を動かして、彼の顔を見あげた。しかし、顎しか見えず、それも暗い部屋ではぼんやりしていた。

「男の子か女の子か、そんなに知りたい？」

サクソンはもぞもぞ体を動かした。「そうだ、知りたいね。君はどうなんだい？　女の子が欲しいと思っているのかな？」

「そうでもないわ」アンナはあくびをした。「丈夫な赤ちゃんならいいの。男の子でも女の子でも。もっとも、前もってわかれば、名前も考えられるし、子ども部屋の内装にも困らないわね。わからなければ、緑か黄色に限定されてしまうでしょう」

「子ども部屋か」サクソンの口調にはかすかな驚きがこもっていた。「そんな先のことなんか考えたこともなかったよ。僕に想像できるのは、毛をむしられたうさぎほどの大きさの赤ん坊が毛布にすっぽりくるまれている姿ぐらいだ。まだ動くことはできないから、たいしてスペースはいらないだろう。そんな小さな子どものために、なぜ一部屋も使うんだ？」

　アンナは暗い中でにっこりした。「だって、部屋がなかったら、アパートメント中に赤ちゃん用の小物が散らかることになってしまうのよ。それに、赤ちゃんはどこで眠ればいいの？」

　その質問にサクソンは不意をつかれ、声をあげて笑いだした。彼が笑うのは珍しく、アンナの耳の下にその息づかいが響いた。「僕たちといっしょでいいんじゃないかな。空いているほうの腕に抱くよ。僕の胸の上だっていい。でも、寝心地がよくはないだろうね」

　アンナはくすくす笑い、サクソンはまた声をあげて笑った。こんなに満ちたりた気分になったのは初めてだと思いながら、彼女はさらに身を寄せた。「どうやらあなたは男の子が欲しいみたいね。今日一日、あなたが息子に野球のしかたを教えているところを想像していたのよ」

　アンナのかたわらでサクソンが体をこわばらせた。「別に男の子がいいとは思っていないよ」そして緊張した声で言い添えた。「ほんとうは女の子が欲しいんだ」

　アンナは驚いて黙りこんだ。私がなにを言ったから、サクソンは緊張したのかしら？　彼はしばらくなにも言わなかった。アンナはうつらうつらしてきたが、サクソンがそっと言った次の一言で、眠気は吹き飛んだ。

「女の子だったら、君に似てかわいいいんだろうな」

6

「君の家族のことを聞かせてくれないか？」翌朝、サクソンは足をとられそうな道をこわごわと踏み進むかのように、アンナに尋ねた。サクソンは、家族というものを知らないのだ。でも、里親の家で見た限りでは、家族などいないほうがましだった。ただ、アンナのことはもっと知っておきたいと思う。将来、帰宅してみたら、家がもぬけの殻になっているということもありうる。そのときに彼女をさがす手がかりはできるだけ蓄えておきたかった。「君の家族には、赤ん坊が生まれること、あるいは僕のことなんか、話してあるのかい？」

「家族はいないわ」アンナはシリアルにスキムミルクをつぎながら答えた。どうということはないという顔だが、サクソンはたちまち興味を引かれた。

「一人も？　お父さんもお母さんも亡くなったのかい？」サクソンのまわりには、両親を失った子どもたちがたくさんいた。みんな悲しげで、おびえていた。よりどころにしていた世界をなくして、どうしていいのかわからないでいた。サクソンの生い立ちもきびしかったが、親を失った子どもたちよりはましだったかもしれない。愛していた人を失うという経験は、少なくともしないですんだ。彼は母親に死なれたのではなく、母親に捨てられたのだ。おそらく、その母親も、父親も、どこかで生きているだろう。もっとも、両親がいっしょに暮らしているとは思えない。きっとつかの間の情事の果てに、サクソンは生まれたのだ。悪くすると、たった一晩の火遊びの結果だったかもしれない。

「ええ。でも、施設に入ったことはないの。私が九歳のとき、母は亡くなったわ。父は私の面倒をじゅうぶんに見ることはできないからって、自分の異母妹に私を預けたの。ほんとうのところ、父は責任を回避したのよ。おばが言っていたわ。父はいつも無責任で、一つの仕事に長くついたことはないし、お金が入れば、お酒や女に使ってしまうって。その父も、私が十四歳のとき、交通事故で亡くなったわ」

「そのおばさんは？」近親者は〝なし〟とアンナが履歴書に書いていたことを思い出して、サクソンは尋ねた。「今でも会いに行くことはあるのかい？」

「いいえ。あなたのところで働くようになる一年ほど前に亡くなったわ。でも、そうでなくても、おばとは会うこともなかったと思うの。それほどかわいがってはもらわなかったのよ。おばとシドおじさんの間には七人も子どもがいたわ。だから、私を押しつけられて迷惑していたのよ。食いぶちが増えるんですもの。それに、父とおばの仲もよくなかったの。おばの名前はコーラというのだけど『アメリカン・ゴシック』に描かれているような人だったわ。あの絵の中の人たちは人生にうんざりして、退屈したような、不機嫌な顔をしているでしょう。いつもお金に困っていたのだから、なにを買うのでも、実の子を優先しようとするのは当然だったわ」

アンナの話を聞いているうちに、サクソンは憤りを感じた。大きな蜜色の瞳の、やせた、いたいけなみなしごが、家族の中でのけ者にされていたのだ。里親の家でのサクソンの境遇とそっくりだ。もっとも、彼にとっては、そんな暮らしでも、ましなほうではあった。だが、アンナがそんな扱いを受けていたなんて許せない。

「いとこたちは？　会ったり、連絡が入ったりということはないのかい？」

「いいえ。もともと親しくなかったの。しかたなくいっしょに育てられただけで、共通するものなんてほとんどなかったわ。そのうち、いとこたちも農場から出ていって、居所もわからないの。その気になればさがせるでしょうけれど、そんなことをしてもしょうがないわ」

どういうわけかサクソンはこれまで、アンナがこの世で一人ぼっちだとか、自分と同じような生い立ちだったとは考えたこともなかった。今それがわかって、あらためて衝撃を受けた。家族の愛情を知らないのは僕だけではなかった。たしかにアンナは暴力を振るわれたことはない。だから、人に手を差し伸べる余裕もあるし、愛を口にすることもできるのだろう。僕の場合は、物心ついたころから、人になにかを期待しても無駄だし、自分から人になにかをするべきではないと思いこんできた。そんなことをすれば、結局、傷つくのは自分なのだから。アンナの境遇はそこまでひどくなかった。それだけは、ひとまず胸を撫《な》でおろせることだ。

それでも、やはりアンナにとって、僕を愛していると口にするのは容易ではなかったはずだ。拒絶されるかもしれないと、気が気ではなかったことだろう。それを僕は拒絶したのだ。せっかく愛の告白をしてくれたのに、うろたえて、はねつけてしまった。僕がやみくもに逃げ出し、翌朝戻ったとき、アンナは僕の顔を見るのも耐えられなかっただろう。思い出しても、ぞっとする。しかし、アンナはもう一度僕を受け入れてくれた。僕を愛してくれるばかりか、僕の赤ん坊の誕生まで楽しみにしているみたいだ。なんだか夢のような気がする。

「あなたの里親だった人たちについて話してくれる？」アンナは尋ねた。「電話をしたり、会いに行ったりしているの？」

「していない。高校卒業以来、まったく会っていないよ。卒業式が終わるとすぐに荷物をまとめて、家を出たんだ。向こうも、僕から連絡があるなんて思っていないよ。出るとき、さようならと言って、それまでの礼は言っておいた。それでじゅうぶんだろう」

「名前はなんというの？」

「奥さんはエミリン。ご主人はハロルドだ。姓はブラッドリー。いい人たちだったよ。いろいろ努力をしてくれた。ことにハロルドのほうがね。でも、僕はどうしても彼らの息子の代わりにはなれなかった。二人の目はいつも僕を息子代わりにしようという思いにあふれていた。僕はケニーではないんだ。エミリンは我が子が死んで、僕が生きているなんて、悔しくてたまらないようだった。どうしてもというとき以外は、二人とも僕の体に触れようともしなかったよ。たしかに面倒は見てくれた。住む場所にも、着る物にも、食べ物にも不自由はしなかった。でも、愛情はなかった。僕が家を出ることになって、二人はほっとしていたよ」

「その人たちがまだ元気でいるのかとか、引っ越したのかとか、気にはならないの？」

「気にしてもしかたないよ。あの家に僕の居場所はないんだ。僕が会いに行っても、ちっとも喜んではもらえないよ」

「家はどこだったの？」

「ここからおよそ百三十キロ離れた、フォートモーガンだ」

「それなら、ずいぶん近いじゃないの。私のいとこはメリーランド州にいたのよ。連絡をとっていなくても、まあ無理もないでしょう」

サクソンは肩をすくめた。「大学進学を機にコロラド州を出たから、やっぱり会いに行くのは面倒だったんだ。授業料をまかなうために仕事を二つ掛け持ちしていて、時間もあまりなかった」

「でも、コロラドに戻ってきて、デンバーに落ち着いたんでしょう」

「大都会のほうが、技師としての働き口は多いからね」

「大都会なら、アメリカ中たくさんあるわ。問題は、里親だったご夫婦のこんなに近くにいるのに、大学のことを報告もしていなければ、コロラドに帰ってきたと電話もしていないことよ」

サクソンの声に怒りがこもった。「そうだ。なにも連絡していない。する気もないよ。だって、アンナ、大学を卒業してもう十五年もたつんだ。その間ずっと、僕が行くのを待ちわびているはずはないよ。僕が来ることはないだろうと、向こうでもわかっているさ」

アンナはその話を打ち切ることにした。でも、二人のことが頭から離れない。ハロルド・ブラッドリーとエミリン・ブラッドリー。この名前は覚えておこう。サクソンがどう考えようと、二人は長い間、彼を育ててくれたのだ。きっと、彼のその後を知りたいと思っているに違いない。

サクソンは口もきかずに仕事に出かけた。午後に帰宅したときも、相変わらず不機嫌だった。アンナは彼をほうっておいたが、黙っていられると、心は騒いだ。いろいろ尋ねたせいで、きっと彼は気分を害したのだ。二人の関係を終わりにしようと考えているのではないだろうか？　でも、家族の話を持ち出したのはサクソンのほうだ。彼が私に家族のことをきいてきたのだから、彼がいけないのだ。妊娠を知らせてから数日は、サクソンに近づきやすくなったようにアンナは感じた。彼が自分のものになってくれたようにも。なのに、いきなり壁にはばまれてしまった。彼はその中に閉じこもっている。なんとかして亀《き》裂《れつ》を作り、壊そうとしても、その壁はとうてい崩れそうもなかった。

サクソンには、里親の話は不愉快だった。しかし、考えるきっかけにはなった。彼とアンナが手をこまねいていたら、生まれてくる赤ん坊もまた、家族に恵まれずに成長するところだった。今のところ、次の子どものことまでは想像がつかない。でも、意外なことに、そのときサクソンは、もっと子どもがいてもいいような気がした。同棲する恋人どうしにたまたま子どもができてしまったというのではなく、家族をつくりたいと彼は思った。

実の母親のことで、サクソンが好ましい幻想を抱いたことはなかった。ただ、子どものころ、つらい気持ちで途方に暮れたとき、ほんとうの家族とはどういうものなのだろうと考えたことはあった。落ち着ける家があって、愛してくれる人がいたら、どんな感じなのだろうと。現実はつらく、その重さに耐えかねて、幻想はすぐにかき消えた。ただ、そのころ想像した家族像はまだ心に残っている。安心感が中心にあり、すべてが一つにつながっているような家庭。両親については想像がつかなかった。ただ、背の高い大人たちが自分を危険から守ろうとしてくれるという構図だけが浮かんだ。自分の子どもにそんな幻想を持ってほしくはない。ほんとうの落ち着いた家庭で育ってほしかった。

一週間前なら、今考えているようなことが脳裏に浮かぶだけで、身の毛もよだつような気がしたことだろう。でも、アンナを失えばどんなに恐ろしいことになるか、今はわかっている。あのときのつらさは二度と味わいたくない。一日たりとも、一晩たりとも、同じ経験をしたら、正気を失ってしまうかもしれない。それに比べたら、今考えていることなど、簡単なはずだ。

そうは思うのだが、それを言葉にすることはなかなかできなかった。サクソンは不安そうなまなざしでアンナを見守った。彼女はどんな返事をしてくれるのだろう？　そんなことを予想しようとしても無駄だとわかっていたが。いつものように落ち着きはらっているアンナの心は複雑で読めない。きっと僕が考えてほしくないこと、あまりうれしくないことを考えているのだ。ともかくアンナがなにを考えているのか、ほとんどわからないので、彼女がどんな返事をくれるか、どうしてそうなるのかの予測もつかない。彼女が僕を愛してくれているのなら、問題はないともいえるが、そうともいえない。赤ん坊のためだと思えば、アンナは自分の幸せを犠牲にすることも辞さないからだ――僕は幸せにできるつもりでいるが。

生まれもしないうちから、赤ん坊は二人の生活をどれほど変えてしまったことだろう。でも、サクソンはその変化を後悔してはいなかった。たしかにこわい気はする。崖《がけ》っぷちに立たされているようで、一歩間違えば、谷底に落ちてしまいそうだ。だが同時に、アンナとはこれまでより心が通い合うようになったし、親しみも増した。彼女のために気をつかうことは、なんといってもかけがえのない行為に思われる。以前は一人ぼっちがあたりまえだったし、それを喜んでさえいたが、今さらそんな過去に戻れるとは思えない。

それでもサクソンは、決意を言葉にしようとすると、気おくれして神経がぴりぴりした。結局、彼は自分を捧《ささ》げたり、気持ちや弱さを見せたりする言葉を口にすることはできなかった。そのかわり、やっとのことで言えたのは、この言葉だった。「僕たちは結婚するべきじゃないかな」

この言葉は、ほかのどんな言葉よりアンナを驚かせた。脚から力が抜け、どさりと座りこんだ。「結婚!」信じられない思いと驚きが入りまじった声で彼女は言った。アンナは結婚のことなど考えてもいなかったのか。それを知って、サクソンはおもしろくなかった。「そう、結婚だよ。道理にかなっているだろう。二人はもういっしょに住んでいるし、子どもも生まれる。次のステップとして当然のことじゃないか」

アンナは首を横に振った。拒絶のつもりではない。頭をすっきりさせたかったのだが、無駄だった。〝次のステップとして当然のこと〟などという言葉でプロポーズされるとは考えたこともなかった。そもそもサクソンがプロポーズしてくれるとも予想していなかった。もちろん、内心では強く望んでいたが。しかし、プロポーズをしてくれるのなら、別の理由からしてほしかった。愛している、君がいなくては生きていけないからと。サクソンの気持ちは、たぶんそのとおりだとは思う。でも、口で言ってくれなければ、確信は持てない。

簡単に決めるわけにはいかない。アンナはすぐには口を開かなかった。返事を待つサクソンの顔は冷静だった。濃さを増したグリーンの瞳でアンナを見守っている。私の答えは彼にとって重大な意味を持つんだわ、とアンナは気づいた。イエスという返事を彼は待っている。私だってイエスと言いたい。問題は、ただ彼の愛をがむしゃらに信じて、結婚するつもりなのかということだ。二人の人生ばかりか、子どもがかかわることなのだ。慎重な女性なら、ぜったいにうかつな返事はしないだろう。結婚生活が破綻《はたん》するようなことになれば、三人の心に大きな傷が残る。

サクソンの愛人になるときは、仕事までやめて、ひたすら飛びこんでいった。後悔はしていない。二年間の愛人生活は、これまでの人生で最高に楽しかった。その関係を断ち切りたいなどとは夢にも思わない。ただ、妊娠で状況は変わってしまった。アンナは唇をわずかにゆがめて考えた。今は自分のことだけでなく、赤ちゃんのことを考える必要がある。当然のステップが必ずしも最善の策とはいえない。たとえ、すぐにも承諾したいと心ははやっていても。

アンナはサクソンを見た。濃茶色の瞳を真剣に光らせている。「あなたのことは愛しているわ。わかっているでしょう」

以前なら、そんなふうに言われると、聞く耳を持たず、サクソンは蒼白《そうはく》になっていたことだろう。でも今、彼はしっかりとアンナの視線を受けとめた。「わかっている」彼はアンナの愛の言葉を聞いても、こわくはなかった。むしろうれしかった。人生最高のプレゼントをもらったような気がした。

「ほんとうはイエスと返事をしたいのよ。ただ、不安なの。いっしょに暮らそうと言いだしたのは、あなただったわ。あなたはこれまでずっとすばらしかった。でも、赤ちゃんが生まれたあとも、同じ気持ちでいられるかしら。昔から言うように、すべては変わってしまうのよ。罠にとらえられたとか、不幸せだとかと、あなたに思ってほしくないの」

アンナが口にしようとする返事をくじくかのように、サクソンは首を横に振った。「将来のことはわからない。実際、僕が赤ん坊をどう感じるか、君が不安に思うのは無理もないと思う。実を言うと、僕自身、少しこわいんだ。でも、舞いあがるほどうれしいのもたしかだよ。赤ん坊が待ち遠しいし、君を求めているんだ。結婚して、二人の関係を公にしよう」彼は皮肉っぽくほほえんでみせた。「そうすれば、赤ん坊の姓はマローンになる。新たな家系の二世誕生になるんだ」

アンナは大きく息をつき、こんなにうれしいことはないと思う気持ちを振り払った。「この場で返事をすることはできないわ」彼女はささやいた。サクソンの顔が引きつる。「なんだか、これではいけないような気がするの。イエスと答えたいのよ、サクソン。そう答えたいのはやまやまなの。ただ、それでいいのかどうか、確信が持てないのよ」

「それでいいんだよ」サクソンの声はかすれた。

「だったら、今はいいとして、ひと月たっても、あるいはふた月たっても、いいと言えなくてはだめなのよ。いろいろなことが矢継ぎ早に起きているでしょう。赤ちゃんのこと……あなたのこと。間違った決断はしたくないの。それに、今の私は感情が先走っていて、頭がうまく働いていないのよ」

サクソンは強烈な意志を目に宿した。グリーンの瞳が濃さを増し、ひたと見すえる。「無理やり承諾させるわけにはいかないな」ゆっくりと深みのある声で彼は言った。「でも、プロポーズはあきらめないよ。今までどおり愛も交わすし、面倒も見る。そのうちに、君だって、僕がいなくては生きていけないと思うはずだ」

アンナは唇を震わせた。「今だって、そう思っているのよ」

「とにかく、あきらめないよ、アンナ。いったんこうと決めたことは、実現するまで手をゆるめない主義なんだ。君が欲しい。ぜったいに手に入れるよ」

アンナにはサクソンの言葉がいやというほどわかった。彼が腹をすえてかかったら、まっしぐらに突進し、目的のものを手に入れるまで、ほかのものには目もくれない。そういう意志の強い人に、これから追いかけられると思うと、アンナはいささかおじけづいた。

すると、サクソンはにっこりした。まるで獲物を前にした動物のように。「覚悟するんだね、ベイビー」

7

結婚。アンナの意識の中にこの言葉がさまよう。昼間はもとより、夜の夢にまで出てきた。ともすると、あと先かまわず、イエスと答えてしまおうかという衝動にかられるのは毎日のことだった。そんなとき必ず、アンナの心のどこかで、まだそれだけの覚悟はできていないでしょうと押しとどめるものがあった。以前はずっとサクソンの愛人でいいと我慢していた。なのに今は、彼の妻におさまることができないでいる。彼に愛してほしい、その気持ちを自分に対しても私に対しても認めてほしい。サクソンが私を愛しているのはたしかなことのように思われる。でも、彼自身がその気持ちをはっきり意識できない限り、私の思いこみということもある。サクソンは〝君が欲しい〞とは言ったが〝君を愛している〞とは言ってくれなかったのだ。

サクソンが自分の感情をきちんと認められないのは、無理もないことだった。ときとして一人になると、アンナは彼の心情を思って泣き濡れた。赤ん坊のときに捨てられ、よちよち歩きのころには、一人ぼっちで、おびえていなければならなかった。そしてもう少し大きくなると、暴力を振るわれ、だれも助けてくれる人はいなかった。そんな子ども時代を過ごせば、どんな人でも心に傷を受け、人に愛を与えるどころか、愛を受け入れることもできなくなるだろう。よく考えてみると、サクソンがアンナにあれだけ近づいてくるには、想像を絶する努力が必要だったのだとわかる。

ほんとうはそれ以上を望むのは無理なのだ。それがわかっていて、アンナは求めていた。ブラッドリー夫妻のことも、アンナの頭から離れなかった。サクソンの話からすると、彼は十二歳から十八歳までの六年間、この夫妻の世話になっていた。六年といえば、かなり長い年月ではないか。夫妻にしても、なんの感情もなかったとは考えられない。ほんとうは心づかいを見せてくれていたのに、そのころのサクソンには、それがわからなかっただけではないだろうか？　そうだとすれば、その後なんの便りもしないサクソンのことを、二人はどう感じているだろう？

少しでも人間としての温かみがあれば、きっと心配していたに違いない。学童のころから一人前になるまで、サクソンを育てた夫妻なのだ。二人のおかげで、それまで知らなかった落ち着いた生活を彼は送ることができた。アンナが愛人となり、アパートメントを安らげる場所にするまで、この夫妻の家庭だけが、彼にとって唯一、家と呼べるものだったのだ。たしかに実の息子を失ったことで感情のバランスを崩し、サクソンが感じたように、哀れみと義務感だけで彼を育てたということもありうる。哀れみ！　サクソンにしてみれば、哀れまれるのは耐えがたいことだったろう。夫妻の哀れみを感じ取ったとしたら、彼が会いに行かないのも無理はなかった。

でも、そんなことをいくらくよくよ考えてみても、なんら解決にはならない。ほんとうのことを知りたいのなら、フォートモーガンまで行って、ブラッドリー夫妻をさがすしかない。十九年もたっているのだから、行っても無駄かもしれない。居を移したり、亡くなったりしていることもあるのだ。

ともかくアンナは行ってみることにした。そう心に決めると、気持ちが楽になった。もっともサクソンは頭から反対するだろう。でも、反対されたぐらいで、行くのをやめるつもりはなかった。

だからといって、内緒で行くつもりもなかった。その晩、夕食のあと、アンナは言った。

「明日、フォートモーガンに行ってくるわ」

サクソンは体を硬くし、目を細めた。「なぜ?」

「ブラッドリー夫妻をさがしに行くの」

サクソンは気色ばんで、新聞をたたみ、わきにやった。「そんなこととしても、しょうがないよ。状況は言っただろう。だいいち、どうして君がそんなことを心配するんだ? 十九年も前のことなんだ。今の僕たちになんの関係もないじゃないか。そのころは僕たち、知り合いでもなかったんだよ」

「半分は好奇心だわ」アンナは正直に思ったことを言った。「それに、ご夫妻の気持ちを、あなたはもしかしたら誤解していたかもしれないでしょう？　あなたはまだ若かった。二人の気持ちがほんとうにはわからなかったかもしれないわ。そして、誤解があったとしたら、二人は実の息子だけでなく、あなたという息子まで失ったという気持ちでいるはずよ。十九年間も」

「だめだ」サクソンは言った。その有無を言わせぬ口調は、アンナの言葉が間違っていると告げているのではない。行くなと命令しているのだ。

アンナは眉を上げた。驚きをたたえた目でサクソンを見る。「もともと許しを求めるつもりはなかったわ。ただ、電話をかけてきたとき、私がいないと、あなたが心配するかと思ったから、どこに行くかを知らせただけよ」

「言っただろう。だめだ」

「あなたの気持ちはわかったわ。でも、私はもう愛人ではないのだから……」

「ゆうべのことはどう説明するつもりだ」怒りのために、サクソンのグリーンの瞳が濃さを増した。

アンナはサクソンと言い争うつもりはなかった。そのかわり、ただほほえんだ。温かなまなざしで、やさしい笑顔を見せた。「それって、愛を交わしたことね」あのひとときはすばらしかった。二人のセックスは以前から熱く激しかったが、サクソンがこのアパートメントに居を移してから、さらに別の感覚が加わった。以前にはなかった、驚くほどの温かさが加わった。愛を交わす時間もずっと長くなった。前は、朝になったら起きて、出かけなくてはならないと思っていたので、サクソンもせかせかしていたような気がする。今ははやる気持ちは影をひそめ、かつてなかったほどゆったりしていた。そのため、喜びも増していた。

〝愛〟という言葉に、サクソンの顔が一瞬、緊張した。しかし、またたく間にその表情はすっと消えた。

「私はあなたの愛人ではないわ」アンナは繰り返した。「もう愛人関係は終わったのよ。私はあなたを愛しているから、いっしょに暮らしている。そして、あなたの赤ちゃんを身ごもっているわ」

サクソンはアパートメントの中を見渡した。「君はもう愛人ではないと思っているかもしれないが、僕から見ると、前とちっとも変わっていないように思えるんだがな」その声は気色ばんでいた。

「生活費はあなたが出しているから？　でも、それはあなたが言いだしたことよ。私が頼んだ覚えはないわ。そうしたほうがよければ、私は仕事をさがすわ。いずれにしろ、囲われた女という立場に満足したことはなかったんだし」

「だめだ！」アンナが働くなんて、とんでもない。サクソンは心のどこかで、生活費をいっさいまかなえば、彼女が自分のもとから去りたいと思わないのではないかと、いつも考えていた。それでいて、アンナが経済的に困らないように、彼女名義の株を次々に購入してきた。サクソンは自分でもその矛盾を気に病んでいた。しかし、彼の身になにか起きることだってあるのだ。そんなとき、アンナが困らないようにしておきたかった。実際、サクソンは出張が多いし、建設現場で仕事をすることも多い。どう考えても、安全とはいえない。そのうえ、一年前には、全財産をアンナに譲るという遺言書まで作った。彼女には知らせていなかったが。「そんなに遠くまで車を走らせてほしくないんだ」サクソンはようやく言った。藁《わら》にもすがる思いになっているのが自分でもわかった。

「車で二時間もかからないわ。天気予報では、明日は快晴よ。でも、あなたもいっしょに行きたいと言うのなら、週末まで待ってもいいわよ」

そんなつもりはない。サクソンは表情を閉ざした。これまで会いに行ったこともないし、これからも会いたくないのだ。ブラッドリー夫妻から虐待されたわけではない。むしろ世話になった里親の中では、もっとも親切にしてくれた人たちだった。でも、人に面倒を見てもらう暮らしは卒業したのだ。あの家を出るとき、それまでの暮らしは封印した。その後、二度とあんなみじめな暮らしに戻りたくないと、奴隷のようにあくせく働いてきた。

「もう引っ越したかもしれないわ」アンナはなだめるように言った。「ただ、確かめたいだけなの」

サクソンはこんな話はもうたくさんだというように言った。「だったら、電話番号を調べればいい。夫妻に電話して、まだ元のところに住んでいるのか、きくんだよ。でも、僕の名前は出さないでくれ。僕は話はしたくないんだ。会いたくもない。いっさいかかわりたくないね」

サクソンは過去を拒絶している。アンナは別に驚かなかった。なつかしむような過去ではないのだから。それに、もともと彼にいっしょに行ってもらおうとも思っていなかった。「電話で話すのは気が進まないの。車で行って、家を見てみたいわ。二人には会えないかもしれないけれど。家が見つかるかどうかもわからないし、不在かもしれないでしょう」

アンナは息をこらした。サクソンの口からあることを言われたら、振りきることができないだろう。〝僕のために行かないでくれ〟と言われたら、行かないつもりだった。彼が自分のために頼みこむようなことがあったら、はねつけるわけにはいかない。サクソンはこれまでさんざん人から拒絶されてきたのだ。アンナまで拒絶することはない。でも、これまで拒絶されてきた経験から、彼には人にものを頼む気力が残っていないのだとアンナにはわかる。気にかけてもらえるかどうかわかってしまう状況には、自分を置きたくないのだ。サクソンは人に命じたり、反対したりすることはできるが〝行かないでくれ〟とただ頼むことはできないだろう。

サクソンはそれ以上話すことを拒み、落ち着きなく立ちあがると、テラスに続くドアの前に立って外を見た。アンナは落ち着きはらって新聞に目を戻したが、心臓は早鐘を打っていた。二人がこういうふつうの喧嘩《けんか》をしたのは初めてのことだった。意見の食い違いを口にはしたが、深刻な結果にはならずにすんだ。アンナはうれしかった。サクソンは家を出ていかなかったし、私に出ていってほしいとも言わなかった。よかった。意見が食い違ったぐらいで関係が終わってしまうという心配は杞憂《きゆう》にすぎなかった。彼はその程度には私を信じてくれているのだ。

どんな男女の間にも、意見の食い違いは起こる。サクソンはそんなとき必要以上に心を騒がせるのではないかと、アンナは心配していた。ごくふつうのカップルなら、食い違いがあって、あたりまえだ。聖人であっても、意見の違いはあるだろう。二年前のサクソンなら、二人で話し合って決めるということさえ我慢できなかったに違いない。

秘密を打ち明けるのは容易ではなかっただろうが、サクソンは必死に努力していた。自分の過去を話したのはしかたのないなりゆきだったが、二度と自分を守る心の壁を張りめぐらそうとはしなかった。感情を閉じこめる壁にいったんひびが入ってしまったら、二度と修復することはできないということを受け入れたようだ。

アンナはブラッドリー夫妻を見つけたとしても、どれだけのことができるか、わからなかった。なんの役にも立たないかもしれない。とにかく二人に会って、十代のころのサクソンがどんなふうだったか知りたいと思った。夫妻がサクソンのことを気にかけているようなら、彼がちゃんと生きていて、元気でいると安心させたかった。経済的にも成功して、子どもも生まれるのだと。

アンナに背を向けたまま、サクソンは尋ねた。「僕の過去が引っかかって、結婚を恐れているのかい？　それでブラッドリー夫妻に会ってみたいんだね？　僕のことを尋ねられるから」

「違うわ」アンナは耳を疑った。「あなたとの結婚に恐れなんかないわよ」

「両親がどんな人間かまったくわからない。人殺しかもしれないし、麻薬依存症かもしれない。母に至っては、売春婦かもしれないんだ。その可能性はかなり高いな。精神を病んでいた可能性だってある。僕だったら、そんな相手と結婚するのは恐ろしいね。でも、ブラッドリー夫妻に尋ねても、なにもわからないよ。僕の両親を知っている人はだれもいないんだから」

「あなたのご両親のことなんて関心ないわ」アンナは冷静に言った。「私はあなたという人をわかっているもの。あなたは岩のように意志が固い。そして正直で、親切で、働き者で、セクシーだわ」

「それほど僕の真価を認めているのなら、どうして結婚してくれないんだ？」

いい質問だわ、とアンナは思った。たしかに結婚しない私はどうかしているのかもしれない。「おたがいにとってそれでいいのかどうかわからないのに、あと先考えずに進むのはいやなの」

「僕は自分の子どもを非嫡出子にしたくないんだ」

「あら、サクソン」アンナは悲しそうに笑った。「赤ちゃんが生まれるよりずっと前に、心は決めるわ。約束する」

「でも、イエスと答える約束はできないんだな」

「結婚したらうまくいくかどうか、あなただって約束できないでしょう」

サクソンは肩ごしに振り返り、きびしい視線をアンナに向けた。「僕を愛していると言ったじゃないか」

「それはたしかよ。でも、あなたは私を愛していると言ってくれないでしょう?」

サクソンはなにも言わなかった。アンナは悲しく穏やかな目で彼を見つめた。今の質問は二つの意味に解釈できるだろう。私を愛しているのに、サクソンはそれを口に出せない、と彼女は考えた。それとも、愛していると口にさえしなければ、感情的に縛られずにすむと彼は思っているのかもしれない。

ようやくサクソンは言った。「その言葉を言えば、僕と結婚するというのか?」

「いいえ。愛の言葉であなたを試そうなんて考えてないわ」

「そうなのかい?」

「そうよ」アンナは言い張った。

「僕がうまくやれるかどうかわからないから、結婚しないのだと言ったよね。でも、僕は努力は惜しまないつもりだ。将来を誓いたくないというのは、君のほうなんだよ」

アンナはいらいらとサクソンを見つめた。論争になると、彼の右に出る者はいない。アンナの言ったことを逆手にとって、彼女を攻撃する材料にしてしまう。サクソンはアンナの気持ちを確信している。そのことは彼女もうれしく思っている。でも、実際に結婚したら、将来どういう目にあうことになるのかもわかる。サクソンとの論争に勝つには、しっかりと心を決めてかからなければならないのだ。

背を向けているサクソンに姿が見えないのはわかっていたが、アンナは彼に指を突きつけた。「私は将来を誓いたくないとは言っていないわ。ただ、今すぐ決心はつかないと言っているの。少しは慎重に考える時間をくれてもいいでしょう」

「僕を信頼していれば、そんなことは言わないはずだ」

アンナは不審に思った。しげしげとサクソンのほうを見て、ふいに気づいた。彼が背を向けているのは、顔の表情を読まれたくないからなのだ。それがわかって、アンナは目を細めた。彼は声ほどには動揺していないし、腹も立てていないのだ。ただ、アンナに結婚を承諾させるための作戦として、こういう態度に出ているだけなのだ。自分の意志を通すときの、いつものサクソンのやり方だった。

アンナは立ちあがって、サクソンのほうに行った。ほっそりした彼の腰に腕をまわし、背中に顔を寄せる。「そんなことをしても無駄よ。あなたの心はわかっているわ」彼女はそっと言った。

意外なことに、サクソンは低い笑い声をもらした。そして振り返って、アンナを抱いた。

「もしかすると、君には僕のことがわかりすぎるのかもしれないね」それでもいいか、という調子で彼はつぶやいた。

「あなたの演技が下手なのかもしれないわ」

サクソンはまた小さく笑って、アンナの頭に頬を寄せた。だが、しばらくして口を開いたとき、ふざけた調子は影をひそめていた。「どうしてもというのなら、ブフッドリー夫妻に会ってくるといい。別に発見はないだろうけれど」

8

フォートモーガンは人口一万人ほどの小さな町だった。アンナはあたりのようすを知ろうとしばらく車を走らせ、電話ボックスでブラッドリー家の住所を調べた。電話帳に載っていなかったら、あとはどうしたらいいのかわからない。載っていないとしたら、引っ越してしまったか、亡くなったということだろう。もっとも、番号を知られたくないという場合もある。

サクソンにきこうと思えばきけたのだが、彼がいやだと思っていることに手を貸してほしいと頼むのは気が引けた。だいいち十九年もたっているのだ。ブラッドリー夫妻がまだフォートモーガンにいるとしても、同じ家に住んでいるとは限らない。

電話帳は分厚いものではなかった。ぱらぱらとめくって、Bで始まるページを開けた。それから指を下にすべらせていく。「ベイリー……バンクス……ブラック……ボートライト……ブラッドリー。ハロルド・ブラッドリー」アンナは住所と電話番号を書き写した。先に電話をして、道順をきくべきかどうか考えたが、やめることにした。不意打ちで訪ねてみたかった。前もって訪問を知っていれば、人はどうしても取り繕ってしまい、ほんとうの心の中を見せることはないだろう。

　アンナはガソリンスタンドでガソリンを満タンにしてもらい、店の人にブラッドリー家への道順をきいた。十分もすると、住宅街にたどり着いた。ゆっくりと家々の番地を見ながら、ついに小ぎれいで地味な家の前で車をとめた。建てられて四、五十年はたつだろう。玄関前には昔風の屋根のついたポーチがある。白いペンキははげかかっていたが、塗り直しが必要なほどではなかった。ポーチにはいろいろな鉢植えが並べられて、日を浴びているが、狭い庭には特に飾りがなく殺風景に見えた。家のわきの少し奥にある車庫に、車が一台おさまっていた。

　アンナは車から降りた。今になって、妙にためらいを感じる。それでも、ひびの入った歩道を通り、ポーチの三段の階段を上がった。窓の前にゆり椅子があった。ところどころ錆《さび》が見えるのは、何度も塗り直したペンキがはげ落ちたのだろう。夏にはブラッドリー夫妻はこの椅子に座って、近所の人たちが仕事に行くのを眺めているのかしらと思った。

　呼び鈴はなかった。アンナはスクリーンドアの枠をノックし、待った。灰色と白のまだらの猫がポーチに上がってきて、こいつはだれだというように、にゃあと鳴いた。

　しばらくして、アンナはもう一度ノックした。今度は急いで出てくる足音が聞こえる。

アンナの心臓は早鐘を打ちはじめた。それとともに吐き気を感じて、彼女は必死に唾をのみこんだ。めったにないつわりに、よりによってこんなときになるとは！　恥をかくようなことにならないようにと彼女は願った。

　ドアが開いた。背が高く、やせぎすで、きびしい表情の女性がスクリーンドアの向こうに立っていた。女性はスクリーンドアを開けようともせずに言った。「はい？」低くかすれた声だった。

　その愛想のない表情に、アンナはがっかりした。サクソンのことはなにも言わずに帰ろう。ただ、ノックをした手前、別の住所を尋ねようと思った。だが、背の高い女性はドアの掛け金に手をかけたまま、アンナが用件を言うのを辛抱強く待っている。その意志の強そうな姿勢に、なんとなくアンナの心は引かれた。

「ミセス・ブラッドリーですね？」

「はい、そうです」

「私はアンナ・シャープといいます。サクソン・マローンの里親だったブラッドリー夫妻をさがしているんです。こちらでよろしいのでしょうか？」

　女性は鋭く目をこらした。「そうです」それでも、ドアの掛け金をはずしてはくれない。

　アンナの期待はしぼんだ。育てられたこの家においてさえ、サクソンがなんの愛情も受けていなかったとしたら、彼が愛情を与えることも、受け入れることもできなくて当然かもしれない。そんな人を相手に、どんな結婚生活を送れるというのだろう？　いつも冷ややかな父親を見ていたら、私の子どもはどうなるだろう?

でも、ここまでわざわざ来たのだ。きくべきことはきいておこう。それに、相手の女性は鋼鉄のような視線で、用件はなにかと催促している。「サクソンの知り合いなんです」

アンナが言うなり、女性は掛け金をはずし、スクリーンドアを外側に開いた。

「サクソンを知っているのね?」女性は強い口調で言った。「住んでいるところも知っているの?」

アンナは一歩退いた。「はい、知っています」

ミセス・ブラッドリーは顎をしゃくって家の中を示した。「どうぞ入って」

アンナはおそるおそる中に入った。招じ入れられたというよりは、指図を受けたような感じがする。ドアを入ると、中はリビングルームになっていた。さっと見渡すと、家具はどれも古びていて、ところどころはがれている。部屋は狭いが、中はきれいに掃除されていた。

「お座りなさい」ミセス・ブラッドリーが言った。

アンナは座った。ミセス・ブラッドリーは用心深くスクリーンドアの掛け金をかけ、エプロンで手をふいた。力強そうな、よく働く人の手だ。アンナはその手を見て、夫人は動揺しているのだと気づいた。

アンナは夫人の顔を見あげた。驚いたことに、硬い表情が感情の高まりにゆがんでいる。

ミセス・ブラッドリーは懸命に抑えようとしているが、やせた頬に涙が一筋ふいに落ちた。夫人はロッキングチェアにどさっと座りこみ、エプロンを両手で絞った。「私の息子はどうしているのかしら？」かすれがちの声で尋ねた。「元気でいるの？」

二人はキッチンテーブルについていた。ミセス・ブラッドリーはコーヒーを飲み、アンナは水で満足していた。夫人は今や落ち着きを取り戻しているが、ときおりエプロンの端で目をぬぐっていた。

「サクソンのことを教えてちょうだい」エミリン・ブラッドリーは言った。淡いブルーの目がうれしそうに輝いている。一抹の苦悩もかいま見えた。

「技術者になっています」アンナが言うと、エミリンの顔が誇らしげに輝いた。「自分で会社をおこして、とても成功しているんですよ」

「あの子は成功すると思っていましたよ。頭がいいんですもの。ほんとうにお利口だったのよ。ハロルドと二人でよく話したものだったわ。あの子がどんなに優秀かを。学校の成績はいつもAだったの。こつこつまじめに勉強していたわ」

「自活しながら大学に行って、トップに近い成績で卒業したんです。技術を生かして、どんな大企業にも就職できたけれど、自分で起業する道を選びました。私はしばらく彼の秘書をしていたんです」

「あの子が秘書を雇うまでになっているとはね。でも、あの子はこうと決めたことは必ずする子だったのよ」

「今でも変わっていません」アンナはそう言って、笑った。「彼の言うことは本気ですし、本気のことしか言いません。ですから、サクソンにどう対応すればいいかはいつもわかるんですよ」

「ここにいるときも、あの子は無口だったけれど、考えていることはわかったわ。さんざんつらい目にあわされてきたんですもの、少し口を開くだけでも大変だったんでしょう。だから無理強いしたり、高飛車に出たりして、あの子がいやな思いをしないように配慮していたのよ。ときには胸がつぶれるような思いもしたわ。私たちが言ったほんのささいなことでも、あの子は必死でそれを果たして、きちんとできたと思われたかどうか、固唾《かたず》をのんで見守っているようだったの。なにごとも完璧《かんぺき》にこなさなければ、追い出されると思っていたのではないかしら。ほかの里親にされたように、足蹴《あしげ》にされるとでも思ったのかもしれないわ」

アンナの目に涙があふれた。やせて、無力で、いたいけな少年のサクソンが、なにも求めることなく、抜かりがあってはいけないとグリーンの瞳を光らせている姿がはっきりと脳裏に浮かんだ。

「泣かないで」エミリンは明るく言った。それでいて、自分も目をぬぐっている。「ここに来たとき、あの子は十二歳だったのよ。やせこけて、ひょろっとしていたわ。まだ背が伸びはじめてもいなかった。それまで面倒を見てくれていた女の人に、ほうきの柄ではたかれてポーチから落とされたせいで、足を引きずっていたのよ。くるぶしをひどく捻挫《ねんざ》していたわ。背中にもいくつかみみず腫れが大きくできていたの。ほうきの柄でたたかれた跡なのでしょうね。そんなことはしょっちゅうだったのだろうと想像がついたわ。腕には火傷《やけど》の跡まであったのよ。もちろん、あの子はそのことについて、なにも口にしなかった。でも、ケースワーカーに聞いたわ。男の人にたばこの火を押しつけられたんだって」

ミセス・ブラッドリーは続けた。

「私たちをこわがってはいなかったけれど、しばらくの間、私たちがそばに寄ると、あの子は全身を引きつらせて緊張していたわ。まるで防戦するか、逃げるかしようとするみたいだったの。だから、あまりそばに寄らないようにしたわ。あの子の気を少しでも楽にしたかったのよ。ほんとうはこの腕に抱きしめて、もう二度とあなたを傷つけるようなことはだれにもさせないと言ってやりたかったのだけど。でも、あの子は痛めつけられた犬みたいだったの。人を信頼することができなくなっていたのよ」

アンナは喉から絞り出すような声で言った。「今でも距離をおくようなところがあります。だんだんよくなってきてはいますが、感情を吐露することが苦手なんです」

「あの子のことをずいぶんよく知っているようね？　あなたは秘書をしていたと言ったけ

れど、今でもあの子のもとで働いているの？」

「いいえ、仕事は二年前にやめました」アンナの頰がほんのり赤らんだ。「もうすぐ子どもが生まれるんです。サクソンに結婚を申し込まれました」

　年はとっても、視力はまったく衰えていないのだろう。エミリンはアンナをくいいるように見つめた。「私の若いころは結婚が先だったけれど、時勢は変わったのね。人を愛することを恥じる必要はないわ。予定日はいつなの？　どうやら孫ができるのも遠くないようね」

「九月です。私たち、デンバーに住んでいるんです。それほど遠くないですし、いつでも訪ねてこれます」

　エミリンのしわだらけの顔が悲しみに沈んだ。「サクソンは二度と私たちとかかわりたくないと思っているらしいの。高校を卒業した日に、さようならと言ったわ。そのとき、それが訣別《けつべつ》のつもりなのだとわかったのよ。もっとも、あの子を責めることはできないわ。ここに来るまで、それはひどい目にあっていたのだから、心に深い傷を負っていて、里親のことなんか考えたくもない気持ちになっていたのね。ケースワーカーがあの子の生い立ちをすっかり話してくれたわ。一番ひどいのは、あの子を産んだ人なの。その人があの子になんてことをしたか、どれほどの苦労を負わせたか……万が一、その女の身元がわかったら、どこまでも追いかけて、とっちめてやりたかったわ」

「私も同じ気持ちでした」アンナは表情をこわばらせて言った。一瞬、ベルベットのような濃茶色の瞳が心もちけわしくなった。

「夫のハロルドは数年前に亡くなったの」エミリンは言った。アンナのつぶやく同情の言葉に、彼女はうなずいた。「今ここに夫がいてくれたらと思うわ。サクソンがどんなに成功しているか、聞かせたかった。もっとも、夫にはわかっていたような気がするのよ」

エミリンは素朴に夫を信じている。どんなに気取った言い方をされるより、アンナは感動した。彼女は思わずほほえんでいた。エミリンが確信に満ちているのがなんだかうれしかった。

「サクソンに聞いたのですが、息子さんを亡くされたそうですね」エミリンの胸には悲しみがまだなまなましく刻まれているかもしれない。こんなことを言って、その悲しみを思い出させることにならなければいいけれど、とアンナは願った。我が子を亡くすという経験は、親として決して味わってはならないことだろう。

エミリンはうなずいた。遠くを思い出すような表情が浮かんだ。「ケニーよ。まあ、最後に病気になったときから、もう三十年にもなるのね。生まれたときから病気がちだったの。心臓が悪かったのよ。今なら治るかもしれないけれど、当時はそうじゃなかったわ。赤ちゃんのころ、お医者様に宣告されたの。あまり長生きはできないって。でも、どういうわけか、そんなことを聞かされても、覚悟なんかできなかったわ。かわいそうに、まだ十歳だったのよ。息を引き取ったとき、あの子の体は六歳児ぐらいの大きさしかなかったわ」

しばらくして夢見るような表情は消え、ミセス・ブラッドリーはアンナにほほえみかけた。

「さあ、サクソンのことを思いきり話しましょう。昔はやせっぽちで、みみず腫れはあったけれど、丈夫だったわ。ここに来た翌年から背も伸びはじめたの。おそらく、きちんと食事をとるようになったことがよかったのではないかしら。ともかく、あらゆるものを食べさせるようにしたのよ。半年で三十センチほどもぐんぐんと背が伸びていったわ。ジーンズを買っても、翌週には小さくなっている感じだったの。すぐにハロルドの背を追い越したわ。最初はひょろひょろだった。そのうちにたくましくなってきたのよ。ほんとうにみるみる変わっていったわ。このあたりにそんなに女の子がいたかしらと思うほど、いきなり若い女性が通りに出没しはじめたの。たがいに笑いころげながら、うちの玄関や窓の外で、一目あの子の姿を見ようと待っていたのよ」

アンナは大きな声で笑った。「そんなに注目の的になって、サクソンはどう思っていたのかしら？」

「あの子は自分が注目されているなんて一言も口にしなかったわ。とにかく、こつこつ勉強していたわ。それに、相変わらず人に近づかれると、落ち着けなかったのよ。だから、デートなんて気が重かったのではないかしら。でも、女の子たちは用もないのに、そばをうろうろしていたわ。そんな子たちを非難するわけにはいかないのよ。同年代の男の子たちと並ぶと、サクソンは抜きん出ていたのですもの。十五歳のころにはひげを剃《そ》るようになっていたし、その生えてくるひげも立派なものだったわ。ほかの子どもたちはちょろちょろとひげらしきものがあるだけだったけど。胸も肩もがっしりして、筋肉も隆々としていたわ。ほれぼれするような男の子だったのよ」

アンナはためらっていたが、もう一度ケニーの話題に戻ることにした。サクソンについてしゃべっているエミリンは、すっかり夢中になっていた。おそらく長い間、彼のことを話題にできる相手がいなかったせいだろう。ようやくサクソンのことを知っている人にめぐり合って、あらゆる記憶が次から次へとわき出てきたのに違いない。

「サクソンは、自分がケニーでないために、あなた方にうとまれていたような気がすると言っていたんです」

エミリンは驚いたような表情を見せた。「うとましく思うですって？　ケニーが亡くなったのはサクソンのせいではないのよ。たしかに我が子を失うという痛手は克服できるものではないわ。でも、サクソンを引き取ったのは、ケニーが亡くなって何年もたったあとだったのよ。ケニーがいなくなって、養子を迎えるか、里親をしようとずっと考えていたわ。サクソンがこの家に来てくれて、ケニーの思い出もあまりつらくはなくなったの。ほかに世話をする相手が私たちにできて、ケニーもほっとしているような気がしたわ。サクソンがいてくれたことで、くよくよ悩まずにすんだのよ。あんなにひどい目にあってきたというのに、サクソンをうとましく思うはずないでしょう。ケニーはいつも病気がちだったけれど、親の愛を知っていたわ。だから、あんなに幼くて死んでしまったとはいえ、サクソンより、ある意味では幸せだったと言えるかもしれないわね」

「サクソンはそれほど愛情に飢えているんです」アンナはまた喉から絞り出すような声で言った。「でも、自分から人に愛情を求めたり、人からの愛情を受け入れたりすることがうまくできないんです」

エミリンはうなずいた。「私たちがもっと配慮しなければいけなかったのよね。私たちに彼を傷つける気持ちはないということだけはわかってくれたわ。でも、それをわかってもらうころには、あまりあの子には近づかないという習慣ができてしまっていたのよ。そのほうがサクソンはのびのびできるように見えたの。だから、無理強いはしなかった。今から考えてみると、もう少しやり方があったのにと思うわ。でも、当時は、それがあの子の望んでいることだと考えていたのよ」エミリンはしばらく黙りこみ、木の椅子を前後にゆらした。それから口を開いた。「うとましく思うですって？　ぜったいにそんなことはなかったわ。神にかけても言えるの。初めから私たちはサクソンのことを愛していたと」

9

アンナにハロルドが亡くなったことを聞くと、サクソンの顔はこわばった。そして、美しい目も曇った。サクソンはブラッドリー夫妻のことに耳など貸さないだろう、とアンナは思っていた。ところが、違った。とはいえ、ほんとうに知りたいと思っているのだとしても、彼はその気持ちをうまく隠していた。自分のほうから、なにもきこうとしなかったからだ。ハロルドの死を耳にして、サクソンはにわかに興味を示した。だが、あまり気がなさそうに尋ねた。「エミリンは前と同じ家に一人で住んでいるのかな?」

アンナは夫人の住所を教えた。

サクソンはうなずいた。「同じ家だな」

「お体は元気みたいだったわ。あなたのことを知っていると私が言うと、涙ぐんだのよ」

アンナは大きく息をついた。「会いに行くべきではないかしら」

「いやだ」サクソンはぶっきらぼうに言って、顔をしかめた。

「どうして?」

サクソンが殻に閉じこもろうとしているのがアンナには感じられた。彼は表情を閉ざした。アンナはエミリンの言葉を思い出して、彼の手をとった。ほんとうは寄り添ってあげなくてはならなかったときに、夫妻は距離をおいてしまったと言っていた。

「私に心を閉じないで。そんなこと、私がさせない。あなたを愛しているのよ。だから、このことは二人の問題なの」

サクソンの目の表情は読めない。ただ、彼がアンナの言うことを聞いているのはわかった。

「もし私が問題をかかえるようなことになったら、私に手を貸したいと思う？　それとも、私を一人ぼっちにして、知らん顔をしたい？」彼女はくいさがった。

サクソンの表情がほんの一瞬動いた。ほんとうに一瞬のことだったので、アンナに読み取ることはできなかった。「君が問題をかかえたりしたら、僕が対処するよ。君の代わりにね」彼女の手を握るサクソンの手に力が入った。「でも、僕は問題なんか、かかえていないよ」

「でも、私から見ると、かかえているのよ」

「それで、僕が問題だと思おうと思うまいと、君は手を貸そうと決めこんでいるんだな？」

「そのとおりよ。関係を持った男女なら、そうするものだわ。自分に関係ないことでも口出しするのは、相手を愛しているからなのよ」

少し前にそんなことを言われたら、プライバシーの侵害だとサクソンは思っただろう。でも今は、アンナの勝手な思いこみを迷惑に感じながらも、不思議に肩の荷が下りるような気がした。アンナの言うとおりなのだ。関係を持った男女なら、そうするものだろう。サクソンにもそれはわかる。ただ、現実に経験するのは初めてだった。愛人として〝協定〟していたはずなのに、いつの間にか、いろいろ複雑で、義務のからむ〝関係〟になってしまった。だからといって、今さら元に戻りたくはない。生まれて初めて素顔のままの自分を受け入れてもらえたような気がした。アンナはサクソンの境遇をよく知っている。生まれ落ちたときや子ども時代の過酷な現実を。最悪のときを知っていながら、彼のもとを離れようとはしなかった。

サクソンは唐突に膝の上にアンナをまたがらせた。そうすれば、話しながら、彼女の顔をじっくり見ていられる。肉体的にも精神的にも親しすぎる姿勢だが、今はふさわしいように思われた。「あのころはうれしいことがあまりなかったんだ」彼はなんとか説明しようと思った。「だから、思い出したくもないんだ。訪ねていくなんて、とんでもないよ」

「以前の境遇のせいで、ブラッドリー夫妻のところにいたときのあなたの記憶はゆがめられているのよ。あなたは実の息子ではないから、夫妻に冷たくうとんじられていたと思っているんでしょう。でも、お二人にはそんな気持ちは毛頭なかったのよ」

「アンナ」サクソンは辛抱強く言った。「あの家にいたのは僕なんだよ」

　アンナはサクソンの頬を両手で包んだ。「あなたはおびえていたでしょう。それまでさんざん冷たい仕打ちを受けてきたので、今度もそうに決まっていると観念していたってことはない？　だから、拒絶されているように感じたんじゃないかしら」

「今度は素人精神科医を気取っているんだな？」

「理屈を考えるのに、資格はいらないでしょう」アンナは身を乗り出してサクソンにさっとキスをした。「エミリンは何時間もしゃべってくれたわ。あなたのことをつぶさに話してくれたのよ」

「今度は素人どころか、専門家のつもりかい？」

「あなたのことについてなら、専門家よ」アンナはぴしゃりと言った。「何年も前から、あなたのことを研究してきたわ。あなたのところで働きだした最初の瞬間からよ」

「君は怒るとかわいいよ」サクソンはふいにこの会話を楽しみはじめた。こんなふうにアンナをからかっているのが自分でも信じられない。でも、おもしろい。アンナを怒らせても、彼女はやはり僕を愛してくれている。契りを結ぶというのも、なかなかいいものではないか。

「だったら、今からもっとかわいくなるわよ」アンナは警告した。

「大丈夫。ちゃんと対応できるよ」

「そう思う？　たいした人ね」

「はい、マダム」サクソンはアンナのヒップを両手で包んで、思わせぶりに彼女をゆすった。「僕は腕には自信があるんだ」

一瞬、アンナは気だるそうにまぶたを閉じた。そして次の瞬間、大きく目を見開いてサクソンをにらんだ。「ほかのことに気をそらさないでちょうだい」

「そんなつもりはなかったよ」

そう言いながらも、サクソンは難なく自分の思いをとげようとしている。アンナはなんとかして彼を言いくるめようとしているのに、ぜんぜん歯が立たない。彼女はサクソンの膝から立とうとした。だが、彼はヒップにあてた手に力を入れ、彼女を動けなくしている。

「このまま、ここにいるんだ」サクソンは命じた。

「こんな姿勢で話し合うのは無理だわ。あなたはセックスのことばかり考えているでしょう。結果はどうなると思う？」

「このソファの上ですることになるだろうな。どっちみち、初めてというわけでもないし」

「サクソン、お願いだから、まじめに考えてくれない？」アンナは嘆くように言った。言ってしまってから、自分でも驚いた。まじめになってほしいとサクソンに訴えるなんて、信じられないことだった。もともと彼はまじめ一本やりの人なのだ。めったに声をあげて笑うことはないし、ほほえみさえ見せない。この一週間で、これまでの三年間で見せてくれたより、ずっと多くの笑顔を見せてくれたような気がする。

「まじめだよ。今のこの姿勢のことも、エミリンのこともね。あの家には行きたくない。思い出したくないんだ」

「エミリンはあなたを愛しているのよ。あなたのことを〝私の息子〟と呼んでいたわ。それに、私たちの赤ちゃんは彼女の孫になるって話していたわ」

サクソンはちょっと気を引かれて、眉をひそめた。「そんなことを言ったのかい？」

「自分で話してみるといいわ。あなたの記憶は一方的なのよ。さんざんひどい目にあってきたせいで、あなたは大人に近づかれると、警戒していた。夫妻はそれを理解していたのよ。だから、向こうからはあなたに触れないように気をつかったんだわ。そのほうが、あなたはのびのびできると思って」

思い出が脳裏に浮かぶにつれて、サクソンの目にけわしい表情が現れた。

「ほんとうは二人に抱きしめてほしかった？　そういう気持ちを見せたことはある？」アンナは尋ねた。

「ない」サクソンはのろのろと言った。「そんなことをされたら、耐えられなかっただろう。学生のころ、セックスするようになったときも、女の子に体に腕をまわされるのがいやだったんだ。ずっと、そんな具合で……」サクソンは口を閉じ、目の焦点が定まらなくなった。腕に包みこんでほしいと思ったのはアンナが初めてだった。彼女にだけはしっかり抱きしめてほしかった。ほかの女性を相手にしたときは、その女性の手を頭の上に持っていって押さえたり、膝をついたりして、相手の腕が自分の体に届かないようにしていた。つまり、目的はセックスだけだった。ところがアンナの場合は、初めから愛を交わすという感じだった。ただ、二年以上も、そのことに気づいていなかったのだが。

サクソンはエミリンにもハロルドにも抱きしめるすきを与えなかった。二人にもそれがわかっていたのだ。

以前のつらい経験のせいで、僕はまっすぐものごとを受けとめられなかったのだろうか。それで記憶もゆがんだのか。僕が見ていたのが心のゆがんだ鏡に映ったものだとしたら、実態とは違っていたことになる。ほかの里親のもとで、殴られ、虐待されたせいで、だれも僕を受け入れてくれることはないと思いこんでしまった。そんなことを冷静に考えるには、当時の僕はあまりにも幼かった。

「たしかなことがわからないで、これからの人生を築いていけると思う?」アンナはサクソンに寄り添って尋ねた。彼女の濃い蜜《みつ》色をした瞳に、サクソンは溺《おぼ》れそうになった。彼はやにわにアンナを胸にかき抱いた。

「僕は人生を築くための努力をしているつもりだ」サクソンはアンナの髪に口をつけて、つぶやいた。「君といっしょに築いていこうと思っている。過去はなしにしよう。そうする努力をずいぶん続けてきて、それがやっと実りはじめているんだ。今さら、なぜほじくり返すんだい？」

「うやむやにすることはできないからよ。過去を忘れることなんかできないのよ。過去の経験があって、今のあなたがいるんだもの。それに、エミリンはあなたを愛しているのよ。これはあなたのためだけに言っているのではないの。エミリンのためでもあるのよ。今、彼女は一人ぼっちでいるわ。エミリンはそのことを愚痴ったりしなかったし、あなたが、出ていったきり二十年近くも帰ってこないのだと文句を言ったりもしなかったわ。ただ、あなたが元気にしているかどうか知りたいと言っただけよ。そしてあなたが成功していると知って、ほんとうに誇らしく感じたようだわ」

サクソンは心の中の映像を締め出そうとするように目をつぶった。だが、思い出はわき出てくる。エミリンは個性の強い人だった。ハロルドのほうがやさしく、もの静かだった。エミリンの顔はいまだに思い浮かべることができる。骨張って、不器量な、砂漠のように化粧気のない人だった。決して悪意はないのだが、厳格で潔癖だった。清潔でなければ気がすまないだけに、サクソンは生まれて初めて、学校に行っても恥ずかしくない、きれいできちんとした服を着せてもらった。

エミリンが二十年もの間、サクソンのことを思い、心配していたとは考えたくなかった。それまで彼のことを気づかってくれた人は皆無だった。そのため、そんなことがあるとは考えもつかなかった。ただただ、過去とはすっぱり縁を切ることばかり考えてきた。これからの人生を築き、過去は振り返らないつもりだった。

アンナは過去を振り返るように、以前住んでいたところに行ってみるようにと言う。まるでこれまで見ていた景色は変わったのだと言わんばかりだ。実際、変わったのかもしれない。今見たら、違って見えるかもしれないのだ。

サクソンはこみあげる感情を振り捨てる癖がついていた。そして感情を捨ててみると、ふいにものごとの筋道がはっきり見えた。僕は過去に戻りたくない。アンナに結婚してほしいと望んでいる。アンナは僕に過去に戻ってほしいと考えている。その三つの考えがおさまるべきところにおさまると、たちまちどうするべきか理解できた。

「帰ってみるよ」サクソンは穏やかに言った。アンナははっと顔を上げた。雌鹿《めじか》のような目を見開き、ほんとうかと尋ねるようにそっと見つめた。「ただ、一つ条件がある」

二人は一瞬たがいの顔を見つめて、押し黙った。サクソンは二人のなれそめを思い出した。愛人になると言ったとき、アンナは一つの条件を持ち出した。ところが、サクソンはそれをはねつけ、自分の要求をのませた。アンナもそのことを思い出しているのだ。彼女は条件をはねつけるだろうか？　いや、アンナはそんなことはしない。寛大で、一つのことを別のことと関連づけたりしない、分別のある、賢い女性なのだ。いつも人に勝てるわけではないのだと、サクソンは今ではわかるようになった。そして相手がアンナである限り、それでもよかった。アンナが勝つということは、サクソンが勝つことでもあるからだ。「だったら、聞きましょう」アンナは言ったが、すでにサクソンの言いたいことはわかっていた。「どういう条件かしら？」

「僕との結婚を承諾してくれ」

「結婚を、条件などという次元に落とそうというのね？」

「僕はどんなことでもする。利用できる論理はなんでも使う。君を失うことはできないんだ、アンナ。君だって、わかっているだろう」

「私を失うことにはならないわ」

「きちんと署名して、確実なものにしたいんだ。そして郡の記録に記載しておきたい。君を妻にし、僕は夫になりたいんだ。そして子どもたちの父親にもなりたい」サクソンはゆがんだ笑みを見せた。「僕の子ども時代はひどいものだった。結婚して父親になれば、そのうめ合わせができるような気がするんだ。子どもたちに僕よりもいい暮らしをさせて、子どもらしく過ごさせてやることで」

どんな言葉を言われるより、サクソンのこの言葉はすばやく、しっかりとアンナの心に届いた。彼女はサクソンの首に顔を押しあてた。涙がこみあげるのを見られたくなかった。そして、何度か唾をのんで、ふつうに話ができるようになってから口を開いた。「わかったわ。あなたに奥さんを持たせてあげましょう」

　サクソンの仕事の都合で、すぐにフォートモーガンに行くことはできなかった。カレンダーを見ながらアンナはほほえみ、今度の日曜日に行こうと計画を立てた。エミリンに電話をして、そのことを知らせた。エミリンは知らせを聞いても、こみあげる感情を言葉にする人ではない。それでも、心から喜んでいるのは、その声からわかった。

　ついに日曜日が来た。車を進めながら、サクソンは緊張していた。彼はコロラド中の里親の家を転々としたが、一番長くいたのはフォートモーガンだった。したがって、フォートモーガンの思い出もたくさんある。あの古めかしい家の部屋はことごとく頭に入っていた。家具も、写真も、書籍もすっかり覚えている。キッチンに立っているエミリンの姿も思い浮かぶ。黒い髪をうしろにそっけなく、きっちりと束ねて、質素な服に、しみ一つないエプロンをかけている。火にかけられた鍋《なべ》から、それはおいしそうなにおいが部屋中に漂っていた。エミリンのアップルパイは格別だった。バターとシナモンがたっぷり入っていて、顎が落ちそうなほどおいしかった。自分が気にいったものは目の前から取りあげられてしまうのではないかと用心する気持ちがなかったら、サクソンはパイにかぶりついていたことだろう。しかし、そういうおびえた気持ちがあったために、いつも一切れだけで我慢し、そんなに夢中になっているわけではないと見せようとした。それにしても、エミリンはほんとうにたくさんアップルパイを焼いてくれた。

サクソンは難なく家まで行き着いた。道順は頭に深く刻みこまれている。車をとめると、胸が苦しくなるほど緊張した。まるでタイムマシンに乗せられて、二十年ほど前に連れ戻されたかのようだった。初めは、なにも変わっていないような気がした。でも、もちろん変化はあった。ポーチの屋根に少したわみができ、通りにとまっているいろいろな車も二十年新しくなっている。しかし、家は相変わらず白く塗られ、飾りのない庭の芝生は前と変わらずすっきり刈られていた。そしてポーチに出てきたエミリンも、相変わらず背が高く、やせぎすだった。ほっそりした顔に年輪を感じさせるしわができていた。

サクソンは車のドアを開けて降りた。アンナは彼がドアを開けてくれるのを待たず、助手席から降りた。だが、そこに立ちどまった。

ふいにサクソンの足が動かなくなった。一歩も。芝生のすぐ向こうに、二十年近くも会わなかった女性がいる。サクソンが唯一母親と呼べる人だった。彼の胸は痛み、息ができないような気がした。こんな気持ちになるとは予想もしていなかった。初めてここに来たときの、おどおどした十二歳の自分に戻ったようだ。今までよりはましな里親だといいなと思いながら、結局は虐待を覚悟していた。あのときもエミリンはポーチに出迎えてくれた。その厳格な顔を見あげて、冷たく拒否されているような気がして、こわかった。サクソンは誰かに受け入れてほしかった。その願いがあまりにも強くて、鼓動が激しくなっていた。パンツを濡らしたりして恥ずかしいことにならないようにと必死だったが、そんな心の内は見せまいとしていた。期待していなければ、はねつけられても、どうということはないからだ。それでサクソンは殻に閉じこもった。自分を守るために、彼が知っている唯一の方法だった。

エミリンは階段のほうに出た。エプロンはしていない。よそ行きの服で身を飾っているのに、いつもの癖から、スカートで手をふいていた。エミリンは足をとめ、まだ車の前にいる、長身で力強い男性を見つめた。間違いない。サクソンだ。彼は息をのむほどハンサムな男性になっていた。でも、オリーブ色がかった肌、黒い髪、エメラルドのように澄んだ目をした彼は、きっとこういう大人になるとエミリンにはわかっていた。

サクソンの目は、二十五年前にケースワーカーに連れてこられたときと同じ表情を見せている。おどおどし、捨てばちでありながら、必死で愛情を求めている。エミリンは胸を突かれた。サクソンのほうから近づいてくることはないと彼女にはわかった。あのときも、ケースワーカーに腕をつかまれていなければ、近づいてこなかっただろう。二十五年前は、自分から駆け寄っていって、サクソンをこわがらせたくないと、エミリンはポーチで待った。もしかしたら彼が来るのを待っていたのは間違いだったのかもしれない。サクソンにはまわりから手を差し伸べることが必要なのだ。自分から人に近づくにはどうしたらいいのか、彼にはわからないのだから。

エミリンはゆっくりとほほえんだ。そして、厳格で感情を表に出さない彼女が、我が子を迎えようと階段を下りた。口元は震え、頬を涙で濡らし、両腕を大きく広げている。そして、その笑みは消えることがなかった。

サクソンの心の中でなにかが音をたてて崩れた。張りつめていた気持ちも崩れた。幼いころから彼は泣いたことがなかった。だが、エミリンはこれまでの人生で得た、たった一つのよりどころだ。アンナにめぐり合うまでは。サクソンは大股で一歩、一歩前に出て、歩道の真ん中でエミリンを腕に抱いた。そしてサクソン・マローンは泣いた。エミリンもサクソンの体に腕をまわし、ひしと抱きしめた。もう二度と放さないわとでもいうように。そして、こう言いつづけた。「私の息子！　いとしい息子！」涙にかすむ目で、サクソンはアンナに手を伸ばした。アンナは駆けだし、車の前をまわって、サクソンの腕に飛びこんだ。サクソンはエミリンとアンナをしっかり抱きしめた。そして、愛する二人の女性をゆっくりと腕の中でゆらした。

くしくもその日は五月十二日、母の日だった。

エピローグ

これほど熟睡したことはなかったような気がする。しだいに頭がはっきりしてきて、アンナは目を開けた。最初に視界に飛びこんできた光景に、彼女はしばらく動けなかった。その眺めのすばらしさといったら。病院のベッドのわきにサクソンが座っている。陣痛から出産まで、ずっと彼は付き添ってくれた。痛がるアンナを見て、彼の顔は心配でこわばっていた。そしてようやく赤ん坊が生まれたとき、涙をたたえたグリーンの目をうれしそうに光らせ、大きな産声をあげる小さな赤ん坊を言葉もなく見つめた。

今サクソンは、眠っている赤ん坊を腕に抱いていた。ただただその子に魅せられていた。小さいがきちんとそろった手や指をそっと調べる。彼の大きな手に包まれた小さな指が、眠っているのに、驚くほどの力で握り返してくる。サクソンは息がとまるような気がした。ほとんど生えていない眉から羽毛のようにやわらかい頬、ピンク色の蕾《つぼみ》のような口へと指をすべらせた。赤ん坊は男の子で、三千百グラムもあるのに、サクソンの大きな手の中にすっぽりとおさまっていた。

アンナはそろそろと体を横向きにして、サクソンにほほえみかけた。サクソンも彼女に注意を向けた。

「愛くるしいでしょう？」アンナはささやいた。

「こんなに愛くるしい赤ん坊は見たことがないよ」サクソンの声には畏怖《いふ》の念がこもっていた。「エミリンはなにか食べるものを買ってくると、階下《した》のカフェテリアに行ったよ。この子を抱き取るために、実際、喧嘩腰で迫らなければならなかったよ」

「この子は、エミリンにとって唯一の孫ですもの。今のところはね」

サクソンはアンナの陣痛を思い出して、信じられないという顔をした。だが、腕の中の赤ん坊に目を落として、陣痛に耐えてこそ得られるその結果について、彼女がどう考えているのかを理解した。サクソンは妻に向かってほほえんだ。ゆっくりと浮かぶ笑みに、アンナの体はとろけそうになる。

「次が女の子ならの話だな」

「早く次ができるように、努力しましょうね」

「まだこの子の名前も考えていないんだよ」サクソンは言った。

「ファーストネームはあなたが考えてね。ミドルネームはもう決めてあるの」

「どういう名前だい？」

「もちろん、サクソンよ。サクソン・マローン二世ですもの。二人で新たな家系をつくるんだったでしょう?」

サクソンは手を伸ばして、アンナの手をとった。そしてベッドの彼女のそばにそっと腰を下ろし、いっしょに自分たちの息子に見とれた。

シンデレラは涙をふいて

デビー・マッコーマー

大谷真理子 訳

おもな登場人物

ダーニ・ベックマン――――アンティークショップ店員
ジョン・オズボーン――――アンティークショップ経営者
メイミー・オズボーン――――ジョンの母親
チャーリー・スーナー――――ジョンとダーニの友人
ローラ・ノーブル――――チャーリーに想いを寄せる女性
ボブ・アダムズ――――ダーニの元婚約者
パメラ――――ボブの浮気相手
パトリシア――――ジョンの元婚約者

1

「なんだって？」ジョン・オズボーンは厳しい口調で母親にきいた。

「あなたのアシスタントを雇っておいたと言ったのよ」メイミー・オズボーンは小声で説明した。そして店の片隅で人目につかないように仕事をしている女性のほうをちらりと見る。「本当にあの人は優秀なのよ、ジョン。接客だけでなく、簡単な帳簿つりもしてくれるの。この数カ月間、あなただって人手が足りなくて困っていたじゃないの。きっとダーニを好きになるわよ」

「ダーニだって？　女性にしてはおかしな名前じゃないか」

「ダーニ・ベックマンよ」母親は答えた。「とってもやさしい人だから、困らせないでね」

「困らせないで？　ぼくを困らせることはどうでもいいのか？」ちょっと隙を見せると、母親は息子の仕事に首を突っ込んでくる。ジョンが買いつけに行くために母親に店を任せた結果、まさにそういうことになったのだ。母親が雇った女性を見るなり、ジョンはひそかにうめき声をあげた。ひと目見ただけで、ダーニがアンティーク・ショップの従業員にはふさわしくないとわかったのだ。

第一に服装がよくない。ダーニの格好はまるでロック歌手だ。体にぴったりとくっついた細いパンツはとてもパンツとは言えない。まるでタイツだ。花柄のトップスがワンピースだとしたら、今まで見たなかでいちばん短いワンピースだ。近ごろは帽子をかぶっている人をあまり見かけない。とくに大きな黄色いデイジーがついた黒いベルベットの帽子などをかぶっている人はいない。

「母さん、どういうつもりであんな女性を雇ったんだ?」ジョンは声をひそめて言った。

「あなたには手伝ってくれる人が必要だと思ったのよ」メイミーは平然と答えた。

たしかに母親の言うとおりだった。この数年、商売は繁盛している。シーズンオフでもかなり忙しい。ジョンは懸命に働き、オーシャン・ショアズの海辺の町で顧客を増やしてきた。

「従業員を雇うときは自分で面接して決めたいんだけどね」ジョンは不満げな表情を見せた。

「そうでしょうとも」母親はすまなそうに言った。「でも、ダーニは本当にかわいい人なのよ。ここで働かせてもらえないかときかれたとたん、あの人を好きになってしまったの。人柄がわかってきたら、あなたも好きになるはずよ。あのときダーニを雇わなかったら、ほかのお店で雇われてしまったんじゃないかしら」

それこそまさにジョンが望んでいることだった。いつまでもダーニをこの店に置いておくつもりはない。

ダーニ・ベックマンのような女性にそばにいられたら、落ち着かなくて困るのだ。彼女はあまりにも美しすぎるし、明るすぎるし、愛想がよすぎる。あまりにも若すぎる。彼女のような女性と一緒にいたら、自分がのろまでばかな人間のような気持ちになってしまう。それはパトリシアの影響なのだろう。ぼくは器用ではないし、人当たりもよくないし、ロマンティックでもないから、自分が愛したただ一人の女性をつかまえておくこともできなかった。別れ際に本当に退屈な人間だと言われたが、たぶんそのとおりなのだろう。

「挨拶していらっしゃい」メイミーがせっついた。「ジョン、お願いだからダーニにやさしくしてちょうだいね」

それも当然だ、とジョンは思った。なにしろ今日中にダーニ・ベックマンを解雇するつもりなのだから。ぼくにとっても母親にとっても、そしてダーニ自身にとっても、彼女がいなくなるのは早ければ早いほどいいのだ。

ジョンは机に向かって仕事をしている新しいアシスタントに近づいた。見たところ、彼女は表に記入された数字を計算しているらしい。「やあ」ジョンは堅苦しい口調で声をかけた。「ぼくはジョン・オズボーン、この店のオーナーだ」最後の言葉に力を込め、母親は好意で店番をしていただけだということに相手が気づいてほしいと思った。

「はじめまして。お目にかかれてうれしいです」ダーニがほほ笑むと、まばゆいばかりに顔が輝いた。

屈託のない笑顔を見てジョンはたじろいだ。彼女に解雇通告をするのは子鹿にライフルを向けるようなものだ。

ちょっとした誤解があったことを説明するのが賢明なやり方だろう。母親には従業員を雇う権限はないと言おう。できるだけ相手を傷つけないようにして、さっさとこの件を終わらせるのだ。

ダーニがこんなにも傷つきやすそうに見えなかったら、ジョンもそうしていただろう。ところが、彼女は椅子に座ったまま、まるいブラウンの目を上に向け、最悪の事態を予想しているかのようにジョンを見つめている。そのため、彼は言わなければならない言葉を口にすることができなかった。

「母が販売と帳簿管理をしてもらうためにきみを雇ったそうだね」ジョンはぼそぼそと言った。

「はい」この女性はそれほどばかではないようだ。相手の意図に気づいたのだろう。鉛筆を持つ手に力が入った。

「販売経験は何年くらいあるのかな?」ジョンはたずねた。

ダーニは大きなため息をついた。「まったくありません」

「まったくか」ジョンはゆっくりと相手の言葉を繰り返したあと、その情報をはっきりと理解したかのように眉をつり上げた。

「七年近く〈マーフィーズ・デパート〉で働いていましたけど」すぐさまダーニは言い添えた。

「七年だって？」近ごろのデパートが児童労働を実践しているとは思えない。ダーニがそんなに長く雇われていたとしたら、中学校在学中に働きはじめたことになる。

「年齢は二十七です」ジョンの心が読めたのか、ダーニは言った。

身分証明書で年齢を確認するのは失礼になるだろうが、ジョンにはダーニが二十一歳以上とはとても思えなかった。

「わたしは実年齢よりも若く見えるんです」ダーニはすかさず言った。「でも、本当に二十七歳ですから」

「〈マーフィーズ・デパート〉でどんな仕事をしていたんだ？」

「いろいろですけど、主にショーウィンドウのディスプレーをしていました」

もちろんジョンの母親もショーウィンドウのディスプレーの仕方は知っている。しかし、この女性はアンティーク業界のことはまったく知らない。販売も帳簿管理も知らないはずだ。

「経理の仕事はどうなんだ？」

「お母さまのお話では、ここの仕事に必要なのは簡単な帳簿管理だということでしたけど」

「では、その仕事の経験はあるんだね？」ひょっとすると、この女性について早まった判断を下すのはよくないかもしれない。ジョンは自分に言い聞かせた。

「実務経験はありません」ダーニはしぶしぶ認めた。「でも、定期的に小切手帳の決算をしていますし、わたしはのみ込みが早いほうなんです」

またしても大きな目に見つめられたとき、ジョンは確信した。ダーニはあの長いまつげをぱたぱた動かして大勢の男の心をかき乱してきたにちがいない。だが、ぼくはそんなものには影響されない。ぼくの考えを変えるには、子鹿の目だけでは足りないだろう。

「わたしが役に立つ人間だということを証明する機会をくださいませんか？」

ダーニが真剣な表情で見つめると、ジョンはしぶしぶながらも彼女に対して敬意らしきものを感じた。本当に残念だ。これは彼女にとって気の毒な状況だ。だが、心やさしい母親が気まぐれで雇った人間と無理やり仕事をさせられるのはまっぴらだ。

ほかにもいろいろ問題はあるが、ジョンがいちばん心配していたのはダーニが長続きしないということだった。今までにも彼女のような女性を大勢見てきた。夏になると、お楽しみとちょっとしたロマンスを求めて海辺のリゾートにやってくる連中を。じゅうぶんに楽しんだら、すぐにダーニはいなくなるだろう。そうなると、何カ月もかけて教え込んだことはすべて無駄になり、また新しい人間を雇って一からやり直さなければならないのだ。

そのとき、出入り口のドアの上に設置されたチャイムが鳴り、客が店に入ってきた。ジョンはすぐにそれがミセス・オリバーだと気づいた。彼女は冷やかしの客だ。今までに何度店にやってきたか知れない。いつも何点かの商品に目を留め、いかにも教養人らしい質問をするのだ。行動パターンはいつも同じなので、ジョンも彼女の来店に慣れていた。ミセス・オリバーがやってくるのは店の雰囲気が気に入っているからだろう。それに、訪ねる相手がほしいのだ。しかし、今まで何かを買ったためしはない。

「いらっしゃいませ」ダーニは待ってましたとばかりにミセス・オリバーに近づいた。

「四月にしてはいいお天気ですね?」

「ええ、そうね」ミセス・オリバーはダーニからジョンに視線を移したあと、またダーニに目を戻した。

どうやらダーニはミセス・オリバーを相手に、自分に販売能力があることを証明したいようだ。ジョンはもう少しでダーニに同情しそうになった。それでも、彼女と客を二人きりにして奥の部屋に入った。そこでは母親がコーヒーの準備をしているところだった。

「それで、どうだった?」ジョンがそばに来るなり、メイミーはたずねた。「ダーニをどう思う?」

「彼女には辞めてもらう」

「辞めてもらうですって？」メイミーは驚いたように言った。「どういうことなの？」

「母さん、ダーニはまったくこの店にはふさわしくないよ。アンティークのことは何も知らないし、経理に関しては……話にならない。販売と同様、まったくわかっていないんだ。シアトルのデパートでマネキン人形に服を着せていただけだっていうじゃないか」

「すぐに覚えるわ」メイミーは金縁眼鏡の縁越しに計量カップを見つめると、コーヒーの粉末を容器に入れてコーヒーメーカーにセットした。

「がっかりさせてすまない」ジョンはぶつぶつと言った。「だが、こうするしかないんだ」

「あら、そう？」メイミーは蛇口をひねって水を出した。目の前の仕事に気を取られてジョンの話をよく聞いていないようだ。「考え直してくれないかしら」

「考え直さなければならない理由を聞かせてほしいな」

「理由ですって？　理由ならいくつでもあるわ。あなたは少し気楽に構えたほうがいいのよ、ジョン。誤解してほしくないけれど、パトリシアとのことがあってから――」

「母さん、パトリシアの話はしたくない」ジョンは母親の言葉を遮った。「彼女とぼくの関係はもう終わっているし、あれからずいぶん時間が経《た》っている。頼むからその話はやめてくれないか？」

「べつにパトリシアのことを話しているわけじゃないわ。わたしたちが話し合っているのはあなたのことよ。いいかげんに気づいてもいいころじゃないかしら。世の中の女性がすべて……あの人と同じではないことに」

ジョンは背筋をこわばらせた。「また同じ話を蒸し返すんだね」

メイミーは顔を上げて意味深長にため息をついた。「あら、そうかしら？　ごめんなさい。でも、あなたのことが心配なのよ。この仕事に全力を注ぎ込んでいるんですもの。まるで……あなたの人生にはこのお店しかないかのように」

ジョンは咳《せき》ばらいをした。こんな話をするのは気まずい。母親の言うとおり、自分の生活の中心となっているのはこのアンティーク・ショップの経営と本のコレクション、そしてたまに楽しむチェスだ。それでも自分は満足している。これが罪になるなら、自分は有罪なのだろう。もちろんダーニ・ベックマンのように魅力的な女性に心をかき乱されたくないし、実現しなかったことを思い出させてほしくもない。

「またお節介をしようとしているんだね？」ジョンは非難がましく言った。とはいえ、ダーニとデートするつもりなどない。二人の相性がよくないことは誰の目にも明らかだ。正直なところ、あんな風変わりな服装をした女性とは関わりたくない。女性の手練手管に振り回されるのはもうたくさんだ。

「お節介ですって？　とんでもない」メイミーは小さく笑った。「あなたの生活には少し楽しいことや笑いがあったほうがいいんじゃないかと思っただけよ。ダーニはまわりにあるものすべてを明るくする人なの。でもね、ジョン、本当にいつまでも過去にとらわれている必要はないのよ」

母親が息子の問題に首を突っ込むことに腹を立て、ジョンはせわしなくまばたきをした。

「もちろんあなたがそうしたいなら、ダーニに辞めてもらっても構わないのよ」メイミーはしつこく話を続けた。「〈オズボーン・アンティーク〉はあなたのお店ですものね。でも、あなたが考え直してくれることを願っているわ」

ジョンが母親の言葉を考えていると、背後でコーヒーメーカーが大きな音をたてた。彼は小さなキッチンがついた仕事部屋と店を仕切っているカーテンを開けた。

ダーニ・ベックマンはミセス・オリバーの横に立って、繊細なレースで作られたアンティークの扇子を開き、目を伏せながら顔の前で上品に動かしている。

ジョンはミセス・オリバーにその扇子を少なくとも十回は見せている。ひょっとすると十五回かもしれない。彼が二人の様子を見守っていると、ダーニは扇子を閉じててのひらにのせた。彼女たちとジョンのあいだはかなり離れているので言葉は聞きとれないが、ダーニの話にミセス・オリバーはうっとりと聞きほれているようだ。

驚いたことに、ミセス・オリバーは不意にうなずいたかと思うと、ハンドバッグを開けた。彼女が小切手を切るのを見て、ジョンはぽかんと口を開けて引き下がった。

ミセス・オリバーが店を出るまで待ってから、ジョンはダーニに近づいた。

「いったい何を言ったんだ?」

ダーニは何食わぬ顔でジョンを見上げた。「なんのことですか？」

「ミセス・オリバーは扇子を買ったんだろう？」ジョンはぶっきらぼうに言った。

「ええ」

「あれを買わせるためにきみが何を言ったのか知りたいんだ」

「特別なことは何も言っていません」ジョンの態度にダーニは少し驚いているようだ。

「ちょっとおしゃべりしただけです。あのすてきな扇子を持っていたのはどんな時代のどこの人かということなんかを。つい最近読んだ歴史小説に、女性が扇子をうまく使って青年に想《おも》いを伝える場面があったので……」話を続けたほうがいいのかどうかよくわからないというように、ちょっと間を置いた。「だから遠い昔、あの扇子が恋人たちを結びつけたのかもしれないというような話をしたんです」

「なるほど」ジョンは顔をしかめた。正直なところ、彼には理解できなかった。あの扇子は高価なものだ。数カ月前に手に入れてずっと売りたいと思っていたが、提示価格では売れないかもしれないと心配していた。ところが、ダーニはそれをやすやすと、しかもこの店で一度も買い物をしたことのない女性に売ったのだ。

「わたしを雇ってくれますか、それとも、くれないんですか？」ダーニは肩をいからせながら挑みかかるようにきいた。

ジョンは頭をかきながら、この状況をじっくりと考えた。五分前はどうするつもりかはっきりとわかっていた。だが、今はよくわからない。

「きみの格好なんだが、もっと……」どう言ったらいいのかわからず、ジョンは口をつぐんだ。

「はっきり言ってください」ダーニは促した。

「今とは……違う服装をしてくれるといいんだけどね」

目に驚きの表情を浮かべながら、ダーニは自分が着ているトップスとパンツを見た。

「これのどこがおかしいんですか？」

「そんな格好をしていると、きみはティーンエイジャーに見える。ここで働くなら、大人に見える服装をしてほしいんだ。きみは何歳だったっけ？　二十七歳か？」ひょっとすると、こんなことを言うのは労働基準法に違反するかもしれないし、ダーニに通報されたら営業停止に追い込まれるかもしれない。だが、それでも構わない。相手は率直な答えを聞きたがっているのだから、聞かせてやろう。

「わかりました」

ダーニは人を喜ばせるのが好きらしい。その点はジョンも気に入ったが、長続きはしないだろうと思った。「この店の経営者はぼくで、母ではない。母はときどき手伝ってくれるが、それだけのことだ」

「わかりました」

まだはっきりと決断できないので、ジョンは片手で顔をこすった。このままダーニを雇いつづけるのは、みずから災難を招くようなものだ。この町にはこの店で働きたいと思っている人間が大勢いる。ダーニを雇ったら、ほかの人間の雇用の機会を奪うことになるだろう。

「とりあえず一カ月だ」ようやくジョンは心を決めた。

「一カ月ですか」ダーニはつぶやいたかと思うと、顔をほころばせた。「けっこうです。一カ月経つまでにわたしが有能な従業員だということを証明してみせます」

せいぜい二週間くらいしかもたないだろう、とジョンは思った。「はっきり言って、一カ月後にはもういなくなっているだろうな」

「まさか！」自分の持久力を低く評価されて、ダーニはいらだったようだ。

「今までにもそんな例を見ているんだ。きみがこの町に来たのは、日差しを浴びて思いきり楽しむためなんだろう」

ダーニは口を固く結んだ。だが少しすると、口元がゆるんだ。「それはいずれわかるでしょう」

ジョン・オズボーンはわたしのことが嫌いなんだわ。ダーニはそう思った。それでも構わない。わたしも彼をよく思っていないのだから。ミセス・オリバーに扇子を売ったことが失敗だったかのように、ジョンはわたしをにらみつけた。ふつうなら喜んでくれるはずなのに。

服装に関して失礼なことも言われたけれど、わたしだってジョンが着ているものについて言いたいことはある。たぶん彼は自分がジーンズとスニーカーをはいたらどんなふうに見えるかわかっていないのだろう。

メイミーの話では、ジョンは三十五歳だそうだ。けれど、彼はもっと年上に見える……実際にはそうでないとしても、態度がそんな印象を与えるのだ。まるでわざとわたしをがっかりさせようとしている感じだ。彼はわたしだけでなく、すべての女性を嫌っているのではないのかしら。

ジョンが結婚していないのも当然だ。独身生活に満足しきっているようだけれど、それはそれで構わない。今のわたしには男性とつき合うことなどまったく考えられないから。

正直なところ、ミスター・ジョン・オズボーンにどう思われようと構わない。わたしはこの仕事を続けるつもりだ。どうしてもこの仕事をしなければならないのだ。アンティーク・ショップで働けば、シアトルに戻らなくてもいい。つまり、当分ボブ・アダムズと顔を合わせなくてもいいということだ。今はそれが好都合なのだ。

午後六時に店が閉まると、ダーニはジョンとメイミーに挨拶して戸口に向かった。

「では、また明日」ダーニはジョンに言ったが、彼はあまりうれしそうではなかった。

ジョンは無言のままうなずいた。

「では、楽しい夜を」ダーニはさらに言った。

「あなたもね」メイミーが応えた。

ジョンが何かつぶやいたようだったが、ダーニには彼が何を言っているのかわからなかった。だが、通りを横切ってビーチに向かっているとき、彼の言葉の意味が理解できた。ジョンはこんなことをほのめかしていたのだ――わたしがひと晩中羽目をはずして遊ぶだろうというようなことを。服装が気に入らないからというだけで、彼はわたしがパーティー大好き人間のような言い方をした。ジョンは女性を軽蔑しているらしい。かつて誰かにひどく傷つけられたために、すべての女性に不信感を覚えるようになったのだ。いったい誰が彼をそんなふうにしたのだろう？

ダーニも深く傷ついたことがあった。今は回復期だと思っている。オーシャン・ショアズに移り住んだのは打ちくだかれた夢をもう一度紡ぐため、心の傷を癒やすためだ。

わたしがパーティー大好き人間ですって？　とんでもない。毎晩、とぼとぼと家に帰り、自分を哀れまないようにするのは容易なことではない。自分が愚かだったことを思い出さずに、いかに恵まれているかということを考えるには、大変なエネルギーが必要なのだ。

ボブがパメラと深い仲だということを知った日、たまたまダーニは海に行き着いた。愛する男性がほかの女性と一緒にいるところを見た衝撃はあまりにも大きく、あまりにも強烈だったので、矢も盾もたまらず車に飛び乗り、行き先も考えずに出発したのだった。

胸を引き裂かれるような悲しみのせいで頭が働かなくなっていたため、州都のオリンピアまで来てから、ようやくシアトル市の外に出たことに気づいた。

高速道路の標識を見ると、海岸に向かっていることがわかったので、オーシャン・ショアズのリゾート地区まで車を走らせた。そして海岸で車を止め、長いあいだ砂の上を裸足《はだし》で歩いた。激しい風に身も心も吹きさらされ、塩気を含んだ飛沫《しぶき》と涙がまざり合った。

絶え間なく打ち寄せる波の音を聞いているうち、やがて気持ちが落ち着いてきた。相変わらず風は吹き荒れ、頭上でカモメが鳴いた。ダーニはコートのポケットに手を突っ込んだままいつまでも歩きつづけ、止めどなくあふれる涙が悲しみを洗い流すのを、そのままほうっておいた。

二カ月前の運命の午後、ダーニは平穏な心を取り戻した。苦しい葛藤を経験し、相当な代償を払ったすえに、しぶしぶながらも前に進むことを受け入れた。

けれど、ついにそのときはきた。

そのときを最後にボブ・アダムズのために涙を流すのはやめた。今でも彼のことを考えるのは、あんなにも簡単にだまされたことを認めるのは、つらい。

ボブはどんな女性も憧れるようなすてきな男性だった。長身でハンサムで、裕福でおもしろい男性。ボブと一緒にいると、こんな男性に愛される自分は世界一の幸せ者だと思ったものだ。

ダーニが苦しみに耐え、自分がとんでもない世間知らずだったことを認め、これからどうするべきか決断するには、あの日の午後、ビーチで過ごすことが必要だったのだ。

ボブとの関係を絶つのは簡単ではなかった。けれど、精神的な健康を保つためと自尊心を守るためにはそうしなければならなかったのだ。ところが、ボブはどんなことをしても関係を修復すると決めていた。しかしダーニにしてみれば、二人の関係はもう終わっていたのだ。彼女は婚約指輪を返し、〈マーフィーズ・デパート〉に辞表を提出し、荷造りをした。なんとなくどこで暮らしたいかということはわかっていた。

あの海の近くだ。

その計画を実行に移すには仕事を見つけなければならない。〈オズボーン・アンティーク〉に立ち寄ってメイミーに会ったとき、ダーニは絶望的な気持ちになりかけていた。しかし話しはじめると、すぐに二人は久しぶりに会った友達のように止めどなくしゃべりつづけた。

メイミーはダーニを雇ったが、前もってじゅうぶんに注意も与えた。「息子はちょっと扱いにくい人だけど、辛抱してちょうだいね。べつに悪気はないの、本当よ。でも、なんでも自分の思いどおりにしないと気がすまないたちなの」そのあと、言いすぎたかのように口をつぐんだ。

「なんとかやっていけると思いますよ」ダーニは安心させるように言った。ダーニは本当に人が好きなのだ。自分から誰かを嫌いになることはないし、少し努力すればメイミーの息子とも仲よくなれると思った。

けれど、それもジョン・オズボーンと会う前のことだ。彼は例外なのかもしれない。そうだとしても、引き下がるつもりはない。

「おはようございます。すてきな朝ですね」翌日、店に着くと、ダーニはジョンに挨拶した。

朝刊を読んでいたジョンは顔を上げ、マグカップに入ったコーヒーを飲んだ。ダーニを無視するつもりのように見えたが、おもむろに口を開いた。「今日は雨だけどね」

「ええ。でも、あれは太陽の光が液体になっているんですよ」ダーニにしてみれば、天気によって今日がどんな一日になるのか決まるわけではない。毎日が新たな冒険なのだ。

ジョンは彼女をにらみつけた。「こんなに早い時間でも、いつもそんなに機嫌がいいのか？」

ダーニは彼の不機嫌な態度をぶち壊そうと意気込んでいる自分がいやだった。彼がこんな態度で客を迎えているのだとしたら、商売が繁盛しているのが不思議だ。「わたしの機嫌がいいことに何か問題でもありますか？」

「いや」ジョンはダーニの顔を見ずにぶつぶつ言った。

「今日は何をしましょうか?」ダーニはジャケットを脱いだ。それを奥の部屋にかけ、前日にメイミーが教えてくれた場所にバッグをしまった。

「コーヒーを飲みたまえ」ジョンが言った。

その言葉を聞いて、ダーニは足を止めた。

「今度はなんだっていうんだ?」ジョンはがなりたてた。

なんて不愉快な人なのかしら。ダーニは心のなかでつぶやいた。「コーヒーは飲まないんです。飲むようにしたほうがいいですか?」

それを聞いてジョンは顔をほころばせた。少なくともかすかにほほ笑んだように見えたので、ダーニは勇気づけられた。結局のところ、彼はそれほど怖い人ではないのかもしれない。

「いや」ジョンは少しもおもしろがっている様子を見せない。「その必要はない」

「お茶をいただきます」ダーニは言った。

「ああ、なんでも好きなものを飲むといい」

前日、ジョンの母親も同じような言い方をしたが、その親しみが込められた口調は感じがよかった。一方、ジョンの話し方からは同じようなやさしさは感じられない。もっとも、そんなものを期待しているわけではないけれど。

ダーニはハーブティーをいれたあと、両手でマグカップを持ち、雇い主が新聞を読んでいる場所に戻った。

ダーニがしばらく待っていると、ジョンは新聞から顔を上げて彼女と目を合わせた。

「何か用か?」

「今日の服装は気に入ってもらえていますか?」

ダーニは持っている服を入念に調べて、あまり派手ではないものを選んだ。まず大きな銀色のスナップがついたブルーと白のストライプのオーバーオールに、長袖の白いタートルネックのシャツを着て、それを引きたてるために首に赤いネッカチーフを巻いた。

「まるで汽車の機関士じゃないか」ジョンはつぶやいた。「普通の女性が着るような服は持っていないのか?」

「持っていますよ」ダーニはしぶしぶ認めた。「でも、あなたはいいと思わないでしょうね」

「どうして?」

「グリーンのスパンコールがついた服ですから」

ジョンはコーヒーを脇に置き、新聞の第一面を折り返した。「それくらいのことはわかりそうなものだったな」彼の視線は新聞から離れない。「昨夜《ゆうべ》、書類整理の仕事が終わらなかったんだ。きみができると思っているなら、簡単な帳簿管理をしてほしいんだが」

「もちろんできます」自分の力量を証明したくてたまらず、ダーニは楽観的に答えた。昨日の夕方、仕事のあとに町の図書館に寄って簿記の本を二冊借りた。まだ少ししか読んでいないけれど、帳簿を管理するのはそれほどむずかしくなさそうだ。

ダーニはジョンの真向かいにある机と椅子に近づいた。彼は新聞を下げ、しばらくのあいだ疑わしげな目つきで彼女を見つめた。

ダーニはジョンが言っていた書類を見つけると、元帳に記入しはじめた。彼女は自信満々で仕事をしていたが、しばらくすると、ジョンが机の横を通り過ぎた際に、なにげなく肩越しに帳簿をのぞいた。その瞬間、身をこわばらせた。

「どうかしました？」ダーニはきいた。

「きみが記入しているのは貸方ではなくて借方のほうだよ」

「まあ！」

ちょうどそのとき、ドアが開いて年配の男女が入ってきた。「おはよう、ジョン」

ジョンの表情が和らいだ。「やあ、ロン、ダーリーン。今日はどんなご用ですか？」

「じつは新しいダイニングセットを探しているんだ」男性が疲れたような表情で説明した。「ダーリーンがここからシアトルのあいだにある家具店をすべて見て回ったんだが、気に入ったものが見つからなくてね。わたしはあんなしゃれたショールームよりも、ここのほうがほしいものが見つかるような気がするんだ」ロンはひどく取り乱し、妻にいらだっているようで、早くこんなことは終わりにしたくて仕方ないらしい。

「今は以前のような家具を作る人がいないんですもの」妻は説明した。

「そうですね」ジョンはうなずいた。「ここにはダイニングセットが二種類ありますよ。両方とも一九四〇年代初めのものです。一つは磨き上げられた桜材が使われ、もう一つはマホガニーが使われています」

ジョンが年配の夫婦を店の奥に連れていったあと、ダーニは元帳に記入したものをすべて消し、最初から書き直した。その仕事に集中していたので、いつジョンと二人の客が戻ってきたのか気づかなかった。

「彼女はダーニ・ベックマン」ジョンの言葉がダーニの思考を妨げた。「夏のあいだ、ぼくのところで働く予定です」

ジョンがほのめかしているのは、ダーニがこの店にいるのは短期間だということだ。それでも、彼女は帳簿から顔を上げて温かみのある笑顔を見せた。「どうぞよろしく」

「フリーマン夫妻は桜材のテーブルと揃《そろ》いの椅子を買ってくださったんだよ」

「それはよかったですね」ダーニは言った。あのテーブルはとてもすてきだから、どこのダイニングルームにも優雅な趣を添えることだろう。

「本当にうれしいわ」ダーリーンはダーニに言った。「何カ月ものあいだお目当てのセットを探していたのに、すぐ近くでいいものを見つけることができたんですからね」

ジョンとロンがテーブルと椅子を運ぶ手はずを整えているあいだ、ダーニは立ってダーリーンとおしゃべりした。

「あなたは新顔なのでしょう？　お節介を焼くつもりはないけれど、オーシャン・ショアズはとても親しみやすい町で、わたしたちも住人のことはほとんど知っているのよ」

「先月、ここに引っ越してきたばかりなんです。グーイーダック・アベニューからちょっと入ったところにあるアパートメントに住んでいます」そこはビーチから二ブロックしか離れていないので、夜、寝室の窓を開けると、まるでビーチに座っているかのようにはっきりと波の音が聞こえる。けれど、長時間窓を開けたままにはしていない。今はまだそれほどではないが、じきに暑くなるだろう。

「それで、この町でいちばん結婚相手にふさわしい独身男性のところで働くのはどんな気分？」ダーリーンがきいた。

ダーニはあらためてジョンを見た。彼が結婚相手にふさわしい独身男性とは思わなかった。たしかにハンサムだ。身長は百八十センチくらいだろうか。もう少し高いかもしれない。感じのいい顔で、ときにはやさしい目つきをすることもある。たいていは眉をひそめて不機嫌そうにしているけれど、たまにほほ笑むこともある。ジョン・オズボーンとボブ・アダムズが違うことはたしかだが、過去の苦い経験から、容貌で男性の価値を判断できないことは学んでいる。

「ここで働きはじめてから今日で二日目なんですよ」ダーニは説明した。

「あら、そう。ジョンのことがわかりはじめたら、きっと好きになるわよ。とってもすてきな人ですもの」

「そうでしょうね」ダーニはうなずいたが、内心はかなり疑念を持っていた。なぜならジョンができるだけ早い機会に解雇する口実を探しているように見えるからだ。彼はわたしのほうから辞めると思っているにちがいない。長年〈マーフィーズ・デパート〉で働いたことはまったく考慮してくれないようだ。

その後まもなくフリーマン夫妻は店を出た。ジョンが帳簿を調べているあいだ、ダーニは次にやってきた客の相手をした。その客が美しい磁器の花瓶を購入してくれたのでうれしくなり、ジョンが褒めてくれるのを待った。

ジョンはいちおう褒めてくれたものの、彼が口にしたのはダーニの販売の手腕とはなんの関係もないことだった。

ジョンは不満そうに眉根を寄せた。「これ以上きみに帳簿を管理させないほうがいいかもしれないな」

「でも、ちゃんと覚えます。ちょっと教えてもらえばいいだけです」

「ぼくが従業員を雇ったのは、きみが知らないことをいちいち教えるためじゃないんだよ」

ダーニは肩をいからせた。「わたしは嘘《うそ》をついたわけじゃありません。あなたが言いたいのがそういうことだとしたら……」

ジョンは返事をしなかったが、頭のなかでいろいろなことを考えているのはダーニにもはっきりとわかった。

商品について詳しく知っておいたほうがいいかもしれないと思い、ダーニは店内のあちこちにある家具やほかの骨董品《こっとう》を調べることにした。

店の奥のほうを歩いているとき、細長い鏡のついたドレッサーのうしろにあるドアを見つけた。それを開けると、小さな部屋があり、なかには家具がいっぱいつめ込まれていた。

「ここにあるのはなんですか？」ダーニはきいた。ジョンはできるだけ彼女に近づかないようにしている。

「長年にわたって買い集めたものだが、修理が必要だったり、いろいろな理由があったりして、そこに置いてあるんだ」

「ちょっと見ても構いませんか？」

ジョンは肩をすくめて構わないことを伝えた。

ダーニは部屋に入って明かりをつけた。そのとたんかびくさい臭いを吸い込んでしまったので、鼻にしわを寄せた。その部屋にはさまざまなものがぎっしりとつめ込まれている。片方の肘かけが壊れたマホガニーのキャプテンズ・チェアがもたせかけてあるのは、丸棒が一本取れたロッキング・チェアだ。

そのとき、木製の揺りかごが目に留まった。それは傷の入った杉材のチェストの上に置かれている。ダーニは揺りかごに近づき、ゆるやかな曲線を描く表面を撫《な》でた。それはハンドクラフトのかなり古いものだ。この店にあるほかの商品よりもずっと古い。たぶん一八〇〇年代のものだろう。使われている木材の種類はわからない。

なぜかダーニは胸が締めつけられるような感覚を覚えた。ふいに憧れの念が湧き上がってきたので、下唇を噛《か》んだ。婚約を解消したとき、いつかボブと子どもを作るという夢はあきらめた。頭のなかで作り上げていた夢の家族を捨て去ったのだ。

婚約を解消したことはとくに気にしていない。結婚前にボブが女たらしだとわかってよかったと思っているくらいだ。けれど、結婚して子どもを作りたいという思いは本当に強かった。

この美しい揺りかごを見て、急に失ったものをすべて思い出した。

「揺りかごを見つけたようだね」背後からジョンの声がした。「どう思う?」

「すてきです」ダーニの声がうわずった。

「ダーニ?」ジョンのやさしい話し方は彼女を驚かせた。「だいじょうぶか?」

2

「だいじょうぶです」すぐに落ち着きを取り戻したダーニは嘘《うそ》をついた。「この揺りかごは何が問題なんですか？」ふたたびゆるやかな曲線を描く滑らかな表面を撫《な》で、てのひらに伝わる感触を楽しんだ。

どちらかと言えば、かつて経験した喪失感は弱まるどころか、かえって強くなっている。つかのま胸に熱いものが込み上げてきたので、ダーニは懸命に自分を抑えた。どうしてこんなに感情が高ぶるのかわからない。だから自分の気持ちをジョンに説明することなど問題外だ。ジョン・オズボーンはわたしのような傷つき方をする男性ではない。打ちくだかれた夢や破られた約束のことなどまったく理解できないだろう。

「何が問題だったかな？」ジョンはダーニの横を通り過ぎると、揺りかごを持ち上げてしげしげと見た。「ああ、そうだ。端のほうにいくつか引っかき傷があるんだった。いつかきちんと削ったり、磨いたりして再仕上げしようと思っていたんだ。じつを言うと、これのことはすっかり忘れていたよ。最近、こういった修繕の仕事は先延ばしにしているものでね」言うまでもなく、仕事が遅れているのは人手が足りないからだ。けれど、ジョンはどんなことがあってもそれを認めないだろう、とダーニは思った。

「全体の再仕上げはできないでしょう」ダーニは揺りかごの底面を見ながら言った。

ジョンはいぶかしげな目つきで彼女を見た。「どうしてだ？」

「何か彫ってあるんですもの」

ジョンは手作りの揺りかごの底面を注意深く調べた。「きみの言うとおり、何かあるぞ。何が書かれているのかな？」目を細くして木材に刻み込まれた文字を見た。

ダーニはジョンに近づき、揺りかごの底面に彫られた文字を読みとろうとした。

「〝アダム・ストラウド、妻サラのためにこれを作る。一八五七年、ワシントン・テリトリー。新たな命と新たな始まりのために〟」ダーニは滑らかな木材にそっと触れた。「この人は奥さんのことをとっても愛していたんですね」

「そんなことはわからないよ」ジョンは疑わしげに言った。

「もちろん愛していたでしょう」ダーニはぎこちない動きでジョンから離れた。「わたしにわかるはずのないことですけど、なんとなくそうだったような気がします。この人は二人の子どものために揺りかごを作ったにちがいありません。どこで見つけたんですか？」

「オークションだよ。数カ月前だったかな。いい機会だから、これは店に出そう」ジョンは揺りかごを店内に運んでいき、さきほどダーニが帳簿作業をしていた机の上に置いた。

そこは奥の部屋よりも明るいので、今までよりも引っかき傷が目立つ。

「この木材はなんですか?」ダーニはきいた。

「イエロー・パインだよ」ジョンはぼんやりと答えた。

ダーニはつい揺りかごを見ずにいられなかった。底面に刻まれた文字を読んだ結果、あんなにも心を打たれたこの家具のことがよく理解できた。彼女が感じとったのは、この揺りかごに注ぎ込まれている愛だ。これを作った人のやさしい心遣い、遠い昔、二人の人間を結びつけた強い絆《きずな》だったのだ。ダーニは二人が直面した困難、二人が耐えた苦労、そして子どもの誕生で味わった喜びを想像せずにいられなかった。

子ども。

ダーニは下唇を噛《か》み、胸に込み上げてきた悲しみや苦しみが消え去るのを待った。いくどとなくボブと子どもがほしいという話をしたし、彼も子どもを作りたがっているようだった。

いいえ、そんなふうに見えただけ。ボブに関しては、ほかのいろいろなことと同様、それも口先だけの話だったのだ。

「〈マーフィーズ・デパート〉でショーウィンドウのディスプレーをしていたと言っていたね?」ふいにジョンが問いかけたので、もの思いにふけっていたダーニは現実に引き戻された。

「ええ……何度も」

「よし。それなら、この揺りかごを使ってうちのショーウィンドウのディスプレーをしてくれないか。そうすれば、人目を引くと思わないか？」

「ええ……そうですね」そう言ったものの、ダーニはがっかりした。揺りかごをショーウィンドウに陳列したら、すぐに売れてしまうにちがいない。理由は深く考えたくないけれど、そんなことになってほしくない。

「きみが仕事をしやすいように、ショーウィンドウを片づけよう」ジョンが言った。

「それくらいのことはわたしにもできます」それを解雇する口実にされると困るので、自分でできることは雇い主にさせたくない。ダーニはこの仕事を辞めたくなかったのだ。

ジョンは眉をひそめた。彼は定期的にこの不機嫌そうな表情を見せる。「あの整理だんすを持ち上げるのは無理だろう」

「ええ。でも、脇に寄せれば、ディスプレーの一つとして活用できます」

ジョンの表情がいちだんと険しくなった。「わかった。それなら、さっさと取りかかりたまえ。だが、あまり頑張りすぎるんじゃないぞ。いいな？」

「はい」ダーニは答えたものの、実際はやる気満々だった。早くも頭のなかにはさまざまなアイデアが浮かんできた。「心配しないでください。こういう仕事はしょっちゅうしていましたから」

ダーニの話を信じたものかどうかよくわからないらしく、ジョンは小声でぶつぶつ言いながら立ち去った。ダーニは何を言ったのか知りたかったが、考え直した結果、知らないほうがいいと思った。

これは自分が有能な人間だということを証明する絶好の機会だ。そう思ったダーニは天与の才能と直感力を駆使して、ショーウィンドウのディスプレーに取りかかった。仕事に没頭していれば、シアトルに残してきたもののことを考えなくていいし、どうしてそうしたのかということも考えずにすむ。

ダーニは揺りかごの横にロッキング・チェアを置き、椅子の背と肘かけにさりげなくパッチワークのキルトをかけた。整理だんすの上には石油ランプを置く。さらにさまざまな小物を添えて、過ぎ去りし時代の一場面を作り上げた。それを見た人は、敷居をまたぎさえすれば、遠い昔に存在した別世界に足を踏み入れたような印象を受けるだろう。

通りがかりの人が数人足を止めて、ショーウィンドウのなかで仕事をしているダーニを見つめたが、彼女はそんなことにも慣れていた。

しばらくしてからジョンが声をかけた。「昼食の時間だよ」

「もうそんな時間ですか?」ダーニは立ち上がって腰をもんだ。午前中はあっという間に時間が過ぎてしまった。

「一時間、休憩だ」

昼食のために従業員を一時間休ませるのはとても公正なやり方だ。すぐさまダーニはショーウィンドウから飛び下り、手についた埃《ほこり》を払った。「サンドイッチを持ってきたんです。奥の部屋で食べようと思って」自分がすることを雇い主にいちいち報告する必要などないはずだ。あとになってそんなことをする自分をばかだと思った。

「そうか」ジョンはうわの空だ。ダーニの行動にはまったく関心がないらしい。彼女はディスプレーの仕事に熱中していたので、ジョンが接客に忙しいのかどうかも気づかなかった。

ダーニは紅茶をいれてカップをテーブルに置いた。椅子に腰を下ろしてくつろぐのはいい気分だ。両脚を前に伸ばし、二、三回肩を回したあと、茶色の紙袋を開けた。

十五分後、ダーニはカップを持って店に出ていった。ジョンは今朝彼女が台なしにした帳簿を直している。ダーニが近づくと、ジョンは顔を上げた。

「あまりひどいことになっていないといいんですけど……」

ジョンはもう少しで笑いそうになっている。まず目に笑みが浮かんだかと思うと、次に口元がほころんだ。だが、全面的におかしさを表に出すことはしないらしい。

歩道をぶらついていた男女が足を止めてショーウィンドウを見つめた。ダーニは外に出て、まだディスプレーが終わっていないことを説明したい衝動に駆られた。仕事に関しては完璧主義者なので、まだいくつかつけ加えたいし、イメージを完成させるために仕上げをしたいのだ。

「あの二人は店に入ってきそうだ」ジョンは椅子から立ち上がった。「いいぞ。午前中はずっと暇だったからな。いらっしゃいませ」店内に入ってきた男女に挨拶した。

「こんにちは」上品そうな雰囲気を漂わせた長身の女性が答えた。「じつを言うと、骨董《こっとう》品を買いたいわけではないのですけど、ショーウィンドウのディスプレーがあまりにもすばらしいので、目を奪われてしまったんです。本当にすてきだわ」

「ありがとうございます」ジョンはその褒め言葉を素直に受け入れた。

「ずいぶん前のことですが、祖母がパッチワークのキルトを作ってくれたんです」女性はなつかしそうに話を続けた。「ひと針ずつ手で縫っていました。近ごろはたいていミシンを使っているでしょう。かといって、それが悪いと言っているわけではありませんけどね」

「あれは正真正銘の手縫いのキルトですよ」ジョンが説明した。「長年、大切に保存されていたものです。ぼくが聞いた話では、六十年以上前に作られたそうです」

「祖母が生きていたのもそのころですわ」

「よかったら、ごらんになりませんか」客のものほしそうな表情に気づき、ダーニは言った。すぐさまカップを置くと、ショーウィンドウに入り、ロッキング・チェアからキルトをはずした。彼女はパッチワークの星形模様が引きたつようにキルトをロッキング・チェアにかけ、そこに座っていた人がちょっとどこかへ行って、今にも戻ってくるような雰囲気を作り上げていたのだった。

「ああ、トーマス、見てちょうだい」ダーニが差し出したキルトを見て、女性は連れの男性に呼びかけた。目尻には涙がたまっている。

「これをいただくよ」トーマスが断固とした口調で言った。「さあ、メアリー、反対しないでくれ。これはおまえにとって大切なものになるはずだ。じつは、結婚記念日に贈るものをずっと探していたんだが、このキルトなら申し分ないだろう」

メアリーはせわしなくまばたきをして涙を抑えた。「本当にこれを見ると、祖母を思い出します。わたくしたちにも孫がいますけど、祖母と一緒に椅子に座り、暖炉のそばで本を読んでもらったことを、つい昨日のことのように思い出すわ」

「いくらかね?」トーマスはズボンの尻ポケットから小切手帳を取り出した。

ジョンが提示した値段はダーニが聞いても妥当と思える金額だった。ジョンが小切手に必要事項を書き込んでいるあいだ、ダーニはカップを奥の部屋に戻し、キルトの代わりにショーウィンドウに陳列するものはないか店内を探した。

少しすると、ドアが閉まる音がしたので、ダーニは思いきってジョンのほうを見た。

「ぼくが礼を言うのを待っているんだろう」ジョンはぶっきらぼうに言った。

「何に対するお礼ですか?」

「きみがキルトを売ったことに対して。ショーウィンドウに陳列しなかったら、あれは絶対に売れなかっただろう」

「たしかにそうですけど、ショーウィンドウのディスプレーをするのは商品を売るためですからね」ダーニは感情を表さずに淡々と答えた。本来ならばジョンが喜んでいると思わなければならないのだろう。けれど、彼がわたしをくびにする理由を探していることは明らかだ。接客するたびにわたしの頑張りで客が商品を買ったら、その理由もなくなってしまう。

ダーニは必要なものを集めてショーウィンドウに戻った。なんとしてもこの仕事を続けたかったし、許されるなら自分の力量を証明したかった。でも、ジョンがあんな態度を取りつづけるなら、それもむずかしいだろう。

ジョンは誤りを認めるのが好きではなかった。しかし、母親がアシスタントを雇ってから二週間経《た》つが、このままいくとダーニ・ベックマンが計り知れない価値のある女性だということを認めざるをえなくなりそうだ。

それでも、彼女は長続きしないだろう。

ジョンもばかではないので、夏の観光シーズンが過ぎてもダーニがこの店で働きつづけるとは思わなかった。今までにも彼女のようなタイプの女性は見ているのだ。たしかに彼女の仕事ぶりには文句のつけようがないとはいえ、母親に言ったようなことを理由にするのではなく、ダーニのほうから解雇する理由を与えてくれるといいのだが。

不本意ながらもジョンはダーニに好感を持ちはじめていた。彼女はやさしくて思いやりのある女性なので、蜂蜜が蟻《あり》を引き寄せるように人々を引きつける。販売に関してもダーニは天性の才能を発揮した。どんな人にでもどんなものでも売ることができるのだ。じつのところ、ジョンにとって大事な問題はそのことだけだ。個人的な関わり合いは少なければ少ないほどいい。いつのまにかジョンが接客する機会は減り、帳簿管理をする機会が増えていったが、その状態はうまくいっていた。

にもかかわらず、ジョンはダーニを信用できなかった。冒険に満ちた夏が終わったあとも彼女が自分の店に留《とど》まるとは考えられない。どうしていつまでもこの町にいなければならないのだ？　ダーニは美人で、快活で、愉快な女性だ。どうしてこんな辺鄙《へんぴ》なところにある観光地に落ち着きたいのかさっぱりわからない。華やかで刺激的な都会が戻ってくるよう呼んでいるというのに。

雨の多い季節になり、憂鬱で退屈な日が続いたら、ダーニはさっさとシアトルに戻るだろう。問題は、自分が警戒をゆるめて彼女に頼っていること。彼女と一緒にいるのを楽しんでいること。彼女を従業員以上の人間と見なすようになっていることだ。

そうだとしたら、いずれひどい失望感を味わう羽目になる。最善の策はダーニに近づかないことだ。ジョンはそう心に決めた。しかし、それは思った以上にむずかしかった。

だいぶ前からジョンはつねに異性に対して警戒態勢を取っていた。女性によそよそしい態度を取りつづけるのはむずかしいことではない。長年のあいだに自然に身についたのだ。パトリシアと別れて以来ずっとそうだ。

ジョンはふと気がついた。今、パトリシアのことを考えても、身を引き裂かれるような喪失感が湧き上がってこない。じつのところ、彼女がいないほうがいいと思えるくらいだ。あのころ、尊敬する人たちや愛する人たちからもそう言われた。しかし、それは自分の心の声ではなかったので、みなの慰めの言葉を聞いても苦しみは癒やされなかった。

あのとき自分でも驚いたのは、もしパトリシアが戻ってきたらたぶん受け入れただろうということだ。最初はそうだった。そんな自尊心のない自分にがっかりし、ひどく後味の悪い思いをした。自分は間違いを犯したのだ。また同じ間違いを繰り返すつもりはない。

その後、パトリシアを愛していたことを認めるくらいなら死んだほうがましだと思った。彼女がいなくなって寂しい思いをしていることを誰かに知られるくらいなら死んだほうがましだ、と。

やがてパトリシアだけでなく、すべての女性に対して心を閉ざすようになった。女性は信用できない。また女性に自分の人生をめちゃくちゃにされるのは愚か者だけだ。

ぼくは愚か者ではない。今、いちばんいやなのは、ダーニに生活をかき回されること。

彼女に心をかき乱されること。毎日向き合っている心のなかの虚《うつ》ろな部分に入り込まれることだ。

だからできるだけダーニを無視している。薄暗いアンティーク・ショップに風変わりな花が咲いていても、素知らぬ顔をしているのだ。

ダーニが店で働きはじめてから二週間経ったので、ジョンは今までの売り上げを計算した。それが終わると、もう一度計算し直した。彼女がここに来てからまだまもないが、今月はすでに今年いちばんの収益を上げている。

そのとき、電話が鳴った。ジョンは手を伸ばして机の端に置かれた電話を取った。受話器から聞こえてくるのが母親の声だと気づいたとたん、彼はうめき声をあげたくなった。

「ダーニはうまくやっているかしら？」メイミーは真っ先にそのことを知りたがった。まるでジョンが利幅を計算しているあいだ、肩越しに見ていたかのような言い方だ。あたかもダーニを雇ったことは開店以来最高の出来事だったというのがわかっているかのような。

ジョンは受話器を握りしめた。「まあまあうまくやっているよ」

「まあまあですって？　ダーニは最高でしょう」

ジョンは反論できなかった。しぶしぶ店内を動き回っているダーニを目で追った。彼女は驚くほどすばらしい力を発揮して、ぎっしりと商品がつめ込まれていた店内を魅力的な空間に作りかえた。朝、店に来るたびに新しいことを考え、新しい計画を立てているようだ。彼女のアイデアのおかげで商品が売れることはわかっているので、ジョンは好きなようにさせた。

ダーニがまとめた商品は陳列するそばから売れるようだ。そんな状況は彼女が働きはじめてから三日目、格調高いダイニングルームというテーマで商品を並べたときから始まった。彼女はマホガニーのテーブルに繊細な高級磁器とピンクのリネンのナプキンを置いた。次に、アンティークのカットガラスのボールにシルクの花を生けてテーブルの中央に飾った。さらに、きらめくクリスタルガラスのゴブレットと輝く銀器を並べると、今にも晩餐《ばんさん》会に招かれた客が荘厳な部屋に案内されて席につこうとしているかのような雰囲気が醸し出された。

そこに陳列されていたものは二日以内にすべて売れてしまった。

「もうそろそろ認めてもいいんじゃないかしら、ジョン」メイミーはなだめすかすように言った。「ダーニは優秀な人でしょう」

「そうだね」ジョンはためらいがちに答えた。

メイミーはうれしそうな声をあげた。「わたしにはわかっていたのよ。ダーニのディスプレーのすばらしさは町で噂《うわさ》になっているわ。ところで、あの揺りかごはどこで見つけたの？」

「ずっと奥の部屋に入っていたんだ」母親に言われてジョンはふと思い出した。ダーニが最初にショーウィンドウに陳列した商品はすべて売れたが、あの揺りかごだけは残っている。ジョンは首をひねった。あれにつけた値段は妥当だし、じゅうぶんに人目も引いているはずなのに……。

「どうやら新聞社が人を送って、ダーニが陳列した一九五〇年代の寝室の写真を撮らせるらしいわ」メイミーは話を続けた。「いい話じゃないかしら」

「そうだね」あんな古いレコード・ジャケットやランプがこんなに大騒ぎになるなんてとても信じられない。

「あまり感激していないようね」

「とんでもない」ジョンはぼそぼそと言った。「売り上げが上がったのだから、これほどうれしいことはないよ」じつのところ、販売数が増えて空きスペースができたらありがたい。来週、サンフランシスコで買いつけた商品が到着するので、置き場所が必要なのだ。

「土曜日の夜には会えるんでしょうね?」

どうして母親がわざわざそんなことをきいたのか、ジョンにはわからなかった。毎週、土曜日の夜には一緒に食事をすることになっているのだ。「もちろん行くよ」

「よかったわ。じゃあ、そのときに」母親がいやに明るい口ぶりで話を終えたので、ジョンは何か企《たくら》んでいるのではないかと疑った。だが、まさかそんなばかなことはしないだろう。

いくら母親でもぼくの女性関係に口出しさせるつもりはない。

ジョンは受話器を置くと、ミセス・アルバートソンにレシートを渡しているダーニを見つめた。七十歳の女性が店を出たあと、ダーニはジョンのほうを向いたが、真顔を保つのに苦労しているようだ。

「何かおかしなことでもあるのかな？」ジョンは最初からダーニに対して使っているわざとらしい冷ややかな口調できいた。

「気づかなかったんですか？」ダーニは一九五〇年代の寝室のディスプレーのほうを指し示した。「ミセス・アルバートソンがあの古いランプを買ってくださったんですよ」

ジョンは驚きを隠すのにひと苦労した。「ミセス・アルバートソンが？」

「あんなものはなんの値打ちもないと思うのですけど……」

ジョンは何も言わず、電話に邪魔される前に取りかかっていた計算に戻った。室内に広がる静寂が重苦しく感じられたが、顔を上げなかった。ダーニに話をするよう仕向けないほうがいい。彼女のことは知らないほうがいいし、もちろん二人の関係は一時的なものにすぎないのだ。

「わたしのことがあまり好きではないんですね？」ダーニが小さな声できいた。

まるでそんなことをきくのはつらいというような言い方だ。

「嫌いではないよ」ジョンは冷ややかに答えた。

「そんなことをきいたのではありません。あなたはわたしがあまり好きではないんですね、と言ったんです。それとあなたの返事には大きな違いがありますよ」

ジョンはため息をついた。言葉の意味を云々《うんぬん》するゲームに引き込もうとするのはいかにも女性らしいやり口だ。「正直言って、何が問題なのかわからないな」

「どうしてですか?」

これほどはっきりとものを言う女性には慣れていないので、ジョンは身をこわばらせた。こういう女性には本当のことを言ってもいいだろう。「どうせきみは出ていくんだろう」

「わたしが?」ダーニは驚いて大声を張り上げた。

「夏が終わらないうちにシアトルに戻るんだろう。遅くとも十月には。かといって、きみを責めるつもりはないけどね。きみは売り込みが上手だ。しばらくしたら、この店の仕事なんかあまりやりがいがないと思うんじゃないのか」

「わたしはオーシャン・ショアズが好きなんです」

「ああ、そうだろう」ジョンはうなずいた。「嫌いなはずはない。この二週間、ずっとすばらしい天気だった。毎週末、店は観光客であふれんばかりだったし、見るものもすることもたくさんある。だが、いずれそんなものにも魅力を感じなくなるだろう」

「あなたはここにずっといるじゃありませんか」

「ぼくはきみとは違う」

「どんなふうに？」

　ジョンはかえって問題を悪化させているのではないかと心配になった。正直に話すことで二人の意見の食い違いを解決したいと思ったのだが、ダーニの目つきを見た人は、ぼくがわざと彼女を侮辱したと思うだろう。ぼくは彼女の質問に答えただけなのに……。

「きみはすばらしいよ、ダーニ。この店に貢献してくれていることには本当に感謝している。だが、きみは若くて魅力的な女性だから、都会からこんなに離れたところで暮らすことにはすぐに飽きてしまうだろう」

　ダーニは顔をしかめたが、今までジョンが気づかなかった悲しげな雰囲気を漂わせている。「そんなことはありません」

「ときが経てばわかることだ」じつのところ、ジョンはこんなばかげたゲームにうんざりしていた。

「ええ、そうですね」ダーニは肩をいからせながら向きを変えた。だが、二、三歩進んだところでくるりと振り返る。「あの、ちょっとした賭けをしませんか？」

「何に賭けるんだ？」

「わたしが出ていくか、いかないかということに」

　ジョンは肩をすくめた。そんなことをするつもりはない。「いやだね」

「あら、あなたなら受けて立つでしょう」ダーニは両腕を振り上げた。「何を言っても構わないし、わたしを侮辱しても構わないけれど……」

ジョンはゆっくりと息を吐き出した。「きみを侮辱するつもりなんかなかったんだ」

「わたしは〈マーフィーズ・デパート〉で七年間も働いていたんですよ。どうしてわたしがころころ職を変える人間だと思うんですか？」

「きみは都会にいるべきだ」

「誰がそう言ったんですか？」ダーニは厳しい口調で問いただした。

ジョンは返答に窮した。

「この際だから教えてあげます」ダーニは両手を腰に当てた。「わたしが生まれ育ったのは小さな田舎町ですけど、そこでの暮らしは大好きだったんですよ」

「たしかきみは――」

「シアトルに引っ越したのは高校生のときですが、いつも根は田舎娘でした。そのことを忘れないでください」

なるほど、それでダーニはこの問題についてはっきりした意見を持っているのか。「わかった」ジョンはうなずき、今は考えなしに言ったことを後悔した。これは初めて犯した間違いなので忘れないようにしよう。

「よかった」ダーニはまばゆいばかりの笑顔を見せ、右手を差し出した。

ジョンはその手を見つめた。「なんのためにそんなことを？」

「賭けをするためです」

「どんな賭けだ？」ジョンは鈍感な人間だと思われたくなかったが、ダーニが何を言っているのかわからなかった。

「夏が終わってもわたしがこの店で働いているかどうかという賭けです」

ジョンは相変わらずダーニの手を見つめている。「ダーニ、いいか……」

「これは進歩ですね」ダーニはまたしてもほほ笑んだかと思うと、手を下ろして緊張をほぐした。それから机の端に腰かけてジョンのほうを向いた。こうなると、彼はダーニを避けようとしても、避けることができない。

「何が？」

「わたしを名前で呼んだことが。この二週間、ずっと名前で呼ばないようにしていたでしょう。〝ミズ・ベックマン〟ではあまりにも堅苦しいと思いませんか？　さあ、ジョン、そろそろ肩の力を抜いてもいいころじゃないかしら。ここにいるのはわたしたち二人だけなんですもの」

それが問題なのだ。毎日、二人だけで過ごすことが。返事をしたくないのでジョンは唇を強く噛んだ。ダーニの言うとおり、彼女を名前で呼ばないようにしていた。もちろん頭のなかではダーニと呼んでいたが。

「賭けのことだけれど」ダーニはしつこく言った。

「そんなことをする必要はないだろう」

「わたしはそうは思わないわ」ダーニはきっぱりと言った。「あなたはわたしがなんの考えもなしに華やかなものを追い求める女だと思っているでしょう。はっきり言って、遠回しにそういうことを言われるのはいやなの」

「なるほど」

「わたしは自分の実力を証明する機会がほしいの」

「わかった」ジョンはそう言ったものの、こんなばかげた賭けに関わろうとしている自分に驚いた。「ぼくはきみが十月末までしか続かないほうに賭けるよ」

「わたしはそれ以降も続くほうに賭けるわ」

「ぼくが勝ったら……」ジョンはダーニから何をもらいたいのかわからなかった。

「来年またここに戻ってきて、毎月一回、無報酬でショーウィンドウのディスプレーをするわ」

ジョンはうれしさを隠しきれなかった。「いいだろう」

「わたしがずっと続いたら、何をしてくれるの?」ダーニは満足げな表情できいた。

「昇給かな?」ジョンは言った。

「当然、それまでに昇給しているのではないかしら。あなたにとって大事なものを賭けて。あなたは自信があるのでしょう、ジョン・オズボーン。それなら、わたしがここにいることが骨折り損にならないようにしてくれないかしら」

「わかった……」だが、そうは言ったものの、どうすればダーニがオーシャン・ショアズに留まるように仕向けることができるのか、ジョンにはまったく考えつかなかったし、こんなことをするのがいいのかどうかもよくわからなかった。

「いくつか案を出しましょうか？」ダーニがきいた。

「ああ」

「日曜日ごとに三十回、わたしを食事に連れていってくれるのはどうかしら？」

「食事だって？　三十回も？」

「これはよさそうだわ」すばらしいアイデアを思いついたかのように、ダーニはにっこりした。

「だめだ」ジョンは無意識のうちに言いながら、机の上に置かれた書類をあちこちに動かしたり、すでにきちんと積み重ねられている書類の山をまっすぐにしたりした。ダーニと目を合わせるのを避けるためだ。

「どうして？」

「第一に、そういう状況はありえない……」

「それなら心配することはないでしょう」

「第二に、ぼくたちが……」ジョンはちょっと間を置いて咳《せき》ばらいをした。「個人的に会うのはよくない。それは仕事とはまったく関係のないことだからね」

今まで自分たちを男と女として見るという考えは頭になかったらしく、ダーニは大きく目を見開いた。「もちろんそうだけれど……」頬がほんのりと赤くなった。

「では、きみが選んだ同伴者を連れて三十回食事に行くということで手を打ってくれないか？」ジョンが提案した。

「いいわ」ダーニはうなずいた。「わたしが言いたかったのは……」

「わかっているよ、ダーニ」

「誤解してほしくないのだけれど……」

「していないよ」いつまでもこんな話をするのは気まずいので、ジョンはすかさず言った。

「それなら賭けの条件には同意するのね？」少ししてからダーニがきいた。

「これは赤子の手をひねるようなものだ」

「同意するの、しないの？」ダーニはしつこくきいた。

「同意するとも」ジョンはつぶやいた。

「よかった」ふたたびダーニの顔に笑みが浮かんだので、ジョンは目をそらさないわけにはいかなかった。あまりにも魅力的な彼女を見ていると、心の平穏を保つことができなくなるのだ。

ジョンはダーニが差し出した手を握りしめた。彼が知るかぎり、二人が触れ合ったのは初めてだ。ダーニの肌は滑らかで柔らかいが、握手はしっかりして自信に満ちている。彼女自身のように。

「二人のあいだで誤解が生じないように、全部書き留めておきましょう」ダーニは言った。

「それはいい考えだ」

ダーニの視線が下がった瞬間、ジョンはまだ彼女の指を握っていたことに気づいた。ばつが悪そうにいきなり彼女の手を放すと、帳簿に注意を戻した。

「チャンスをくれたら、わたしがそれほどひどい人間じゃないとわかるでしょう」

「そんなふうには思っていないよ」ジョンはぼそぼそと言いながら、出会ってからまだ日が浅いのに自分の生活に出入りする小娘に、心や頭が反応するのを疎ましく思った。すでに彼女に対して警戒をゆるめはじめている。最初に本能的に察知したことは正しい。ダーニ・ベックマンは危険な女性だ。

ダーニはジョンの母親と食事することを承諾しなければよかったと思ったが、しつこく誘われて断りきれなかった。土曜日は一週間でいちばん忙しい。開店直後から午後六時に閉店するまで、店は客でいっぱいだ。

驚いたことに、何百キロも離れたところからやってくる客もいるようだ。

午後六時半、ダーニは店を出ながら考えた。ジョンはあとどれくらい店にいるのだろう？　ダーニが食事の約束があることを伝えたとき、ジョンは顔をしかめたが、何も言わずに戸口で彼女を見送った。そのとき、なぜかダーニは悪いことをしたような気分になった。もう少しで食事をする相手はジョンの母親だと告げそうになったが、すんでのところで思いとどまった。

急いで小さなアパートメントに戻ると、ダーニはシャワーを浴び、着心地のいいセーターとジーンズに着替えた。

ダーニが長いあいだ行方不明になっていた親戚であるかのように、メイミー・オズボーンは熱狂的に迎えた。「まあ、よく来てくれたわね」そう言ってダーニを抱きしめた。「息子にこき使われているんじゃないでしょうね」

「そんなことはありません」キッチンから漂ってくる匂いをかいだだけで、ダーニのおなかはごろごろ鳴った。

「おなかがすいているといいけれど」

ダーニは腹部に両手を当てた。「もうぺこぺこなんです」海を望む家のなかを歩きながら、美しい景色をうっとりと眺めた。沈みゆく太陽の光を浴びて海面はピンク色に染まっている。ダーニは海岸沿いに住んでいるメイミーをうらやましく思った。店からの眺めもすばらしいけれど、仕事が忙しいのでほとんど見る機会がないのだ。

「ジョンはあなたにやさしくしているでしょうね」

「少し打ちとけてきました」ダーニは窓から目を離した。「いちばん大きな問題は、秋になったらわたしがジョンを置いて出ていくと決めつけているところですね」

「本当に？　そんな態度を取ったら、前にもそんなことがあったのかと思われるかもしれないじゃないの」

メイミーの言い方を聞いて、ダーニは首をひねった。「そんなことがあったんですか？」

メイミーはちょっと言いよどんだ。「パトリシアのことは、ジョンが自分で話したほうがいいのではないかしら」

「パトリシア」ダーニは小声でその名前を繰り返した。ジョンもわたしと同じような失望感と苦しみを味わっているのかしら？　そうだとしても、彼は絶対にそのことを言わないだろうし、ほのめかしもしないだろう。とはいえ、言わなければならない理由はない。ジョンもボブのことは知らないのだから。「わたしたちがすることにはすべて理由があるんです」ダーニは言いながら、ジョンの肩を持つ気になっている自分に驚いた。とくに最初から彼の言動には悩まされ、いらいらさせられてきたのだから。

「それに目的も」メイミーは白ワインの入ったグラスをダーニに渡した。「ところで、今朝、お店の前を通りかかったけれど、あの揺りかごはまだ売れていないのね」

「ええ」ダーニはうつむき、うしろめたい気持ちが顔に出ないことを祈った。彼女はあらゆる手を使って客の注意をあの商品からそらそうとしてきた。あの揺りかごを売るのは自分の夢を手放すようなものだ。ばかげていると思われるかもしれないけれど、どうしても売る気になれないのだ。

そのとき、外から車のドアが閉まる音が聞こえた。

ダーニはメイミーのほうを見た。「どなたかいらっしゃるんですか?」

メイミーはワイングラスを置いた。「ちょっと失礼するわ。オーブンに入れたお肉の具合を見なければいけないから」

「メイミー」ダーニは去っていく雇い主の母親に声をかけた。

ドアが開いた。

ダーニは完全に振り返らないうちに、もう一人の客が誰なのかわかった。「こんばんは、ジョン」

「ダーニじゃないか」玄関に足を踏み入れたとたん、ジョンはその場に立ちつくした。「こんなところで何をしているんだ?」

3

ジョンは母親の家に入ったが、ダーニにいてほしくないと思っているのは火を見るより明らかだった。

「わたしは失礼するわ」ダーニは言った。いくら考えても、ジョンと一緒に気まずい夜を過ごす理由など思いつかない。

ダーニにとってこの出来事はこたえた。ようやくジョンとの関係が少し前進したと思いはじめたところなのに、どうやら状況を読み誤ったらしい。

ダーニの言葉を聞いてジョンは驚きの表情を見せた。「そんなことはしなくていいよ。ここにいなさい」そう言うと、すばやくキッチンに姿を消した。そのなかで始まった会話はダーニにははっきり聞きとれなかったが、ジョンが楽しそうでないことはたしかだった。

最初の部分は聞きそこなったものの、その後、ときどき話の断片が聞こえた。ダーニは盗み聞きしたかったわけではないが、否応《いやおう》なしに二人の言葉が耳に飛び込んできたのだ。

「わたしはただ……」メイミーの声だ。

「またお節介をしようとしているんだろう、母さん。こういうのはもう勘弁してくれ」話はまだ続いているが、ジョンが声をひそめたか体の向きを変えたのだろう。ダーニには彼の声がよく聞こえなかった。

お節介ですって？　ダーニは心のなかでつぶやいた。もしかして、わたしとジョンを結びつけようとしているの？　メイミーにはわたしが見えない何かが見えるようだ。ジョンはわたしなんかにまったく興味を持っていない。わたしも恋愛する気はこれっぽっちもない。あんなつらい経験をしたばかりなのだから。心を開いて別の男性を受け入れるようになるのはしばらく先のことだろう。

「すてきな娘さんじゃないの」メイミーが話を続けた。

「ぼくの好みじゃない」

ジョンがわたしに惹《ひ》かれているのではないかなどとうぬぼれないでよかったと、ダーニは思った。なぜならきっと幻滅するから。今までにそういうことがなかったわけではない。ボブとの交際で経験したことを言い表すのに〝幻滅〟という言葉はじゅうぶんではなかったが。

ダーニは心を決めると、肩をいからせてキッチンに入った。メイミーとジョンは急に話をやめて驚いたようにダーニを見つめた。

「お邪魔してごめんなさい。どうやらわたしがここにいることが問題なようですね。お食事をいただくのはまたの機会にしましょう、メイミー。いろいろ心配してくださってありがとうございました」

　ダーニはいつまでもその場に突っ立って、ほかの二人が引き留めてくれるのを待つことはしなかった。メイミーとジョンが何か言う間もなく、さっさと向きを変えて玄関から外に飛び出した。

「ダーニ、待ってくれ」彼女が車に乗り込む前にジョンが追いついた。「ちょっと話を聞いてほしい」息を切らしながら言った。「ひどい態度を取ってすまなかった。母はこういったもめごとを何度も経験している。誰かが出ていかなければならないとしたら、それはこのぼくだ」

　海風に吹かれてダーニの短い髪が頬に当たった。彼女とジョンは向かい合ってたたずんでいる。ダーニはどうしても動くことができなかった。疲れているし、足は痛いし、自分がしようとしたことはすべて無駄だったような気がする。

「行かないでくれ」ジョンの語り口はことのほかやさしい。あたかもダーニの心を読みとり、彼女が今にも泣きそうだと気づいたかのように。今、彼女に必要なのはやさしさと思いやりだということを理解しているかのように。

「あなたはどうするの？」ダーニはきいた。胸に熱いものが込み上げてきたので、口から言葉を発するのは容易ではなかった。

ジョンの目は長々とダーニの目を見つめている。その目のなかには謎めいた深い感情が表れているようだった。彼女には読みとることも理解することもできない感情が。

ジョンはため息をついた。「ここに残るよ」

ダーニはちょっと顔をほころばせた。「お母さまは何か企《たくら》んでいるんじゃないかしら」

「母は無類の世話焼きだから、注意したほうがいいよ。いつのまにかぼくたちが理想的な組み合わせだと思うようになったらしい。母がすることをほうっておいたら、ぼくたちの人生は悲惨なものになってしまう」ジョンはダーニの肘に触れ、彼女を家のほうへ連れていこうとした。

「わたしたちは現実を認識しているからよかったわね」ダーニは安心させるように言った。

ジョンは少し間を置いてから口を開いた。「ぼくたちの相性は最悪だからね」

「それに、あなたに言わせれば、わたしは近いうちにこの町を出ていくんですものね」

「そのとおり」ジョンの口の端にかすかな笑みが浮かんだ。「たしか、そのことで賭けをしたんだった」

戸口にメイミーが姿を現した。「わたしは道理を説いているのだから、二人とも聞く耳を持ってほしいわ」

「なかに入ってくれ、母さん」ジョンは肩越しに言った。

「あなたたち、食事はしていくの?」メイミーが言い返した。

「ああ」ダーニの返事を待たずにジョンが答えた。

メイミーはうれしそうに手をたたいた。「よかった。それじゃ、テーブルに料理を出すわ」

「じゃあ、行こうか？」ジョンがダーニのほうに腕を差し出した。


ジョンは鈍感な人間ではない。ダーニがオーシャン・ショアズに住む独身男性の注目の的になっているのは百も承知だった。また、ブレント・アンダーソンが急にアンティークに興味を持ちはじめたことにもだまされなかった。その教師は店に立ち寄り、母親の誕生日プレゼントを探していると言った。

母親だと！　ジョンはもう少しで吹き出しそうになった。

突然アンティークに好奇心を示しはじめたのはブレントだけではない。チャーリー・スーナーもダグ・フォスターもあれやこれやと見え透いた口実をつけて毎日のように店にやってくる。

彼らの目的は明々白々なはずだが、ダーニは何も言わなかった。もっとも、彼女がジョンに秘密を打ち明けることなどありそうにないが。

ジョンはダーニが注目の的になっていることも気に入らなかった。もちろんそれに対して何か言う立場にはない。ダーニが誰をデートの相手に選ぼうと彼女の勝手だ。それなのに、最近は必要以上にそのことを考えている。やがてそんな状態に耐えられなくなると、ついに思いきってその話を持ち出した。「今週、チャーリー・スーナーが店に来たのはこれで三度目じゃないのかな?」ジョンは私心のない、さりげない言い方をしようとした。ダーニが立っているところへぶらぶらと歩いていき、机にもたれると、腕組みをして彼女と目を合わせた。

ショーウィンドウには〝閉店〟の札がかかっている。今日、ジョンとダーニが誰にも邪魔されずに話をするのはこれが初めてだ。

「四度目よ」ダーニは答えた。

「あいつは何を探しているんだ?」

「クリスタルガラスのドアノブを探しているらしいわ。でも……」

ダーニが言いよどむと、ジョンはせっつくようにきいた。「でも?」

「本当の目的は食事に誘うことでしょうね」

またしてもダーニの率直さにジョンは驚いた。驚くことはないだろう。彼はそう自分に言い聞かせた。この女性は頭のなかで考えていることをそのまま口に出すし、最初からずっとそうしていたではないか。「あいつとデートするのか?」必要なときには、ジョンも同じようにはっきりしたものの言い方をすることができるのだ。それに、正直なところ興味があった。

「いいえ」

「どうして？」

「ずいぶん前からローラ・ノーブルがチャーリーに目をつけているんですもの」

「ローラが？」ジョンにとって、その話は初耳だった。「あの薬剤師が？」

「ええ」

「だが……」

「でも、ローラは引っ込み思案だし、自信がないの。彼女と話をしたとき、少しアドバイスしたのよ。何も言わないと、チャーリーに気づいてもらえないんじゃないかしら、と」

「チャーリーとローラか」ジョンとしては、あの木材伐採業者と薬剤師が恋人同士になるなど、とても想像できなかった。チャーリーはがさつな大男で、ローラはもの静かで慎み深い女性だ。もし女性とつき合いたいという気持ちがあったら、ぼくがローラをデートに誘っていたかもしれない。

「二人の組み合わせのどこがそんなにおかしいのかしら？」ダーニはきいた。「二人とも、おたがいのことを褒めているのよ」

ジョンは頭をかいた。正直に言うと、相手がダーニでないなら、チャーリー・スーナーが誰とデートしようと構わない。

そんな考えが浮かんだとたん、自分がばかなまねをしそうだと気づき、ジョンは警戒した。

「ダグ・フォスターはどうなんだ?」ジョンはきいた。「あいつはちゃんとした男だし、ぼくが知るかぎり――」

「わたしにダグとデートさせたいの?」ダーニは彼の話を遮った。

「ああ」ジョンは確信もないまま答えた。「あいつはすばらしいやつだよ」

「ええ、知っているわ」

ダグはそれほどすばらしいわけではないが、ジョンにしてみれば、今はほかの言い方をするわけにはいかなかった。「ダグとデートするのか?」

ダーニはジョンから目をそらした。「しないでしょうね」

「どうして?」ジョンはしつこくきいた。

「そうね、第一に、誘われていないから」

その情報に心が反応するのはまったくばかげたことだ、とジョンは思った。「本当か? ダグならもうとっくにきみを誘うチャンスを狙っているんじゃないかと思うけどね」

「たしかにそうね、最近は誘われていないわ」

自分でも何をしているのか気づかないうちに、ジョンはこぶしを握りしめた。「誘われたら、応じたほうがいいよ」まったく熱意のない口ぶりで言った。

「正直な話、今は誰ともデートする気がないのよ、ジョン」そう言ったあと、ダーニは目を伏せた。胸の奥から湧き上がる悲しみに備えようとするかのように、少し身をこわばらせる。ふたたび口を開いたとき、出てきたのは今までよりも少し低い声だった。「じつは……最近、ちょっとつらい別れを経験したばかりなの」

どのように話を続けたらいいのかよくわからず、ジョンは思い悩んだ。ダーニがどんな別れ方をしたのか興味はあるものの、相手の立場も尊重しなければならない。自分でもよくわかっている。誰かが力になるという口実で生傷をつつくと、必ずと言っていいほど傷が深くなるのだ。

「すまない、ダーニ」ジョンは相手の心情を気遣いながら言った。「何も知らなかったものだから」

ダーニは肩をすくめた。それはパトリシアに捨てられたあと、ジョン自身が何度も見せた仕草と同じだった。本当なら、その仕草は失恋など大した問題ではないということを表すはずだ。結局これで万事うまくいくということを表すはずなのだ。しかし、ジョンはそんなことを信じていたわけではなかった。その仕草はまわりの人たちを安心させる。けれど、彼は自分の未来が黒々とした奈落の底のようなものになり、そこで自分の夢がしおれ、消えかけているような気がした。

「結局、これでよかったのよ」ダーニは小さな声で言った。「わたしは実在していない男性を好きになって、不安定な土台の上に未来を築こうとしていたんだわ」

「だからこの町に引っ越してきたのか?」

ダーニはうなずいたあと、急にこわばった顔を上げた。「悪いけど、話題を変えてくれない?」

「いいとも。すまなかった」

すぐに人と会う約束でもあるかのように、ダーニは腕時計を見た。「そろそろ帰ったほうがよさそうね」

「ああ」じつのところ、ジョンは二十分間もダーニを引き留めてしまっていたが、さらに彼女を引き留める口実があったらいいのにと思った。彼女はハンドバッグとセーターを取りに行ったあと、出口へ向かった。

ジョンはドアを施錠するつもりで、彼女のあとからついていった。

「ダーニ」彼女に声をかけて引き留めた。

ダーニは振り返ったが、大きく見開いた目には信じられないほど悲しげな表情が浮かんでいた。

「詮索するつもりはなかったんだ」

ダーニの口元にかすかな笑みが浮かんだ。「わかってるわ」そう言うと、彼女は出ていった。あとに残されたジョンはしばらく窓辺にたたずみ、去っていく彼女を見つめていた。

こんなことはばかげているが、急いでダーニのあとを追って彼女を引き寄せ、思いきり抱きしめないようにするのは、とてつもなくつらいことだった。

ジョンは以前とは違う。ダーニはそう思った。どこが違うのかはっきり指摘することはできないけれど、彼が今までよりも友好的になり、偏見を持たなくなったことはたしかだ。二人が仕事仲間としてうまくいっているのはうれしい。

驚いたことに、二人が声を揃《そろ》えて笑うこともよくある。しょっちゅう話もする。だが、意見が一致する話題もたくさんあるものの、意見が衝突する話題のほうが多かった。

ジョンは意見が食い違っても、いつも最後まで相手の話を聞いた。ダーニの意見を尊重し、自分の意見を述べることをいやがらなかった。ほとんど毎日のように、二人は仕事が終わると、一、二時間椅子に座っておしゃべりをした。それはあくまでも閉店作業の一環というのが名目だった。

この店で働きはじめたとき、ダーニはジョンを不親切で、退屈で、想像力のない人間だと思った。頭が固くて古くさい人間だと。彼はいきなりジーンズとスニーカー姿に変身したわけではないけれど、かなりくだけてきたので、二人は友達のような関係になった。

ダーニはそんな関係が気に入っていた。友達なら安全だ。

「ダーニ」店の奥からジョンが声をかけ、彼女のもの思いを中断させた。「ちょっと手を貸してくれないか?」

「いいわ」ジョンはほとんど一日中、サンフランシスコで買いつけたアンティークを整理していた。ダーニは接客の合間にできるだけ彼を手伝ったが、二人とも忙しくて昼食を取る時間もなかった。

「この梯子《はしご》を支えていてくれないか?」ジョンが頼んだ。

ダーニはジョンを見上げた。「何をするつもりなの?」

「この建物はじゅうぶんなスペースがないことが難点なんだ。この箱は目障りだから、屋根裏部屋にしまいたいんだよ」

「階段はないの?」

「ああ。梯子をしっかり押さえていてくれればだいじょうぶだ」

ジョンが三度、梯子を上り下りした結果、屋根裏部屋の戸棚にしまいたいものがすべておさまった。

「わたしも階上《うえ》にあるものを見たいわ」ジョンが梯子を下りると、ダーニは言った。「ときどきあなたは何を隠しておいたのかわからなくなることがあるでしょう」

「そうかな?」

「そうよ」ダーニはからかい、このような論戦が始まると、ジョンの目が輝くのを見て楽しんだ。

ジョンの許可を待たずに、ダーニはさっさと梯子を上りはじめた。

「ダーニ、頼むから気をつけてくれよ」

「そんな心配そうな言い方をしないで」ダーニはしかりつけた。「わたしは子どものころから木登りをしているのよ。これくらい朝飯前だわ」梯子の支柱をつかみながら顔を上げ、屋根裏部屋にどんな宝物が隠されているのか突き止めようとした。

足を滑らせて体のバランスを失わなかったら、それもたやすいことだっただろう。

足場を失って体勢が崩れた瞬間、ダーニは小さく恐怖の声をあげた。自分がどういう状況に置かれているのか理解する間もなく、うしろ向きに何もない空間にほうり出された。驚きのあまり悲鳴をあげることすらできない。

気づけば、彼女は空中にいた。次の瞬間、どうやってジョンが受け止めたのかわからなかったが、ダーニは彼の腕のなかにいた。二人とも荒い息をしている。ダーニがけがをしていないことにほっとしたのか、つかのまジョンは目を閉じた。

ダーニはしとやかさとは無縁の自分について冗談を言おうかと思った。この出来事そのものを笑い飛ばしたり、今回はしくじったけれど、次は高いビルを飛び越えてみせると言ったりしようか、と。けれど、どういうわけか口から言葉が出てこない。

一心にダーニを見つめるジョンの目には、何かに取り憑《つ》かれたような表情が浮かんでいる。顔には燃え上がるような激しい怒りから安堵《あんど》感にいたるまでさまざまな感情がよぎった。かと思うと、急に目つきがやさしくなり、同じように強い影響力を持つ感情が表れた。

ジョンはわたしにキスしたいのだ。ダーニはそう思った。

ダーニの足と床はほんの少ししか離れていないのに、ジョンは彼女を放さない。彼の力強く速い心臓の鼓動がダーニの体に伝わってくる。彼女の鼓動も同じように激しかった。

ジョンが食い入るようにダーニの目を見つめたので、彼女はふいに怖くなった。ジョンにキスされるのが怖い。ようやく築き上げた仲間意識を変えてしまうのが怖い。自分にとって大切なものになっている友情を壊してしまうのが怖いのだ。

「だいじょうぶか?」ジョンは自分のものとも思えない声できいた。彼はダーニを床に立たせたものの、二人とも離れようとしない。

ダーニはうなずいたが、まともに話ができるかどうかよくわからなかった。

「本当に?」ジョンは親指でダーニの唇に触れて軽く撫《な》でた。その行為で二人のあいだでくすぶっている渇望を癒やすかのように。しかし、そんなことをしてもなんの役にも立たない。かえって禁断の木の実を味わいたいという欲求が強くなっただけだ。

つかのま、ジョンはふたたび目を閉じた。彼が懸命に闘っているのがダーニにもわかった。

「ダーニ……」相手の目に漂う疑念に気づいたらしく、ジョンは言いよどんだ。

ダーニにとって、男性に抱かれたのは久しぶりだ。こんなふうに守られ、大切にされ、求められているという気分になるのも。

ジョンは咳《せき》ばらいをした。「ああ、そう、けがはないようだね」

「ええ……だいじょうぶよ。ありがとう、受け止めてくれて……」

「もう梯子には上らないほうがいいよ」

「ジョン、さっきはちょっと失敗だったわね。二度とあんなことにはならないわ」

「そうとも。もうきみを梯子に上らせることは絶対にしないからね」

ジョンの話し方を聞いていると、人の言うことに耳を貸す気はないようだ。ダーニも口論する気はなかった。今はない。彼にあんなにもしっかりと抱かれたあとでは。

「あの……それとはべつのことだが……」ジョンは気まずそうに言いはじめた。

「やめて」ダーニはささやくような声で言い、硬い胸に手を当てた。

何を期待していいのかわからないというように、ジョンは大きく目を見開いた。

「わたしたちの関係をややこしくしないようにしましょう……あなたも前に言ったじゃないの。一緒に仕事をしている二人が……親密な関係になるのはよくないわ」ダーニは唇をなめながら適当な言葉を探した。「わたしたちは友達よ。その関係を壊すことはしたくないわ」

ジョンは顔をしかめて目をそらした。「もちろんきみの言うとおりだ」

梯子落下事件のあと二日間、ジョンはダーニを見知らぬ他人のように丁寧に扱った。彼女に分別がなかったら、彼は自分を怖がっていると思っただろう。

「都会を離れてわたしが何をいちばんなつかしがっているか、わかりますか?」ある日の午後、ダーニは店にやってきたメイミーにきいた。「ピザなんです。皮が厚くてチーズがたっぷりかかったピザ」

「ピザくらいオーシャン・ショアズでも買えるでしょう」メイミーは言った。

「学生街で売られているような、三種類のチーズが溶けてべたべたした分厚いピザではないんです」

「わたしが作る深皿焼きのピザはとってもおいしいのよ。そうよね、ジョン?」メイミーは肘で息子をつついた。「以前、お隣にドイツで生まれ育った女性が住んでいたの。おかしな話だと思うでしょうけど、彼女が作ってくれたピザは今まで食べたなかでいちばんおいしかったわ」

ダーニは腹部に手を当てた。「話しているだけでおなかがすいてきました」

「その人から作り方を教わったのよ」

「本当ですか?」ダーニは目を輝かせた。

「今夜うちにいらっしゃい。二人にペパロニ・ピザをごちそうするわ」

ダーニは誘いに応じる気満々だった。けれど、ジョンは行くだろうか?　たぶん行くだろう。

「それじゃ、もう都会が恋しくなっているんだな」母親が帰ったあと、ジョンはダーニに言った。「そんなことだろうと思ったよ」やはり自分の読みどおりだと思うとうれしくて仕方ないのか、目が輝いている。

「早合点しないで。シアトルに戻ることについては何も言っていないでしょう」

「たしかにそうだ」ジョンはすぐに認めた。「だが、その方向で考えているんだろう」

「とんでもない」

「最初はむやみにピザが食べたくなり、それから急に本物のデパートで買い物をしたくなり、次に複合型映画館へ行きたくなったりするんだろう」

「いいかげんにしてくれないかしら？」

「きみを苦しめることを？」すでに賭けに勝ったと言わんばかりに、ジョンはあざ笑った。

「勝利の喜びを味わえるのはこのぼくだよ」

ジョンはわたしをからかい、それをかなり楽しんでいるのだ。ふいにダーニの頭のなかである考えが浮かんだ。「ジョン」彼女は穏やかに言った。「わたしに出ていってほしいの？」

目から笑みが消えたかと思うと、しばらくのあいだジョンは黙り込んだ。「いや」ささやくような声で言ったかと思うと、すばやく向きを変えて立ち去った。

ジョンはチェス盤を見つめながら顔をしかめた。ダーニとの対戦に応じるようなばかなことをすべきではなかった。彼女はぼくを負かすのはいとも簡単だというような言い方をした。そもそもそれで何かおかしいと気づかなければいけなかったのだ。だが、自分の相手がチェスの名手だと気づいたのは四回目の対戦中だった。

「あなたの番よ」ダーニは椅子の背にもたれ、すでに勝ったかのように満足げな顔をしている。

「どっちの番かくらいわかっているよ」ジョンはかっかしながら答えた。

「そんなにいらいらしなくてもいいでしょう」ダーニは悠然としている。

ジョンはいっぱい食わされたのだ。それは彼にもわかっていた。

「どんな調子?」メイミーがぶらぶらとリビングルームに入ってきて、ダーニが座っている椅子の肘かけに腰を下ろした。女性二人が協力し合っているのをジョンは見逃さなかった。二人が手を組んでいるので、彼は負けてしまったのだ。

「順調ですよ」ダーニは手にいっぱい持ったプレッツェルをかじった。

ジョンはグラスに手を伸ばしてワインを飲んだ。彼には援軍が必要だった。強力な援軍が。

「どっちが勝ちそうなの?」メイミーがきく。

「わたしです」ダーニは声をひそめて言った。大声で話すと、ジョンが怒り出すとでもいうように。

　ジョンは下を向いたまま引きつづきチェス盤を見つめていたが、自分に注がれる母親のおもしろがっているようなまなざしはひしひしと感じていた。彼はチェスが得意で、母親もそのことは知っている。「ジョンはチェスの大会で優勝したのよ」

　それはジョンがいちばん言ってほしくないことだった。

「本当ですか？」ダーニがきいた。

「しばらくチェスに夢中だった時期があったの」メイミーは答えた。

「母さん」ジョンはついに我慢しきれなくなった。「そんなことを言われると、ゲームに集中できないじゃないか」

「かなり上手だったのよ」メイミーはひそひそ声で話を続けた。

　ジョンはいらだった。じつのところ、チェスの大会で優勝したのはメアリー・マーガレット・ウィルソンがチェス・クラブにいたからだ。

「でも、チェスよりもメアリー・マーガレット・ウィルソンに夢中だったんじゃないかしら」

「母さん」ジョンは今までよりも大きな声で注意した。

「あら、ごめんなさい」メイミーは言ったが、まったく反省しているふうではなかった。

「ひょっとして」ダーニは気取った表情でほほ笑んだ。「メアリー・マーガレットではなくてチェスのほうにもっと注意を向けていたら、こんな窮地に陥らなかったかもしれませんね」

「窮地ですって?」メイミーはきいた。

「わたしたち、この一番で賭けをしているんです」ダーニは上機嫌で答えた。

ジョンはわざわざそのことを思い出させてほしくないと思った。一瞬気がゆるんだ隙に、万が一負けたら、火曜日の午後一緒にサイクリングに行くことに同意してしまったのだ。さらに悪いことに、ダーニは観光客のあいだで流行《はや》っている二人乗り自転車を借りようと言い張ったのだ。

「ぼくはいっぱい食わされたんだ」ジョンはぼそぼそと言った。

「どうして?」ダーニは何食わぬ顔できいた。

あの大きなブラウンの目に見つめられたから負けたと言うわけにはいかない、とジョンは思った。口惜しいことだが、彼女がぼくを見てあの長いまつげをぱたぱた動かしたら、なんでも承知してしまうだろう。考えてみれば、メアリー・マーガレット・ウィルソンもまさに同じことをしたのだ。

「不意打ちを食らったんだ」ジョンはチェス盤の上に置かれたクイーンの位置を変えた。

ダーニは背筋を伸ばして座り、アラスカの氷河も溶かすような笑みを浮かべた。そして手についた塩を払い落としてからビショップを動かした。

ジョンはうめき声をあげながら目を閉じた。彼の運も尽きた。「いったい誰に教わったんだ？　ボビー・フィッシャーか？」

「いいえ、祖父よ。何年ものあいだ、わたしたちは毎週日曜日にチェスをしていたの」

ジョンは顔をしかめた。「最初にそう言ってくれたらいいのに……」

「ふつうは言うけれど」ダーニはいくらかすまなそうに言った。「でも、あなたはうぬぼれが強くて、負けを受け入れなかったでしょう。それに、本当にあの二人乗り自転車に乗ってみたかったの」

「それで、ぼくに同意させる唯一の方法は、さりげなくチェスの試合に誘い込み、こてんぱんにやっつけて丸裸にすることだと思ったんだな」

「ジョン！」

「言葉の綾《あや》だよ、母さん。べつに意味はない」

「そうだといいけれど……」

「でも、それはおもしろい考えね」ダーニは意味ありげに眉を動かした。「今までにストリップ・チェスはしたことある？」

「ダーニ・ベックマン！」メイミーは吹き出した。「本当におもしろい人ね」

そのとき、驚いたのはメイミーだけではなかった。注意しないと、ジョンは母親が雇ったこの女性の意のままになりそうだった。

「準備はできた？」ダーニは店に飛び込んでくるなり、腕時計を見た。「三時から四時まで自転車を借りられるよう話をつけてきたけれど、そろそろ三時よ」

「この罰ゲームを免れる方法はないのかな？」ジョンはきいたが、相手が口を開く前から答えはわかっていた。ダーニはぼくを窮地から救うつもりなどさらさらないのだ。

「ないわ」ダーニは笑った。

「昇給してもいいんだがなあ」

「ジョン！　約束は約束よ」

「もう長いこと自転車なんかに乗っていないんだ」

「いい運動になるわ。心臓にもいいのよ」

ジョンは目玉をぐるりと回した。「オートブランを食べるほうがいいな」

ダーニはまた笑った。「行くの、行かないの、どっち？」

「ぼくに選ぶ権利はあるのか？」

「ないわ」

「そうだと思った」いかにもやる気がなさそうに、ジョンはダーニのあとについて外へ出た。

「きっと楽しいわよ」幸い、サイクル・ショップはジョンの店から一ブロックしか離れていない。今日は天気もよく、絶好のサイクリング日和だ。海から微風が吹き、日差しは暖かくて気持ちがいい。

「この分だと雨になりそうだ」ジョンはつぶやき、両手をかざして目を守りながら空を見た。

「雲一つ見えないじゃないの。あなただってわかっているくせに」

「そうだね。まあ、降ればいいと思っていたんだ」

サイクル・ショップ店主のジェフ・ドリトルはジョンとダーニが近づいてくるのを見て、二人乗り自転車を外に出した。「やあ、ジョン」

「このことをロータリー・クラブの人間に言ったら、ただではすまないからな」ジョンは前置きなしに言った。

「だいじょうぶだよ」ジェフは言ったが、笑いをこらえているのは明らかだ。

「もう、二人とも、やめてちょうだい」ダーニはたしなめた。

「どうやってこいつにこんなことを承知させたんだい？」ダーニが最後の書類にサインしていると、ジェフがきいた。

「彼女を信用するんじゃないぞ、ジェフ」ダーニが返事をする前に、ジョンが言った。

「一見やさしくて正直そうに見えるが、あの無邪気そうなブラウンの目の奥にはよこしまな心が隠れているんだからな」

「チェスをしてわたしが勝ったのよ」ダーニは説明した。

「だましたんだよ。まず最初に、ダーニはクイーンとポーンの違いもわからないとぼくに信じ込ませた。次に気がつくと、ぼくは街中の笑い物になっているんだ」

「誰もおまえのことを笑ったりしないよ、ジョン」友人は約束した。そしてダーニに目配せしてからつけ加える。「少なくとも面と向かっては」

「きみの言葉を聞くと、いつも慰められるよ、ジェフ」ジョンは不満げに言った。

「ジョンがわたしを負かして得意がりたいという態度を見せなかったら、こんな状況に追い込まれなかったでしょうね」ダーニは男性二人に言った。「わたしはうまいこと言ってあなたがチェスをするように仕向けたわけではないわ、ジョン。たしかチェスをするのかときいたのは、あなたのほうじゃなかったかしら」

「ばかだったよ」ジョンはぶつぶつ言いながら自転車の前のサドルにまたがった。「さあ、準備はいいのか、よくないのか?」

「いいわ」ダーニはジョンのうしろに陣取り、ペダルに足をのせた。自分でハンドルを操作せず、どこへ向かっているのかわからないのは少し落ち着かなかったが、すぐにそれにも慣れた。

「さあ、認めなさい、楽しいでしょう?」しばらくしてからダーニはジョンに声をかけた。

「ああ、楽しいよ」

「あら、見て、ローラがいるわ」ダーニは手を振り、友達になった女性に呼びかけた。ローラは顔を輝かせ、元気よく手を振り返した。

「ダグ・フォスターがローラを食事に誘ったんですって」ダーニが言った。

「ダグが？　だけど、ローラが好きなのはチャーリー・スーナーじゃなかったかな」

「ええ。でも、チャーリーの目を自分のほうに向けさせるいちばんいい方法は、ダグとデートすることだったのよ」

　そういう男と女の駆け引きは理解できないと言わんばかりに、ジョンは首を振った。

「チャーリーはローラに目を向けたのか？」

「まだ向けていないけれど、いずれ向けるようになるわ」ダーニは自信たっぷりに答えた。

　二人は海岸に並行している主要道路を走りきってから折り返し、観光客相手の店が延々と並ぶ一帯を走った。

　数名の人が店先に出てきてジョンとダーニを見つめた。

「何がそんなにおもしろいのかしら？」少ししてダーニがきいた。

「きみとぼくだよ」ジョンは答えた。

「どうして？」ダーニに言わせれば、二人は戸外で楽しんでいるほかの男女と少しも変わらない。

　しばらくすると、ジョンは答えた。「ふつう、ぼくは自転車には乗らない。参考までに教えておくが、ぼくはこのへんでは頭の固いもったいぶった人間だと思われているんだ」

「あなたはそんな人じゃないわ」ダーニは頭をのけぞらせて笑った。

「かわいいアシスタントのせいで、ぼくの評判は台なしになってしまったよ」

4

「先週、あなたが自転車に乗っているのを見かけたような気がしたけれど、本当にあなただったの？」

　水曜日の朝、ジョンが店を開けていると、ミセス・ウェンチェルが話しかけてきた。

「そうです」ジョンはぼそぼそと答えた。彼は店の前にたたずんで礼儀正しく話の相手をしながらキーをもてあそび、早くこの市長夫人から逃げたいと思っていた。

「一緒にいたのはダーニ・ベックマンでしょう？」ミセス・ウェンチェルはたずねた。

　ジョンは今度も低い不明瞭な声で返事をした。また誰かにダーニと一緒にいるところを見たと言われても、答える義務はない。ぼくは彼女にだまされて賭けに応じ、無理やり約束を守らされたのだから。

「あら、いつまでもお引き留めしてはいけないわね。お話しできて楽しかったわ、ジョン」市長夫人は言った。

「ぼくもですよ、ミセス・ウェンチェル」

ジョンの口元に笑みが浮かんだ。二人乗り自転車に乗ったせいでいろいろな人から集中攻撃を受けているが、たしかにあれは楽しかった。たぶんあんなに楽しかったのは久しぶりだ。あとになって気づいたが、パトリシアと別れて以来、あまり人生を楽しむことをしなかった。彼女との関係の終焉《しゅうえん》とともに楽しみの割り当て量も失われたかのようだった。不思議だが、今までそのことに気づかなかった。

この数週間でわかったのは、ダーニがそばにいると、誰でも笑わずにいられないということだ。彼女の明るく楽しげな雰囲気はほかの人間にも移っていく。もうおかしな服装や、数字に関する仕事には才能がないことにも戸惑いを感じない。ジョンの生活にとって、そんなマイナス面よりもプラス面のほうがはるかに多いのだ。だが、彼は自分にもそのことを認めたくなかった。

「おはよう」三十分後、メイミーがせかせかと店に入ってきた。「遅くなってごめんなさい」

「だいじょうぶだよ」そう言ってジョンは母親を安心させた。最近は商売が繁盛しているので、ダーニの休日に母親が店を手伝ってくれることに感謝しているのだ。

「今朝も忙しかったの?」奥の部屋にハンドバッグとセーターをしまったあと、メイミーはきいた。そして動悸《どうき》が治まってほしいと思っているのか、胸に手を当てた。

「まだ十時になったばかりだよ」

「近ごろのあなたときたら、なんだかうわの空だし、開店早々お客さまが押し寄せることもよくあるでしょう。ちょうど家を出ようとしていたとき、リーナ・フェルプスから電話がかかってきたの。わたしも出なければよかったのだけれど、リーナは自分のことしか考えない人でしょう。あのままずっと電話を切ってくれないんじゃないかと心配したわ」

「母さん、最近までこの店はぼく一人でやっていたじゃないか」

「わかってるわ。でも、ダーニがここで働きはじめてから、新しい仕事も増えているじゃないの」

　母親の言葉に反論の余地はない。べつに反論すべきだと思ったわけではないが。「たしかにダーニは掘り出し物だよ。彼女がいなかったら、こんなふうにうまくいかなかっただろうね」

　メイミーは満足そうな顔をした。「ダーニは本当にかわいい人でしょう」

　母親はジョンとダーニを結びつける理由を探し、彼の反応を一つ一つ分析しているのだ。それがわかってもジョンは反論できなかった。「そうだね」

　メイミーは両方のてのひらを合わせ、芝居がかった仕草でため息をついた。「あの子が好きなんでしょう？」

　ジョンは身をこわばらせた。これ以上こんな話をしていたら、母親はじきに結婚行進曲をハミングしはじめるだろう。「誰でもダーニを好きにならずにいられないが、だからといってぼくたちが……親密な関係にあるということではないんだよ」

「でも、ジョン……」

「母さん」ジョンは言いかけたが、それ以上話す間もなく、ドアが開いてこの日初めての客が店に入ってきた。

ジョンにとって、水曜日は一週間のうちでもっとも長い一日だ。午前十一時になると、思わず掛け時計に目をやり、早く時間が過ぎてくれないかと思った。認めたくないが、水曜日はダーニがいないので寂しくて仕方ない。そして考えずにいられないのだ。休日に彼女は何をしているのだろう？　朝は遅い時間に目を覚まし、ベッドのなかでぐずぐずして、一、二時間本を読むのだろうか？　それはありそうにない。ダーニのことだから、たぶん夜明けとともに起き出して、ぼくが動き出す前に五、六キロ、ジョギングをしているだろう。

今日はいつもより暇だった。ジョンはぶらぶらと店内を歩き回り、ダーニが陳列した商品をほれぼれと眺めた。

「母さん」ダーニにショーウィンドウのディスプレーを担当させるきっかけとなった商品を見つけたとたん、ジョンは母親にきいた。「あの揺りかごは何が問題なんだろう？」

「何が問題なのかですって？」メイミーは読書用眼鏡の縁越しにジョンを見つめた。「べつに問題はなさそうだけれど……」

「興味を示した人はいたんだが、なかなか売れそうにないんだ」

「変ねえ」

ジョンは店の隅のほうに歩いていき、ダーニがしまい込んでいる揺りかごの上面を撫《な》でた。彼が念入りに磨き上げたので、木部はつややかに光り、木目がはっきりと見える。

「値段も適正なんだけどなあ」彼は考えていることを声に出した。

「そうよね」

「ダーニはこれを売りたくないのかな?」ジョンが覚えているかぎりでは、今までに何度も客からこの揺りかごのことをきかれている。すると、たいていダーニは客をほかの商品のほうへ連れていくのだった。

「そもそもその揺りかごが売れるか売れないか、どうしてダーニが気にするのかしら?」

メイミーがきいた。

「さあ、わからない」

「ダーニがそれをほしいなら、自分で買えばいいじゃないの」

「もちろんそうだが……」ジョンはつぶやいた。ダーニが古い揺りかごをほしがる理由が思いつかない。彼女がコレクターか若い母親というなら、この状況も理解しやすいが、彼女はどちらにも当てはまらない。

「ねえ、あれはダーニじゃないかしら?」メイミーは店の正面についている一枚ガラスの大きな窓から外を見ていた。このアンティーク・ショップは通りの端にあるので、何にも邪魔されずに海岸を見渡すことができる。「どうやら凧《カイト》のセットを買って組みたてているようだわ」

好奇心に負けてジョンは母親と一緒に窓から外を見た。すぐにダーニが見つかった。彼女は砂丘のてっぺんに座っている。遠くから見ても、彼女が途方に暮れているのがわかる。風が吹きつけるので背中をまるめ、口に説明書をくわえている。どうやら部品がきちんとはまり込んでいないようだ。

「あのカイトを組みたてるのはむずかしいのよ」メイミーはジョンを見た。「本当にダーニに必要なのは、ちゃんと働く頭を持った人間でしょうね」

「時間をかければ、ちゃんと理解できるよ」ジョンは自分のアシスタントに全幅の信頼を寄せていた。ダーニはチェスでぼくを打ち負かしたくらいだから、カイトを組みたてることだってできるはずだ。

「ダーニはとても想像力のある人だから、右脳でものを考えるけれど……」メイミーは思わせぶりに言葉を切った。

「母さん、まさか店をほったらかしてダーニを助けに行けと言っているんじゃないだろうね？」ジョンは語気を強めた。そんなことはばかげている。第一に、こっそりダーニを見張っていたと思われたくない。第二に、オーシャン・ショアズの人々にダーニとぼくを結びつけて考えてほしくない。

メイミーは大きく目を見開いた。「ええ、助けに行ったほうがいいわ」

「ぼくには店があるんだ」

「これまではずっと暇だったじゃないの。それに、あんなカイト一つ組みたてるのにどれだけ時間がかかるというの？　あなたが困っているのを見たら、ダーニは手を貸すのをためらうかしら？」

その点ではジョンの負けだった。本音を言えば、話をするにしろ、しないにしろ、ダーニと一緒にいたかった。「仕方がないなあ」自分が多大な犠牲を払ってダーニを助けに行くことに母親が感謝すべきだと言わんばかりの口調で言った。「五分で戻ってくるから」

「どうぞごゆっくり」メイミーはにっこりした。

ジョンは左右を見てから早足で通りを突っ切り、ビーチに向かった。だが一歩進むにつれ、どのようにダーニに声をかけたらいいのかわからなくなり、歩みを遅くした。

ジョンがダーニのいる場所まであと一メートルのところに来たとき、彼女は悔しそうな声をあげて砂の上に仰向けに倒れた。

「ダーニ？」お人好《ひとよ》し役を演じることが最善の策だとジョンは判断した。「どうかしたのか？」

ダーニは目を開けたかと思うと、いきなり起き上がった。「本当なら簡単にできるはずなのに。説明書には十歳の子どもでも組みたてられると書いてあるのよ。もちろん、工学の学位を持っている子どもなんでしょうけど」

ジョンは笑いながらダーニの横に腰を下ろした。「ちょっと見てみようか?」

「お願い」ダーニはカイトの部品をまとめてジョンに渡した。「言っておくけど、それは安物じゃないのよ。四十ドルもしたんですもの」

どうしてダーニの窮状を知ったのかきかれなかったので、ジョンはほっとした。「説明書はどこ?」

「本当にまったく役に立たないのよ。外国語で書かれているみたいなんだから」

「説明書はないのか?」

「あることはあるけど……」ダーニはいきなり立ち上がってごみ箱のほうへ駆けていくと、少ししてからまるめた紙切れを持って戻ってきた。「まったく役に立たないわよ」

「ちょっと見せてごらん」ジョンはくしゃくしゃになった紙を伸ばして読んだが、説明書に問題はないようだ。

「これがスティックA」ダーニは細長い木の棒を指し示した。「説明書によると、スティックAは接合部1にはまることになっているの。キーワードは〝ことになっている〟よ。だけど、うまくいかないの。もう十回も試しているのに、どうやってもきちんとはまってくれないの」いらいらし、疲れたような口ぶりで言いながらジョンの横にひざまずいた。

ジョンがスティックAを回すと、接合部1にきちんとはまった。

「いったいどうやったの？」ダーニは腹立たしげに大声を張り上げた。

ジョンにはいともたやすいことだと告げる勇気がなかった。その後、大して時間もかけずに赤と青と黄色と緑のカイトを組みたてた。

ダーニは驚いて首を左右に振った。「こんなことって信じられないわ。わたしがどれだけ苦労したか、あなたにはわからないでしょうね。ありがとう、ジョン。あなたの仕事の邪魔をするつもりはなかったのよ」

「礼を言う前に、まずこのカイトを飛ばすことができるかどうか見てみないか？」

ダーニはうずうずしながらうなずいた。

ジョンは凧糸《たこいと》を取りつけてから水際のほうへ歩いていった。ほどなくカイトが空に向かって舞い上がると、ダーニはうれしそうに手をたたいた。ジョンがビーチに出たのは久しぶりだ。最後に出たのがいつだったかも覚えていない。長年リゾート地に住みながら、海が与えてくれる楽しみを味わうこともめったになかった。

ジョンは糸巻きを渡したあと、ダーニのうしろに立ったが、彼女がカイトの操り方を覚えているあいだ、二人の体が触れないよう安全な距離を保った。それでも、ダーニのそばにいるのは楽しかった。ひょっとすると、必要以上に楽しんでいるかもしれない。今は、キスできるときにしなかったことを後悔している。

ダーニは退屈で活気のない生活に明るさと笑いをもたらしてくれた。彼女のおかげでふたたびさまざまな感情を抱き、笑い、考えるようになった。彼女が自分のところで働くようになる前は、店が生きがいだと思っていた。自分に必要なのは商売をすることだけだ、と。しかし、最近は夜ベッドに入ると、アンティークではなく、ダーニのことで頭がいっぱいになる。

「そろそろ店に戻るよ」ジョンはしぶしぶ告げた。

美しいブラウンの目に失望感がよぎった。「手伝ってくれてありがとう」ダーニはほほ笑んだ。「本当に感謝しているわ」

「いいんだよ」ジョンはポケットに手を突っ込み、うしろ向きに二、三歩いたあと、くるりと向きを変えて足早に通りを横断した。一度だけ振り返ると、砂の上に座っているダーニの姿が見えた。気まぐれな風に吹かれて色鮮やかなカイトが元気よく回っている。しばらくその様子を眺めたあと、ジョンはふたたび向きを変えて歩きつづけた。

ジョンが店に戻ると、母親は戸口近くにたたずんでいた。どうやら彼が出ていったときからずっと様子をうかがっていたようだ。

「カイトは無事に揚がったようね」

ジョンはうなずいたあと、母親の横を通り過ぎて机のほうに行き、椅子に腰を下ろした。

すぐに片づけなければならない仕事があるわけではないが、自分とダーニのあいだに何が起こっているのか解明する必要があると思ったのだ。

「こっちは暇だったわ」メイミーがジョンのあとからついてきた。「電話が一回かかってきただけ。しかも間違い電話よ。午前中で電話一本だけだなんて、これじゃ、お店を開けていてもあまり意味がないわね」

　母親はちょっと間を置き、何かを待っているようだ。困ったことに、ジョンにはそれがなんなのかわからなかった。

「母さんは永久に店を閉めたほうがいいと言っているのか?」ジョンはきいた。

「〝永久に〟ではないわ」母親はほほ笑みながら穏やかに言った。「でも、一日くらいお店を閉めてもいいんじゃないかしら」

「一日くらいか」母親の話の真意をつかむことができず、ジョンは相手の言葉を繰り返した。「ねえ、母さん、何か急ぎの用事でもあるなら、ここにいる必要はないんだよ」

「べつに用事はないけれど……」

「それなら、店を閉めろと言うのはどういうことなんだ?」

「あなたも休みを取ったほうがいいわ。午後は何か予定でも入っているの?」

　ジョンは日程表を見たが、何も予定は入っていない。「入っていないよ」

「思ったとおりだわ。今日はとってもいいお天気じゃないの」

「母さん、太陽が顔を出すたびに店を閉めるわけにはいかないんだよ」

メイミーはじれったそうにため息をついた。「ジョン、お願いだからわたしの話を聞いて。今日の午後は休みなさい。よかったらわたしがお店にいるわ。それどころか、喜んで店番をしてあげる」

「母さん……」

「人生を楽しむのよ。たまには羽を伸ばしなさい。どうしてあんなふうにダーニを置いてきてしまったの？　彼女はとっても寂しそうだわ」

思わずジョンはビーチに目を戻した。母親の提案には気持ちをそそられる。そう、大いにそそられる。ダーニと一緒にビーチでのんびりした時間を過ごす。それくらい楽しいことはないだろう。最後にそんな時間を過ごしたのは……それは考えたくない。なぜならそのとき一緒にいたのはパトリシアだったから。しかし、ダーニはパトリシアとは違う。

ジョンもそのことはわかっていた。

ダーニは寂しかったし、いくぶん憂鬱な気分だった。だからくだらないおしゃべりをしなくてもすむものがほしいと思い、カイトを買ったのだ。

けれど、うまくいかなかった。あのばかげた代物を組みたてようとして失敗しただけでなく、苦労して手に入れた四十ドルを使ってしまったのだ。あれを頭金にして分割払いで揺りかごを購入することもできたのに。あの揺りかごがほしい。初めて物置にしまい込まれているのを見たときからほしいと思っていた。どうしてこれほど強く心を引かれるのかわからない。自分に必要ないものだというのはたしかなのに。

揺りかご。

いちばん必要ないのは、失った夢を思い出させるもの。揺りかごはまさにそういうものだ。あれは婚約解消したときに取り逃がしたものをすべて思い出させる。ボブとの関係を断ったのは正しいことだけれど、容易なことではなかったし、間違いなくつらいことだった。

ダーニは懸命に落胆しないようにした。近ごろはばらばらになっていた生活がまとまりはじめた。ジョンの考えは違うけれど、小さな町の生活にもなじんできた。新しい友達もできたし、仕事も楽しい。ショーウィンドウのディスプレーの才能は地域の人々にも認められている。地元の新聞に記事が載ったため、彼女の仕事について感想を述べる人もいる。シアトルではそんなふうに評判になったことはない。自分の才能が評価されるのはいい気分だ。

けれど、孤独の影に包まれた生活を仕事で満たすだけではじゅうぶんではない。ダーニはボブとの結婚をあんなにも魅力的に思わせてくれたものがほしくてたまらなかった。それは夫、大勢の子どもたちが駆け回る大きな家。

ダーニはボブを愛していたし、信用していたけれど、今はもう一度自分の判断力を信頼する勇気があるのかさえよくわからなかった。かつては心からボブを信じ、彼の愛を信じていたのだけれど。

一度、人間性を見きわめる際に大きな間違いを犯したら、当然二度同じ過ちを犯すかもしれない。そして三度目も。そんなことを考えると、ダーニの胸に恐怖が広がった。

ちょうどそのとき、頭上をカモメがゆっくりと飛びながら力を振り絞って鳴いた。ダーニはその鳥を見つめた。やすやすと風に運ばれていくさまは、まるで見えない糸がついているかのようだ。わたしもあの鳥のようだわ。風に逆らいながら必死に頑張っているのに、前に進むことができない。

「やあ」

ダーニが振り返ると、目の前にジョンがいた。彼は想像の産物ではないかと思いながら、彼女はせわしなくまばたきをした。

「また来たの？」ダーニは言ったが、本心はジョンに会えてうれしかった。

「話し相手がほしいんじゃないかと思って」

楽々と気持ちを読みとられたので、ダーニは驚いた。さきほどジョンが近づいてきたとき、彼女はアインシュタインでも組みたてられそうにないカイトに大金をはたいた自分に腹が立ち、今にも泣き出しそうな状態だったのだ。

「話し相手は大歓迎だわ」

「カイトはまだ飛んでいるようだね」

「あなたのおかげよ」ダーニはビーチに流れ着いた丸太に糸をくくりつけて、カイトが自由に空を飛び回るのに任せ、もの思いにふけっていたのだった。

ジョンはダーニの隣の軟らかな砂の上に腰を下ろし、長い脚を曲げて膝を抱えた。そして、しばらくのあいだ空を眺めた。

「お店はどうしたの？」ダーニはきかずにいられなかった。

ジョンはちらりと彼女を見てにやりとした。「今日はもう閉店したよ」

ジョンが在庫品をすべて売り払って大都会へ移ると言ったとしても、ダーニはこれほど驚かなかっただろう。彼は毎日、長時間一生懸命働いている。息子がほとんど自分の時間を取らないと母親はしょっちゅうこぼしている。そのことで以前から親子は口論しているにちがいない。母親がその話を持ち出すと、ジョンはすぐさま熱っぽい口調で反論するのだった。

「今日はすばらしくいい天気だ」それが店を閉める理由であるかのようにジョンは言った。その話し方にはかすかな楽しさ以上の感情が込められている。二人はたびたび対立したけれど、ジョンが友達だと思うと、ダーニはいい気分だった。

「ええ、本当にいいお天気ね」彼女はうなずいたが、ジョンがここにいる本当の理由は天気ではない。それは二人ともわかっている。

少しのあいだ、ジョンもダーニも何も言わなかった。

「ねえ……」

「ダーニ……」ダーニが口を開いたのと同時に、ジョンも話し出した。「どうぞお先に」

ダーニはひと息つき、ジョンのほうに手を差し出した。

二人の目が合った瞬間、ダーニはジョンの目に浮かぶ困惑とためらいがまざった表情を読みとった。ジョンの店で働くようになってから数週間経《た》つけれど、その間、彼のシニカルな部分が全面的に出ていた。そこで最初は自分に対する怒りを、少し経ってからは見せかけの無関心をうまくかわすようにした。そして双方の努力によって二人はなんとか友達になった。いい友達に。

ジョンは手を伸ばしてダーニの指に指を絡ませた。「きみのような人には会ったことがないよ、ダーニ・ベックマン。きみはあそこで飛び回っているカイトのように、明るくて溌剌《はつらつ》としている。やさしくて鷹揚《おうよう》で、だけど傷ついている」

「そんなにはっきりとわかるの？」ダーニはきいた。

ジョンは首を横に振った。「ほかの人にはわからないだろうな。ぼくはたまたま少しだけきみのことを知っているからね。何があったのか話してくれないか？」

ダーニは顔をそむけて込み上げてくる涙を抑えようとした。けれど、そんなことをしてもなんの役にも立たなかった。目に涙があふれてくる。それが頬を伝わないよう下唇を噛《か》みしめた。ジョンをだませないことはわかっているので、片手で頬を拭いながら言った。

「ちょっと元気がないだけ。本当になんでもないのよ」

「その話をしよう」

どんな言い訳をしてもジョンに受け入れてもらえそうにないし、正直なところ、ダーニはうれしかった。彼女の気持ちをわかってくれる人がいるとしたら、それはジョンだからだ。

「前にちょっと話したでしょう……わたしがここに移ってきた理由を」

「ああ」ジョンはやさしく言った。

「でも、オーシャン・ショアズを選んだ理由は話していないわね」

「ああ」

「わたしがここに来たのは逃げ場を探していたからなのよ」ダーニはすすり泣かないように唾をのみ込んだ。「結婚を取りやめたと言うのはとても簡単そうだけれど、たぶんわたしにとって、今まででいちばんつらくて苦しい決断だったんでしょうね」

ジョンはダーニの手を握りしめ、話を続けるよう促した。

「最初のころはビーチを歩いたり、砂丘に座って岸に打ち寄せる波の音を聞いたりしていたわ。海の近くにいると、なんとなく心が落ち着くし、自由になった気がした。わかっているのは、わたしがここに座っていることと、その数時間はあまりつらくないということだけ。引き裂かれた心が元どおりになったというふりをすることさえできたわ」ダーニは話をやめてこわばった顔でジョンを見た。「わたしが自分の問題から逃げていると思うでしょう？」

「そんなことは思わないよ」ジョンは穏やかな話し方で反論した。

ダーニは膝を抱え込み、その上に額を押しつけた。「はたから見れば、逃げていたかもしれないけれど、わたしには必要なことだったの。シアトルにいて、毎日ボブと顔を合わせるのはあまりにもつらいことだったわ。とても耐えられなかった。ボブはこう思っていたんじゃないかしら。少し時間が経てばわたしが冷静になってすべて元どおりになる、と」

「だが、きみはそのうち彼に嫌気が差すんじゃないかと心配したんだね」

ダーニは顔を上げてジョンを見た。「ええ」ささやくような声で言った。「どうしてわかるの？」

ジョンは海を見渡したが、その表情は硬かった。「ぼくも一度婚約したが、同じようなことが起こったんだ。ぼくが愛した女性はべつの男を好きになった。彼女に裏切られたことだけでもじゅうぶんにつらかったが、どうやら彼女は自分の行動を正当化しなければならないと考えたようだ」ジョンはひと息つき、口を固く結んだ。「ぼくを非難しないと気がすまなかったらしい」

「あなたを非難したの？」

ジョンは口をゆがめて苦笑した。「今となってはどうでもいいことだけどね」

けれど、そのときはどうでもいいことではなかったのだろうと、ダーニはそう思った。

ジョンのフィアンセは別れ際に彼のプライドを傷つけ、面目をつぶしたのだ。胸のなかにやさしい気持ちが湧き上がってきたので、ダーニはジョンの腕に手を当てた。

ジョンは海を見ながら息を吐き出した。「だが、もう終わったことだ。あれからずいぶんときが流れた」

「本当に終わったことなのかしら？」ダーニはきいた。「誰も理解してくれないわ。本当よ。みんな、わたしは恵まれていると言いつづけるけれど、とても恵まれているという気持ちになんかならないわ」

「ぼくの場合、だまされたという気持ちと怒りしか残っていないよ」

「わたしの場合は、ごまかされたという気持ちと、本当にばかだったという気持ちね。どうしてみんなにはボブがどんな人間かわかるのに、わたしにはわからなかったの？　どうしてわたしには見る目がなかったのかしら？」いつのまにジョンがダーニの体に腕を回したのかわからないが、とてもいい気持ちだった。ダーニは彼の肩に頭をもたせかけた。

「あなたもたまには考えるのかしら？」少ししてからダーニがきいた。

「何を？」

「自分の判断を信用できるかどうかということを」ジョンの心臓の安定した力強い鼓動がダーニの耳に伝わってくる。「つまり、わたしは一度、道徳観念のない男性を好きになったわけでしょう。二度とそういう人を好きにならないと言いきれるかしら？」

ジョンはしばらく黙り込んだ。ダーニは安心させてくれる言葉を聞きたかった。それこそ彼女が必要としているものであり、ほしいものだったのだけれど、どうやら彼はそんな言葉を持ち合わせていないようだ。

「この五年間、ぼくも何度となく自分にそんな問いをぶつけてきたよ」ジョンはぶっきらぼうに言った。「残念ながら答えは見つからない」

「あら、よかったわ」ダーニはなかば泣き、なかば笑いながら言った。「それなら、わたしたちは恋愛しても失敗するよう運命づけられているのね」

「運命づけられている？」

「二度と異性を信用することができなくなったら、わたしたちはどうしたらいいの？　これから先一生、一人で生きていくの？　正直に言うと、わたしはいつか結婚して子どもを作りたいの。もちろんまわりにいる人のなかから適当に選んでもいいのだけれど」

「それはどういう意味だ？」

ダーニは片方の肩を上げた。なぜかジョンに胸の内を明かしたおかげで気分はよくなった。ほんの少し前までとても耐えられないと思えたことが、今はそれほどひどいことではないような気がする。

「新聞の交際欄に書いてある住所に連絡してもいいかもしれないわね」ダーニはつぶやいた。「あれをきっかけにして知り合った人の記事をたくさん読んだわ。手間をかける価値があるかもしれないわね。そう思わない？」

ジョンは身をこわばらせた。「冗談だろう」

「でも、ちょっと試してみようかと思ったことはない？」

「ないね。一度もないよ」

「まあ」

「ほかの方法を提案してもいいかな？」ジョンが言った。

「もちろんよ」ダーニはどんな提案にも耳を貸すつもりだった。

「友達とデートしたらどうだ？　すでに知っていて信用している人物と」

「友達ね」ダーニは深々とため息をついた。「今はほんの少ししかいないわ」

「ぼくはどうだ？」ジョンはきいた。「たしかにぼくたちは知り合ってからまだ日が浅いが、最初の日から見ると、二人の関係はかなり進歩しているような気がするんだ。ぼくはきみをすばらしい女性だと思っているんだよ、ダーニ」

「あなたと？　わたしたちがデートするの？　でも、たしか……あなたは前に……」ダーニはすっかり取り乱し、とてもまともに話せないような気がした。さらにジョンのしかめっ面に気づき、話を続けたほうがいいのかよくわからなくなった。

「〝いやよ〟と言いさえすればいいんだよ」プライドを傷つけられたのか、ジョンの口調はこわばっている。

「いいわ」これ以上この状況をおかしくしないうちに、ダーニはすばやく答えた。「あなたとデートするのは楽しいでしょうね、ジョン」

自分からこの話を持ち出しておきながら、ジョンはあまりうれしそうではない。相変わらず顔をしかめて険悪な表情を浮かべている。

「もう気が変わったの?」ダーニはたずねた。

ジョンはくすくす笑った。ダーニは彼の笑い声が好きだったので、思わず顔をほころばせた。

「食事に行くのはどうかな?」

「本当に?」ジョンの顔をもっとよく見るためにダーニは身をよじった。「ひょっとして、わたしが作っても構わない? わたしは料理が得意なのだけれど、あなただけのために作るのはとっても楽しいんじゃないかしら。それにぜひとも作ってみたい新しい料理があるのよ」

「本当にレストランに行かなくてもいいのか?」

「それは次の機会にしましょうよ。いい？」

ジョンはにっこりしてふたたびダーニを抱きしめたあと、彼女の頭のてっぺんに顎を置いた。「それじゃ、いつにしようか？」

「土曜日はどうかしら？」

「いいよ」


土曜日の朝、ダーニはアンティーク・ショップに行くのが遅れたが、ジョンは気にしないだろうと思った。とくに遅れた理由を話せば理解してもらえるはずだ。彼女は食料品店に寄り、夕食に必要な材料を買い揃《そろ》えていたのだ。

ジョンは自分の家で食事をしようと言い張った。ダーニは彼の自宅を見たかったので、快くその申し出を受け入れた。アンティーク・ショップに着くと、彼女は腐りやすい食品の入った紙袋を運び、奥の部屋にある小型冷蔵庫に入れた。

「遅くなってごめんなさい」ダーニはそう言いながらジョンに近づいた。

「いいんだよ」しばらくのあいだ、ジョンとダーニは見つめ合った。二人はまだ正式にデートしたわけではないが、町で噂の的になっている。二人のあいだでロマンスが進行中だという噂は、八月の山火事よりも早く広まっているのだ。

町の人々はダーニを見ると、やさしい表情でほほ笑む。ジョンはまだキスさえしていないのに、噂によれば、二人はあと数日で婚約を発表することになっているのだ。とはいえ、まわりの人々には理解できないし、ジョンにもダーニにも、周囲に説明するつもりのないことがあった。それは二人が傷ついた者同士だということ、懸命に不安に打ち勝とうとしている孤独な人間だということだ。

メイミーは大喜びだった。準備はすべて自分が引き受けると言った。ダーニが最後に聞いたとき、メイミーはほかの母親たちに子どもの配偶者の選び方をアドバイスしていた。

「夕食の材料を買ってきたの」ダーニは説明した。

「ダーニ……」ジョンは口ごもった。「ちょっと話したいことがあるんだ」その言い方は暗くて深刻で、最初のころしょっちゅうダーニに腹を立てていたときと同じだった。

「何かしら?」ダーニはどきどきした。何か失敗したにちがいない。すぐさま彼女はこの数日間の出来事を思い返したが、それらしきことは思い浮かばなかった。

ジョンは店内を見回したが、不安げなのがはっきりと見てとれる。「じつは、二人のことできみが困るような噂が飛び交っているんだ。まず最初に、ぼくたちは二人乗り自転車に乗っているところを見られただろう。そして、水曜日にはカイトを揚げた。みんなはあれこれつなぎ合わせて勝手な解釈をしているようなんだ」

「わたしたちが婚約寸前らしいという噂のことを言っているの?」

ジョンは両方の眉をつり上げた。「きみも聞いたのか?」

「町中の噂ですもの」

「きみは気にならないのか？」

「ええ」ダーニは気にするべきなのかもしれないと思った。ジョンがこんなにつき合いの浅い人間と結婚すると信じているなら、町の人々は彼のことを少しもわかっていない。ジョン・オズボーンは几帳面《きちょうめん》で規律正しく、衝動的なところはまったくないのだ。

「噂も長く続くものじゃない。いずれ消えてしまうよ」ジョンは安心させるように言った。

「そうでしょうね」

そこで客が入ってきたので、二人の話は中断した。ジョンが自宅の食卓に合う椅子六脚を探している若い男女の相手をしていると、電話のベルが鳴った。

ダーニは電話に出て用件を書き留めた。そのとき、たまたま揺りかごがなくなっていることに気づいた。彼女の手が止まった。

「申し訳ありません」相手の話の最後の部分を聞きそこなったことに気づき、ダーニは言った。「ちょっと気が散ってしまって。もう一度お名前の綴《つづ》りを教えていただけますか？」

ジョンの手が空くまでつらい時間が流れた。

「さっきの電話はぼくにかかってきたのかな？」ジョンがきいた。

「ええ」ダーニはピンクのメモ帳をはぎとってジョンに渡したが、目は手作りの揺りかごが置かれていた場所に向けたままだった。「あの揺りかごはどうしたの？」彼女はきいた。

ジョンはダーニの視線の先を目で追った。「今朝、きみが買い物に行っているあいだに売れたんだよ。あれはもう引っ込めようかと思いはじめていたところだったんだけどね。きみはかなり気に入っていたんじゃないかな?」

「ええ」ダーニは小さな声で言った。「いい家に行ったのだといいけれど……」

「きっとそうだよ」ジョンは請け合った。

5

　ジョンがあの揺りかごを売るのは当然だ。それはダーニもわかっている。それでも、まるでジョンが彼女のものを手放してしまったような気がした。彼女が大切にしていた宝物を。

「ダーニ、どうしたんだ?」

「なんでもないわ」ダーニはすらすらと嘘《うそ》をつける性分ではない。「ちょっとがっかりしただけ……あの揺りかごは気に入っていたから」

「あれがほしかったなら、どうしてそう言わなかったんだ?」

　ダーニは肩をすくめた。それは奥の部屋にしまい込まれていた揺りかごを発見したときから、毎日のように自分に問いかけていたことだった。「高価なものだったから」

「きみがほしがっていることがわかっていたら、何か方法を考えることもできたのに」

「そのとおりね」

「きみががっかりするのを見たくないんだ」

ダーニは自分以外の誰も責めることができなかった。「ジョン、わたしは文句を言っているわけじゃないわ。もっと前にちゃんと自分の気持ちを伝えておけばよかったのよ」

ジョンがその話をやめたので、ダーニもいつまでもくよくよ考えないことにした。揺りかごは売れてしまった。けれど、買った人はきっと大切にしてくれるとジョンは請け合った。それ以上は望めないだろう。

店は忙しかった。夏場は大勢の観光客が訪れるので、週末にオーシャン・ショアズを往来する人の数は人口の十倍近くにふくれ上がる。昼食は接客の合間にサンドイッチを少し口にしただけだった。ダーニは思わず考えた。ジョン一人しかいなかったら、どうやってこの状況を乗りきっていたのだろう?

午後六時になったころには足や腰が痛くなったが、ジョンとの初デートに対する熱意はまったくそがれなかった。これほど何かを楽しみにすることはめったにない。ボブと別れてから男性と食事をするのは初めてだけれど、これはデートという感じがしない。ジョンは友達だし、二人が一緒に過ごすのはごく自然な友達づき合いの延長なのだ。

店の戸締まりをしたあと、ジョンはダーニが買った食料品を運んでいき、車に積み込む前にちょっとその場にたたずんだ。そして額にしわを寄せて渋い顔をした。

「どうしたの?」ダーニはたずねた。

「ちょっと想像していたんだ。きみがぼくと一緒にわが家に行くのを見たら、人はなんと言うだろうか、と」ジョンはぼそぼそと言った。

「気になるの？」

「いや」ジョンは答えたあと、緊張をほぐしてほほ笑んだ。「きみが心配するんじゃないかと思ったんだ。みんなには好きなだけ噂話をさせよう。ぼくたちは真実を知っているし、大事なのはそれだけだからね」

とはいうものの、ダーニは考えはじめた。わたしとジョンのことに関する真実とはなんなのだろう？　二人の距離が近づくにつれ、かつてははっきりと見えていたものがしだいにぼやけていく。

ジョンの家を見たとたん、ダーニは気に入った。彼の家も海岸のすぐ近くに建てられているけれど、母親の家とは違い、半島の反対側にある。グレイズ・ハーバーの穏やかな海は、メイミー・オズボーンの家の裏手で轟々《ごうごう》と音をたてて荒れ狂う大洋とは対照的だ。

驚いたことに、ジョンの家にしつらえられている家具はアンティークではなく、とても現代風のものだった。革製のソファは濃いブラウンで、向かい側に同素材、同色の椅子が二脚置かれている。広々としたキッチンもモダンな造りだ。ダーニの驚きは尽きることがなかった。

ジョンは彼女の目に浮かぶ、とても信じられないといった表情に気づいたのだろう。

「この家はパトリシアのために建てたんだ」ダーニの目を見つめたまま、はっきりと言った。「彼女が去ったあと、プライドに邪魔されてこの家を売ることができなかった。今は手放さなくてよかったと思っている」

「すてきな家だわ」

「それどころか、この家を見ただけで、パトリシアは驚いて逃げ出したんじゃないかな」ジョンはくすくす笑った。「最初はベッドルームを五つ造る予定だった。そのうちの一つを書庫に、もう一つをメディアルームにしたが、そもそもこの家は大家族が住むことを考えて設計したんだ」

その話を聞いてなぜかダーニの胸がときめいた。「あなたは子どもが好きなの？」

「大好きだよ」

「きょうだいはたくさんいるの？」ダーニが覚えているかぎりでは、メイミーはジョンのきょうだいの話をしたことはない。

「いや、ぼくは一人っ子なんだ。だから子どもがたくさんほしいと思っていたのかもしれないね。ぼくが子どものころに父は亡くなった。父のことはほとんど覚えていない。母を心から愛していたということと、母も父を愛していたということだけだ。父は背が高くて、笑い声がものすごく大きくて、貨物列車の音みたいだった。父が笑うと、ぼくはぎょっとしたものだよ」

そんなことまで言うつもりはなかったというように、ジョンは急に話をやめた。

「きみは？」

「妹が一人いるわ。デーリアというの。頭がよくて、美人なのだけれど、とても恥ずかしがり屋なのよ」

「きみの妹が？」

「子どものころ、吃音《きつおん》症だったの。今はそれを克服して、大きなストレスを受けたとき以外はふつうに話せるけれど、他人と関わらないで一人でいるほうが好きなのよ。ときどきデーリアのことが心配になるわ」

「妹さんは結婚しているのか？」

「いいえ」ダーニは答えたあと、悲しげに言い添えた。「デーリアは結婚できるのかしら？　できなかったらかわいそうだわ。本当に愛情豊かな人なんですもの」

「いずれ彼女にふさわしい人が見つかるよ」

　ダーニは袋から食料品を出しはじめたが、茶色の紙袋に片手を入れたまま、動きを止めた。「ずいぶん自信ありげな言い方ね。まるで未来を予言できるみたいじゃないの。そういうことが得意なら、ちょっとわたしの運勢を見てくれない？」

　ジョンはダーニの手を取ってひっくり返すと、てのひらを念入りに調べるふりをした。そして下顎をこすりながら言う。「ふむふむ、これはおもしろいな」

「何が？」ダーニは思わず自分の手を見つめ、以前はなかったものがあるのではないかと期待した。

「愛情線を見てごらん」ジョンがダーニのてのひらに人差し指を走らせると、彼女の体の芯が熱くなった。

「太くて短い、そうでしょう？」不思議な感覚に驚きながらもダーニは冗談を言った。

「とんでもない。とても、とても長いよ。だから、愛情面に関しては何も心配する必要はないようだ」

ああ、ジョンの言葉を信じたい、とダーニは思った。「今まではまったくそうではなかったわ」

「そうかもしれないね」ジョンはうなずいた。「でも、この手相を信じるなら、それはすっかり変わるはずだよ」

こんなふうに愛の話をしていることに気恥ずかしくなり、ダーニは今しなければいけないことに注意を戻した。紙袋から中身をすべて取り出し、今朝購入した食材をキッチンカウンターに並べる。

「まだ何を作るのか教えてくれていないね」ジョンが言った。

「そうだったかしら？」ダーニは肩越しに彼を見た。「キャセロール料理よ。豆腐を使った――」

「豆腐だって？」

「あまり好きじゃない人がいるのは知っているけれど、本当においしいのよ。脂肪分はないし……」ダーニは話をやめた。ジョンがガラス戸を開けてテラスに出たことに気づいたのだ。「何をしているの？」

「バーベキュー・グリルを出すんだ。冷蔵庫にステーキ用の肉が入っているから、電子レンジで解凍すればいい。ついでにポテトもほうり込んで」

「バーベキュー・グリルに？」

「いや、電子レンジだよ」

「つまり、わたしが作るキャセロール料理の味を見もしないということ？」

ジョンはどちらを選んだらいいのか決めかねているらしい。ダーニの機嫌をそこねたくはないものの、肉とポテトを常食とする男性にとって豆腐を食べることなど無理な話なのだ。キャセロール料理についても考えを変えるつもりはないらしい。

「両方の料理を作るのはどうかな？」ジョンは折衷案を提示した。

ダーニはうなずいた。「いいわ。あなたがわたしの料理も味見することに同意してくれるなら」

ジョンがそつなく答えてやさしくほほ笑みかけたので、ダーニはそれ以上しつこく言わなかった。でき上がった料理を見たら、彼も味見する気になるだろう。

二人は並んで調理を開始した。ダーニは靴を脱ぎ、裸足《はだし》でキッチンのなかを動き回った。

ジョンの家にはエプロンがないので、リネンの布巾をベルトの下に挟み込んだ。ジョンはステレオをつけて静かなクラシック音楽をかけた。

「カントリー・ミュージックはないの？」ダーニが呼びかけた。

「ないと思うよ」ジョンは答えた。「今度こういうことをするときは、豆腐は家に置いといて、きみの好きな音楽を持ってきてくれないか」

「きっとその言葉を取り消すわよ、ジョン・オズボーン。このキャセロール料理は死ぬほどおいしいんだから」

「つまり、ぼくを殺すつもりなんだな？」ジョンはからかった。

ダーニはふざけて目玉をぐるりと回したあと、ふたたびまな板に注意を向け、ピーマンとマッシュルームとオニオンを切りつづけた。

気持ちのいい夕べ、キャセロールがオーブンに入ると、ジョンは二つのグラスに白ワインを注ぎ、ダーニを案内して家のなかを回った。彼女がいちばん気に入ったのは主寝室から張り出しているバルコニーだ。

「ここはとってもすてきね」ダーニは手すりに肘をついた。何一つ遮るもののない湾の眺めは絵のように美しく、夜の海は静かなメロディーを奏でている。

「お気に入りの場所なんだ」ジョンはダーニの横にたたずんで彼女の肩を抱いた。思わず彼女はジョンにもたれたが、それは体を支えてもらうためではなかった。不思議な強い力が働いて彼のほうに引き寄せられたのだ。二人の腰が軽く触れ合った。ダーニは動きを止め、こんなことを意識しているのは自分だけなのかと思いながらジョンを見上げた。

ジョンはダーニの手からワイングラスを取った。それを脇に置いたあと、彼女の体を回して自分のほうに向かせた。そして大きな手でそっと彼女の顔を包み込んだ。彼の親指は頬の上を円を描きながら動きつづける。彼はダーニを観察し、胸の内を読みとろうとしているようだ。

ダーニにはジョンがキスするつもりだとわかった。梯子《はしご》から落ちた日、彼がキスしたいと思っていることがわかったように。あのときはジョンもダーニも、二人のあいだで湧き起こる熱い感情を探求したらどういうことになるのか心配だった。けれど今夜は、ジョンの顔がゆっくりと近づいてくると、心配よりも情熱のほうが勝った。

キスはゆっくりと、じっくりと続いていく。二人に何が起こっているのか見きわめる時間を与えるかのように。ダーニがそうしたいなら、体を引き離す時間を与えるかのように。けれど、彼女はそうしなかった。

ジョンがそっと身を引いてダーニを見つめると、彼女は急に空気が冷たくなった気がした。なんでもいいから安心させてくれるものを求めているのか、彼は探るような目つきでダーニを見た。

「ジョン……」どちらが先に手を伸ばしたのかダーニにはわからなかった。だが気がつくと、ふたたびジョンの腕のなかにいた。彼の唇は温かく、しっとりとして、魅惑的だ。ジョンは低く声をあげたかと思うと、ダーニの後頭部に手を当てながら今までよりも激しく唇を奪った。しばらくすると、二人とも息も絶え絶えになり、体から力が抜けた。

しかし、ダーニの全身には熱い感覚がみなぎっていた。「友達というのはしょっちゅうこういうことをするものなの？」

「わからないな」ジョンは答えた。「きみのような友達を持ったことがないからね」

「そうだといいけれど」ダーニは胸に手を当てた。「心臓が怖いくらいにどきどきしているわ」

「本当に？　ぼくの心臓の音を感じてごらん」ジョンはダーニの手を取って自分の胸に当てた。彼女のてのひらに短く断続的な鼓動が伝わった。

そのとき、遠くからタイマーの音が聞こえてきた。どうしてそんな音がするのかダーニにはすぐに理解できなかった。だが、急に思い出した。「わたしの料理ができ上がったんだわ」知らないうちに時間が経《た》ってしまった。始まったばかりのこの親密な行為を終わらせるのは残念でならない。

ダーニが温かな腕のなかから出たくないように、ジョンも彼女を放したくないようだ。

「オーブンからキャセロールを出さないと」ダーニはささやくような声で言った。

「そうだね」ジョンはうなずいた。

だが、彼もダーニも動かない。少ししてからダーニはやっとのことで彼から離れ、キッチンに向かった。

「肉をバーベキュー・グリルにのせたほうがよさそうだな」

「わたしの料理を試食すると約束したことを忘れないでね」ダーニは忠告した。

ジョンはちょっと立ち止まった。「あれっ、そうだったかな？」

「ジョン！　あなたが豆腐嫌いだというだけで、結局べつべつの料理を作ることになるなら、本当にがっかりだわ」

「プライドのある男なら、豆腐を食べることなんか承知しないよ」

「でも、あなたは食べると言ったじゃないの」

「たしか、きみの料理を試食すると約束したはずだ。試食、つまり味見だ。味見、つまり、フォークの先にほんの少しのせたものを口に入れるだけだ」

ダーニは深々と息を吐き出した。「あなたって案外つまらない人なのね」向きを変えて立ち去ろうとしたとたん、ジョンに手をつかまれた。

「そうなのか？」ジョンは不機嫌そうな目つきでまじまじとダーニを見た。

「何が？」

「ぼくはつまらない男なのか？」

「それは、その……」

　ジョンはまたしてもダーニを抱き寄せて何度も唇を奪った。その激しさに彼女は戸惑った。

「ぼくはつまらない男なのか？」ジョンはふたたびききながら、ダーニの顎の敏感な部分にキスの雨を降らせた。

「いいえ……そうでもないけれど」ダーニは消え入りそうな声で言った。「ただ……」

「そうなのか？」

「本当に友達はこんなふうにキスするのかしら？　あまりにもいい気持ちで……あまりにもしっくりしているけれど……」

　ジョンはちょっと迷ってから口を開いた。「公正を期すために言うなら、きみのこととなると、ぼくはよくわからない。もうわからないんだ」

「豆腐がおいしいものだということを認めなさい」ダーニはしつこく言い張った。

　今、彼女とジョンはローラとチャーリーと一緒にボウリング場の椅子に座っている。

「たしかぼくが使った言葉は〝おもしろい〟だったはずだけどね」ジョンは目にからかうような表情を浮かべて答えた。そして自分は何事にも公正な人間だと言わんばかりの目つきで、チャーリーと目を合わせた。

「たしかあなたは二回もお代わりしたはずだけど」ダーニは言った。

「本当に二回だったかな？」ジョンはきいた。

「豆腐だって？」チャーリーはその話がなかなか信じられないようだ。

「思っていたほどまずくないよ」ジョンが言った。「とくに、それが臓物パイに使われている場合にはね」

それを聞いて一同は笑った。

「男は女のためならなんだってするんだから、まったくびっくりするよ」チャーリーは立ち上がってボールに手を伸ばした。「おれはボウリングなんかやったことがなかったんだ。ばかなまねをしてもの笑いの種になるのが関の山だと思っていた。ところが、こうしておかしな靴をはいて数本残ったピンめがけてボールを投げ、ローラにかっこいいスポーツマンだと思われるんじゃないかと期待しているんだからな」そう言ったあと、まるで二十年以上の経験があるかのようにファウルラインまで歩いていってボールを投げ、何本ピンが倒れたのか確かめることもせずにこちらへ向き直った。

ローラはうれしそうに目を輝かせ、満面に笑みをたたえてダーニを見た。

チャーリーは戻ってくると、椅子にどっかりと腰を下ろした。「おれだけじゃないぞ。ジョンもそうだ」まるでその場から離れていなかったかのように、ふたたび話しはじめた。「豆腐を食べて、それが気に入ったなんて言っているんだからな」

「べつにボウリングをしに来なくてもよかったのよ」ローラはおずおずと言った。

「いや、そんなことはないよ」チャーリーは少し不機嫌そうに言った。「おれがボウリング場に来ないと、きみは代わりにダグと一緒に出かけたかもしれないだろう」

またしてもローラは目に笑みを浮かべながらダーニを見た。ダーニは自分が恋愛の達人になったような気がしたが、実際はまったく逆だった。ボブとの関係は完全に失敗したのだから。

ボブ。

かつてのフィアンセのことを考えると、以前は胸が締めつけられ、心が痛んだものだ。最近でも彼の名前を聞いただけで自然に涙が込み上げてくるので、必死に隠そうとしたこともあった。

けれど、もうそんなことはない。

アンティーク・ショップの店主の姿をした救済者が現れたからだ。彼も心に傷を負っている。壊れた夢を踏み越えて前に進み、やっとのことで失意の迷路から抜け出した男性なのだ。

ジョンと一緒に仕事をしたことで心の傷が癒えたわけではない。それでも、彼のおかげでいつまでも悲しみに包まれているのではなく、未来に目を向けるようになった。

一時はボブを愛していた。心から愛していた。少なくともそう確信していた。今は自分が恋していたのは夢だったとわかっている。わたしは夫と子どもがほしくて仕方なかった。

ボブはわたしが作り上げた家庭の理想像にぴったりとはまり込んだのだ。彼はとてもすてきな男性で、気取りがなく、誠実そうに見えた。自分の夢はわたしが思い描いていた夢と同じだと言った。ひょっとすると、同じ部分も少しはあったのかもしれない。

「コーヒーでも飲もうか？」ゲームが終わったとき、チャーリーが言った。ボールを片づけてからさりげなくローラの肩に腕を回す。

「せっかくだけど、今夜はやめておくよ」ジョンはダーニの手を取って軽く握りしめた。友人二人が少し離れたところへ行くと、ジョンはダーニにきいた。「いいだろう？」

「べつに構わないけれど」ダーニは反対しなかったが、ジョンが何を考えているのか興味をそそられた。今夜、一緒に出かけようと持ちかけてきたのはチャーリーとローラだ。ダーニがそのことを告げると、ジョンは快く応じた。

ダーニが住んでいる小さなアパートメントに戻る途中、ジョンは珍しく口数が少なかった。驚いたことに、車はアパートメントの前を通り過ぎた。

「わたしの家を通り越したけど……」

「わかってるよ」ジョンは答えた。車は通りの角を曲がって海岸へ向かっている。「ビーチを散歩するのは楽しいんじゃないかと思って」

「まあ、すてきね」それにロマンティックだ。土曜日の夜以来、ジョンはダーニにキスしていないが、そんな機会もあまりなかった。二人きりになる時間はほんの数分しかなかったからだ。店はずっと忙しかったため、二人だけの時間が取れなくて、彼女はがっかりしていた。

ボウリングに行くのは一緒に過ごすいい口実になるので、二人とも喜んで受け入れた。ダーニはそう思いたかった。けれど振り返ってみると、ジョンは冗談を言い、笑い、楽しんでいるふうに見せていたが、何か気になっていることがあるようだった。

ジョンはビーチに車を止めた。しかし、ハンドルを握りしめてダーニから顔をそむけたままだ。「ずっと話をしたいと思っていたんだ」彼女のほうを向いて目を合わせた。あたりは暗く、半月の光が夜の海に降り注いでいるだけだ。しかし、ダーニには彼の目に浮かぶ激しい感情を読みとることができた。

「あら、そう?」車内の温度はどんどん上昇していくようだ。

ジョンは愛《いと》おしそうにダーニの顔に片手を当て、目を閉じて声にならない声をもらした。

「歩こう」ジョンは勢いよくドアを開けて車から降りた。

「いいわ」

ジョンはダーニの手を取って海岸をぶらぶらと歩き出した。

しばらく歩いてからダーニは切り出した。「たしか話がしたいのではなかったかしら」

「ああ、そうだよ」

「わたしの家でも話はできたでしょうに」ダーニはふざけて言った。

「それは違うよ」ジョンの歩き方が遅くなったかと思うと、彼は急に立ち止まってダーニを見つめた。「きみの家に行ったら、ベッドをともにすることになるんじゃないかな」

「まあ」ダーニの顔が真っ赤になった。

「人前では行儀よくするつもりだが、それだってだんだん疑わしくなってきている。この関係がどんな方向へ行くのかわからないが、これ以上先へ進まないうちに、ぼくときみが求めているものが同じかどうか確かめておきたいんだ」

「まあ、そう……」ダーニは月明かりを浴びた男性を見つめずにいられなかった。この男性が数週間前、わたしのことで不平不満を言っていた人物と同じだとは考えられない。

「まずキスしてくれない？」彼女は頼んだ。ジョンを求める気持ちがあまりにも大きいので、自分が主導権を取らないようにするのはむずかしい。彼の首にしがみつかないよう、ダーニは懸命に自分を抑えた。「話はあとでもできるでしょう」

ジョンのキスは彼の渇望の激しさを表していた。彼が身を引いたとき、ダーニは精も根も尽き果てたが、気分は高揚し、もう一度身も心も溶かすようなキスをしてほしくてたまらなかった。

「ジョン……お願い」ジョンが舌先で唇の輪郭をたどると、ダーニは泣き声で訴えた。

ジョンはくぐもった声をあげ、ダーニの体に腕を回して思いきり抱きしめた。「本当はこんなふうになってはいけなかったんだ」

「何が?」ダーニは言いながら、ジョンの顎の下に唇を押しつけた。

「こんなことはやめたほうがいい」

「誰にとっていいの?」ダーニはジョンにもたれかかり、彼の体の硬い感触を楽しんだ。

「ダーニ……きみを抱いていると、ちゃんと考えられない。話をしよう」

ダーニは思わずほほ笑んだ。気づかなかったと言うわけにはいかない。なぜなら気づいているのだから。自分が原因でジョンがそうなっていることがわかり、彼女は強い満足感を覚えた。

「本当に話がしたいの?」ダーニは彼の耳をやさしく噛《か》んだ。

「ああ……いや」ジョンは息を吸い込んだ。

「そんなに深刻になる必要はないのよ」ダーニは頭のなかでこう考えていた。ジョンはこの二人を引きつけ合う力に導かれるまま進んでいくつもりだと言うのだろう。また、心のなかではこう思っていた。彼は二人の関係を永久的なものにする方向で考えるつもりだと言うのだろう、と。

「ぼくが考えていたのは……」

「ええ」ダーニは満足げに言った。

ジョンは咳《せき》ばらいをしてから、ほんの少し二人の体を離した。「きみはほかの仕事を見つけたほうがいいんじゃないか、ということなんだ」

6

その夜、ダーニは一睡もできなかった。気持ちは激しく揺れ動き、怒りでおかしくなったかと思えば、激しく泣きじゃくった。最初は小さな寝室のなかを行ったり来たりしながら、あと何時間経《た》ったらもう一度ジョンと向かい合って、自分の気持ちを伝えるときがくるのか考えたものだ。けれど、やがて疲れ果て、怒りは消えて耐えがたい苦しみに変わった。

ジョンはこの結論に達した理由はたくさんあると言った。とはいえ、彼にその理由を言う機会を与えたわけではないけれど。あまりにも傷つき、驚き、腹が立ったので、そんなことをする余裕はなかったのだ。

結局歩いて家に帰ると言い張った。一人で。だが、そんな自尊心を守るための行為すら許されなかった。たしかに一人で歩いたことは歩いたものの、ジョンは車に乗って窓を下ろし、あとからついてくると、わたしを説得しようとした。わたしが説得されたい気分ではないことくらい気づくべきだったのに。彼は朝になったら話をしようと言い張り、あつかましくもアパートメントの前に車を止めて、わたしが無事になかに入るのを見届けたのだ。

そして朝になったけれど、ジョン・オズボーンの姿はどこにもなかった。

ダーニはキッチンテーブルの前に座り、両手で顔を覆った。これからどうやって生活したらいいのかわからない。いいえ、それは必ずしも本当ではない。ジョンの店でショーウインドウのディスプレーを始めてから、ときおりほかの商店主から自分のところでもディスプレーをしてほしいと持ちかけられた。けれど、どの店も常勤で雇う余裕はないようだ。前に一度、自分の会社を立ち上げるのは簡単だと思ったこともある。

そうしよう。ダーニは決心した。

彼女はコーヒーを飲みながら考えた。どうして気分がよくならないのだろう？　金銭上の問題は解決できるはずだ。本当に悩んでいるのは失職することではない。もっとも、眠れない長い夜にもっぱら考えていたのはそのことだけれど。

そう、今も心を痛めているのは、ジョンがさりげなく解雇通告をしたときに裏切られたような気持ちになったことだ。あのときは彼の説明を聞くためにぼんやりと突っ立っていたわけではない。わたしとしては、聞きたいことはすべて聞いた。そして彼の言葉は痛烈にこたえた。

キッチンの時計を見ながらダーニは考えた。今朝、わたしが店に行かなかったら、ジョンはどうするかしら？　彼はすぐにわたしを解雇するつもりだと言ったわけではない。

わたしが期待し、望んでいるのは、ジョンがここに来てくれることだ。でも、どうやら彼はわたしが店に来るのを辛抱強く待っているらしい。

あきらめたほうがいい。ダーニはそう自分に言い聞かせた。ジョンが店に行く途中にちょっと会いに来ることもありそうにない。今朝もこの二週間と同じような状況なら、店を開けたとたん客が押し寄せるだろう。

午前十時までにダーニはシーツを取り替え、キッチンの床をふいて冷蔵庫の中を整理した。その結果、たっぷりと汗をかいたので、胸のなかに鬱積した思いを発散することができた。

そのとき、玄関のチャイムが鳴った。ダーニはどきどきしながら黄色いゴム手袋を脱いで玄関に向かった。

やっぱりジョンは来てくれたのね。よかった。そう思うと、早くもダーニの気分はよくなった。頭のなかではすでに問題は解決していた。今朝したことは無駄ではなかったのだ。おかげで頭がすっきりしたので、雇い主になんと言ったらいいのかはっきりわかる。〝元雇い主でしょう〟彼女は自分に注意した。

ダーニはじゅうぶんに心の準備ができていた。けれど、ドアの向こう側にたたずんでいる相手は予想もしなかった人物だった。そこにいたのは、ジョンではなかった。

ボブだった。

彼の笑顔には少年のような魅力があふれている。「どうぞお入りなさい、と言ってくれないのか？」ボブはきいた。

本当にボブはハンサムだ。その点は認めるけれど、見た目のよさと内面が一致しない場合があることはよくわかっている。この男性を心から愛することは不可能だ。ボブを見つめながらダーニは首をひねった。あれほどわたしを夢中にさせたものはいったいなんだったのだろう？

「ダーニ？」ボブがまた声をかけた。

「こんにちは、ボブ」徐々に落ち着きを取り戻しながら、ダーニはぎこちなく答えた。

「あなたが来るなんて思ってもいなかったわ」

「入ってもいいかな？」

ダーニはしぶしぶ肩をすくめた。「あなたがそうしたいなら」網戸を押さえてボブを部屋に入れた。だが、彼は長居しないと判断して、ダーニはドアは開けたままにしておいた。

「なんの用なの？」ダーニは硬い口調で言い、胸の前で腕を組んだ。

「元気そうじゃないか」ボブは満面に笑みをたたえた。久しぶりの再会にもすっかりくつろいでいる。ソファに腰を下ろして筋肉質の脚を組み、片膝にもう片方のくるぶしをのせた。「コーヒーはいれてないんだろうね」

「ええ」

「一杯飲みたいな」

「それなら、どこかに買いに行ったら？」ダーニは淡々と言った。驚いたことに、ボブに対して何も感じない。最初のころはこんなふうに二人が再会する場面をあれこれ空想したものだ。空想の世界では、ボブを自分の家から、自分の人生から追い出すことに無上の喜びを感じた。けれど今、こうしてボブと一緒にいると、胸のなかに湧き上がってくるのは、彼と関わって時間を無駄にしたことに対する後悔と悲しみだけだった。

ダーニの言葉に傷ついたのか、ボブは大きく目を見開いた。「冷静に話ができるといいと思っていたんだがなあ」穏やかに言い、ダーニのほうに片手を差し出した。「頼むから座ってくれないか。話したいことが山ほどあるんだけど……どこから始めたらいいのか……」

ダーニはその場から一歩も動こうとしない。「今さら話すことなんてないでしょう」心に感情が湧き上がってきたとしたら、それはさらなる悲しみだろう。

もっといい知恵はないかと探しているかのように、ボブはつかのまうなだれた。「時間が経てば、きみも冷静に考えるようになるんじゃないかと期待していたんだけどね」

「わたしが？」ダーニは大声を張り上げ、胸にてのひらを当てた。

「ぼくはきみに必要な時間と自由を与えたんだよ」ボブは話を続けた。「だけど、今はそれが正しかったのかどうかよくわからない」彼の顔に苦しげな表情がよぎった。「きみはどう思っているか知らないが、きみと別れることは死ぬほどつらいことだったんだよ」

ダーニにできるのは、あきれ返っている気持ちを顔に出さないようにすることだけだった。

「きみがこの町に落ち着いたことを知ったとき、ぼくは二、三カ月じっくりと考える時間を与えようと決めたんだ。そのうちにきみが気づくんじゃないかと思ってね。ぼくたちが分かち合ったのはあまりにも特別で、あまりにもすばらしいものだから、簡単には捨てられないことを」

「それを台なしにしたのはわたしじゃないわ」ダーニは言い返した。

「ああ、そのとおりだ」ボブは両手を上げた。「たしかにこんなことになった責任はすべてぼくにある。それは認めるよ。ぼくは過ちを犯したんだ、ダーニ。あれは信じられないような出来事だったが、もう懲りた。本当なんだ、ダーリン。二度とあんなことはしないと誓うよ」

「今さらそんなことを言っても遅いわ」ボブにそう言っても、ダーニは少しも満足感を得られなかった。「もう終わったことよ、ボブ」

その言葉にボブは打ちひしがれたような表情を見せた。「ジョン・オズボーンのせいなのか？」

ダーニは身をこわばらせた。「ジョンの何を知っているの？」

ボブは座ったまま落ち着かなげに体を動かしながら視線をそらした。「大したことじゃない……きみたちの噂を聞いただけだ。二人が婚約したといった、まったくばかげた噂を」

ボブが人を使って自分を監視させていたことに気づき、ダーニはいきりたった。

「きみたちの婚約の話を聞いて、そんなことはありえないと思ったけど、いちおう自分の目で確かめに来たんだ」そんな考えはばかげていると言わんばかりに、ボブは軽く笑った。

「あの男に会ったよ。それできみに忠告しに来たんだ。きみたち二人は絶対に……」ダーニのものすごい形相に気づいて話をやめた。

「ジョンに会ったの？」

「ああ。アンティーク・ショップに行けばきみに会えると思ったから……」

「ジョンに自己紹介したの？」ダーニはきいた。

「もちろんしたよ」そうすることが紳士的な行為であるかのように、ボブは平然と答えた。

不思議なことに、フィアンセに対して貞節を守ることも信義だとは考えなかったようだ。

「ジョンはなんて？」ダーニにしてみれば、二人の男性がどんな態度を取ったのかということよりも、このことのほうが気になった。

ボブは肩をいからせた。「最初はきみのことを何も話そうとしなかった」ちょっと間を置き、ネクタイの結び目をまっすぐにした。「だけど、ぼくはオズボーンにはっきりと言ったんだ。本当にきみがあんな男と一緒になるなんてとても考えられないよ、ダーニ」

「どうして?」ダーニはこぶしを腰に当てた。

「だってあいつは……ふさわしくないだろう」ボブは口ごもりながら答えた。

「誰にふさわしくないと言うの?」ダーニは食ってかかった。「ジョン・オズボーンはあなたの十倍も価値があるわ。人格者で信義を重んじる人よ。ジョンなら誰かをだますことなど考えもしないでしょうね。正直で公正で、頭がよくてやさしくて……」

ボブはぞっとしたような表情でダーニを見つめた。「あいつに惚《ほ》れているのか?」

「ええ」ダーニは否定するつもりはなかった。

「だけど――」

「わたしはあなたを愛していなかったのよ」ダーニは相手の言葉を遮って言った。「恋をしているという考えに恋していたのではないかしら。本当にあなたを愛していたなら、こんなにすぐに、こんなに激しくジョンに心を奪われるはずないでしょう」悪意なしに認めた。「ジョンと出会って、男性に対してこれほど強く感じるものがなんなのか気づいたわ」

そう言いながら、自分の言葉が真実だと実感した。

「まさか本気で言っているんじゃないだろう?」

「ああ、ボブ、わたしがどんな人間かわかっていないの?　本当にわたしがこんな話をでっち上げると思う？」

もう何を信じたらいいのかわからなくなったのか、ボブはただダーニを見つめた。やがて片手で顔をこすりながら立ち上がった。「ぼくが期待していたのは……」ちょっと間を置いたが、落胆しているのは一目瞭然だ。「だけど、どうやらきみの気持ちは決まっているようだね」

「ええ」

ボブはダーニと目を合わせた。「きみのほうがオズボーンより一枚上手かもしれないな」

「上手ですって？」ダーニは驚いたように首を振った。ボブは思っていたよりもずっと鈍感な人間だ。「ジョンがわたしをどう思っているか知らないけれど、もしも彼が本当にわたしを愛しているなら、ジョンのようにすばらしい人が、わたしのような女を愛してくれたことに死ぬまで感謝するでしょうね」

しばらくのあいだ、ボブはダーニをにらみつけた。「あいつはきみを愛しているよ」

一瞬、ダーニの心臓の鼓動が止まった。「どうしてそんなにはっきり言いきれるの？」

「ぼくの言うことを信じてくれ、ダーニ。あいつはきみに夢中だ。きみのことが好きでたまらないから、きみを束縛せずに自由にしてやりたいと思っている。だからきみが望むなら、ぼくと一緒にこの町を出ていくこともできるんだよ」

ダーニは返事に窮した。そう、だからジョンはわたしをくびにしたのね。ばかげた話だけれど、これで理解できた。とはいえ、ジョンの考えに賛成なわけではない。それどころか、大反対だ。

「きみの言うとおり、ぼくたち二人の未来はないのかもしれないね」深く傷ついているかのように、ボブは息を吐き出した。「でも、二人で少しはいい時間を過ごしたと思わないか？」

それくらいは認めてもいいと思ったので、ダーニはうなずいた。

「そのことには感謝しているよ。これから先も、オズボーンがきみを愛していることを教えたのがぼくだというのを覚えていてくれ。じつを言うと、あいつの気持ちを知らせるために、わざわざここまで来たんだ」ボブはひと息ついて顔をしかめた。「あいつが自分の気持ちを伝えていないというのは、きみにとって大事な問題じゃないのか？」

「そんなことないわ」ダーニは答えた。なにしろ、わたしもジョンに自分の気持ちを伝えていないのだから。

ボブは肩をすくめた。「帰るよ。きみが望んでいるのは、そういうことらしいからね」またしても目に寂しげな表情が浮かんだ。「ぼくが望んでいるのはきみが幸せになることだけなんだよ、ダーニ。こんなことを言っても信じてもらえないかもしれないけど、本当にきみを愛しているんだ」

ダーニはその言葉を信じた。ボブはボブなりに、精いっぱいわたしを愛しているのだ。

つかのまダーニと抱き合ったあと、ボブは立ち去った。

ダーニは震える手を懸命に動かし、ショートパンツとノースリーブのブラウスを脱いで、べつの服に着替えた。車でアンティーク・ショップへ向かう途中、絶えず頭のなかを駆け巡っていたのはジョンのことだった。

ダーニが店に入ると、ジョンは客の相手をしているところだった。二人の目が合った。その瞬間、彼女には少し離れたところにたたずむ男性以外、すべてのものが見えなくなった。ジョンはやむなく客に注意を戻して話を続けた。幸い、ほどなく客は立ち去った。

だが、ジョンは何も言わずに奥の部屋に引っ込んだ。すると、入れ替わりに彼の母親が現れた。ダーニに気づくや、メイミーは大きく相好を崩した。

ジョンが奥の部屋から出てきてダーニに近づいてきた。「やあ」

「どうも」

「一緒にランチはどうかな?」

今は食事をすることなどとても考えられなかったが、ダーニはうなずいた。「いいわ」

二人は二軒先のデリカテッセンまで歩いていき、中身のたっぷりつまったサンドイッチを買った。それをビーチに持っていき、砂の上に並んで座った。頭上をカモメが飛び交い、波が大きな音をたてて岸に打ち寄せている。

「今朝は来客があったんじゃないか?」ジョンが先に口を開いた。

二人ともサンドイッチに興味はないらしい。「ええ、ボブが寄っていったわ」ダーニは答えた。「あなたが彼にわたしの住所を教えたそうね」

ジョンはうなずいた。「それで?」彼は明らかに平静ではない。「きみたちはよりを戻すのか?」

「とんでもない。わたしはあなたに夢中なのに、ボブを待たせておくなんてずるいでしょう」ダーニはきっぱりと言った。

その瞬間、風がやんだ。波ももう轟かなくなり、目がくらむほどの晴天を背景に飛び回っているカモメも動きを止めた。

ダーニの言葉の真偽を見きわめようとしているのか、ジョンは真剣なまなざしで彼女を見つめた。その言葉を信じるのが怖いかのように。

「いちばんばかばかしいのは、あなたがわたしを愛しているとボブが言い張ったことよ」ダーニはそれほど深刻な問題ではないような言い方をしたものの、ジョンと同様、自分も気持ちを隠すのは下手だとわかった。「それで思ったの。だからあなたがわたしをくびにすることにしたんじゃないかと……でも、あなたの考え方は少しひねくれているんじゃないかしら」

「たしかにぼくはきみを愛している」ジョンは少し間を置いてかすかにほほ笑んだ。「だからボブにきみの住所を教え、元フィアンセをどうするかはきみに決断させることにしたんだ」

　その言い方を聞いていると、ジョンにとって何もせずに待つのが、いかにつらいことだったかというのがよくわかる。

　ダーニがほほ笑みながらもたれかかると、ジョンは肩に腕を回して彼女を引き寄せた。さらに頭のてっぺんにそっと唇を押しつける。

「あなたはわたしに自分の人生から出ていってほしいのだと思っていたわ」ダーニは今でもジョンの言葉によって受けた心の痛手を取り除こうと躍起になっていた。

「いや、それは違うよ。万が一きみがここを出ていくと決めた場合、ぼくに義理を感じなくてもいいようにしたかったんだ」

「出ていくつもりなんかなかったわ」

「だが、あのとき、ボブのことは知らなかっただろう」

「ボブのことなら、知るべきことはすべて知っていたわ」ダーニはジョンの腕に腕を絡ませた。「じつを言うと、この数週間にショーウィンドウのディスプレーをしてくれないかと持ちかけてくる人が何人かいたの。だからわたしが思ったのは……期待したのは……その仕事で収入を得たら、あなたが考え直してくれるまでなんとか生活できるのではないかということなの」

「それは悪くない考えだね」

「自分の小さな会社を作って働いてもいいと――」

「パートタイムでね」ジョンは横合いから口を出したが、ダーニのいぶかしげな目に気づいてさらに言った。「子どもたちが学校に行くまでは」

突然、空気中から酸素がなくなったかのように、ダーニは妙な息苦しさを覚えた。「子どもたちですって？」

「どうかぼくと結婚してくれ」

声がよく出ないので、ダーニは大きくうなずいた。「いつ？」

「そうだな、ぼくたちの場合、急な求婚だから、子どもを作るのは一年くらい待ったほうがいいんじゃないかな。だが、基本的にいつにするか決めるのはきみに任せるよ」

「結婚式は……いつ？」ダーニはせわしなく片手を振りながら、自分の言っていることがジョンに通じてくれるよう祈った。

ダーニがしきりに知りたがることに驚いたのか、ジョンは目をまるくした。「すぐに結婚できるなら、それに越したことはないよ。早ければ早いほどいい。来週末は空いているかな？」ダーニの驚いた表情に気づいて言い直す。「日にちはきみが決めてくれ。ただし、あまり待たせないと約束してくれないか」

たちまちダーニはジョンに抱きすくめられた。彼のキスにみなぎる切羽つまった渇望は、彼女のなかで燃え上がる熱情に負けないくらい激しい。ダーニは悩ましげな声をもらし、口を開いて彼を迎え入れた。ジョンの舌はゆっくりと前進してダーニの口の奥を探り、彼女の舌と対決して官能的な激戦を繰り広げた。ようやくダーニの唇から唇を離したとき、ジョンは大きく息を吸い込んだ。

「急いでくれ」ジョンはかすれ声で言った。

「急いでって?」

「結婚式だよ。どうやら公共のビーチでも安全ではないという状態になりそうだ。きみがほしくてたまらないから、逮捕されても構わない」

「そんなことにはならないと思うけど」ダーニはうれしそうにほほ笑んだ。

「そう思うのは間違いだ。きみは自分がどんなに魅力的かわかっていないだろう」

「魅力的なのはいいけれど――」ダーニは最後まで言わせてもらえなかった。ジョンがまたしてもキスしたのだ。今度は髪に指を絡ませながら彼女の唇に唇を押しつけた。今度のキスは温かくて湿り気を帯び、強烈な影響力を持っていた。「来週までに結婚式の準備ができるかしら?」ようやく息ができるようになったとき、ダーニはささやいた。

　ジョンは大きくうなずいた。「なんとかしよう」そう言ったあと、ダーニの額に自分の額を押しつけた。「母がほくそ笑むだろうな」

「好きなようにさせてあげましょうよ」ダーニは答えた。ジョンの母親に対しては喜んで寛大になるつもりだったのだ。「それくらい当然だと思わない?」

ジョンはにっこりした。「きみの言うとおりだね。では、母に報告しようか?」立ち上がって片手を差し出した。

「今?」急にいろいろなことが起こったので、頭がくらくらする。ダーニはジョンの助けを借り、手をつけていない昼食を拾い上げた。

「反対なのか?」

「いえ……そういうわけじゃないの。これからすることが山ほどあるでしょう。両親と妹に電話をかけて報告しなければならないわ。デーリアは飛行機でこっちに来なければならないでしょうし……ああ、あなたはわたしの両親に会ってもいないのよ。こんなにすぐにわたしたちが結婚すると言ったら、二人はどう思うかしら?」

「そうだな」ジョンはダーニのウエストに腕を回した。「ぼくたちが熱烈に愛し合っているか、あるいはきみが妊娠していると思うだろうね」

ダーニは吹き出し、指先で口を覆った。「わたしを正直な女に変えてくれたから、父はあなたに感謝するんじゃないかしら」

「きみのお母さんは?」

「わたしたちを質問攻めにするでしょうね。こんなふうに結婚を急ぐなんて、わたしたちは自分たちがしていることをちゃんとわかっているのかどうか、確かめようとするんじゃないかしら」

「ぼくたちはわかっているのかな？」ジョンはきいた。

「わかっていないかもしれないわね」ダーニは答えながら、もうジョンの気が変わったのかと考えた。そして、彼の顔を隅から隅まで見て、どこかに本心が表れていないか探した。彼はめったに衝動的に行動しない人間なのだ。

「いや、ダーニ」ジョンは彼女のこめかみにキスした。「ぼくの気持ちは変わっていないよ。これからも変わらないだろう。さあ、店に帰ろう。きみにプレゼントがあるんだ」

「プレゼント？」ダーニにはさっぱり見当がつかなかった。

ジョンがダーニの手を取ると、二人は交通量の多い交差点を小走りで渡り、〈オズボーン・アンティーク〉に戻った。二人が店に入ったとき、メイミーは接客の最中だった。だが、急に話をやめて客に何か言ったあと、ジョンとダーニのほうを見た。

「それで？」メイミーは期待に目を輝かせながらきいた。

「ぼくとダーニは結婚するよ」ジョンが告げた。

メイミーは両手を組んで天を見上げた。「ああ、神さま、ありがとうございます！」

「それも来週だよ、母さん」

「来週ですって？」メイミーは椅子を引き、倒れ込むようにして腰を下ろした。「この人たちはひと晩で何もかも片づけなければいけないと思っているのね。こんなことは信じられないわ。結婚式の準備には何が必要なのか、二人ともわかっているの？」

「いや」ジョンは言い、ダーニにほほ笑みかけた。「ぼくとダーニはぶっつけ本番でいくしかなさそうだ」

「お花と音楽の準備はわたしがするわ」メイミーはうきうきしながら言った。「バーサ・ジョンソンがすばらしいケーキを作るのだけれど、あなたたちが取りに行かなければならないわね」

「ぼくとダーニで片づけるよ、母さん」ジョンは約束した。

「ええ、そうでしょうとも」

メイミーが誰に向かって話しているのかダーニにはよくわからなかったが、そんなことはどうでもよかった。ジョンは机のほうへ歩いていって鍵を取り出した。そして数週間前に見せた物置にダーニを連れていった。最近そこに鍵がかかっていたことにダーニは気づかなかった。

ジョンは錠をはずしてドアを開けた。それから体を曲げて小さな部屋に入ると、明かりをつけた。「きみに贈りたいものはこれなんだよ」ダーニに背中を向けたまま言った。ジョンが振り返ったとき、ダーニは彼が何を大事そうに抱えているのかわかった。

それは、彼女のお気に入りの揺りかごだった。

ふいに涙が込み上げてきたので、ダーニは懸命にこらえようとした。「たしかそれは売ったはずでは……」

「必ずしもそうじゃない。ぼくは、いい家に行くだろうと言ったんだ。言わなかったのは、それがぼくたちの家であってほしいと願っているということだ。ぼくたちの関係がどうなろうと、この揺りかごはきみが持っていてほしい」

「受けとれないわ」そう言ったあと、ダーニは少し間を置いてからつけ加えた。「あなたを抜きにしては」物置のドアを閉めてから、全身全霊で愛している男性に近寄った。

ジョンは揺りかごを脇に置き、ダーニの体に腕を回した。「ぼくはもうきみのものだよ、ダーニ。ずいぶん前からそうだった」そう言ったあと、彼がゆっくりと熱烈なキスをすると、彼女の膝から力が抜けた。

「わたしたち、常軌を逸しているわ」ダーニはささやいた。

「すばらしい形でね」ジョンが言うと、ダーニもまったく同感だった。

風の中の誓い

ヘザー・グレアム
瀧川紫乃 訳

おもな登場人物

ケイト――――――――――――――伯爵令嬢
シャドー―――――――――――――ヘフィントンの森の盗賊
ヨシュア―――――――――――――シャドーの一味
ベス――――――――――――――――シャドーの一味
グレゴリー伯爵―――――――――――ケイトの養父
フィリップ・ルソー―――――――――ケイトの婚約者。マニング公爵
ピエール・ルソー――――――――――フィリップの父

1

舞台は英国ロンドンのはるか北方
時は獅子《しし》心王リチャード一世の治世――王不在の間の物語

「止まれ!」世にも恐ろしげな叫び声がした。

マニング公爵の一行はとっさに立ち止まった。鎧兜《よろいかぶと》に身を固めた四人の護衛たちは、いまの命令がどこから聞こえてきたのかを見定めようと、狭い道にさしかかっていた馬の上で剣を抜いたまま、落ち着かないそぶりを見せた。

当時の森には、無法者がはびこっていた。

はじめのうちは、なにも見えなかった。このあたりは森の中でも、もっとも木が密に生えており、一行が進んでいるのは護衛なしでは誰も足を踏み入れる気にはなれないような道だった。だが、マニング公爵は生意気な男で、森に住む無法者たちをあしざまに言った。彼らをののしり、自分ならば片手を縛って後ろに回したままで乱暴な農民数人くらいはやっつけてみせると豪語したものだ。

それにもかかわらず、公爵はもうじき彼の花嫁になる女性を乗せた荷馬車とともに森に入ることはなかった。馬上試合の名人であり、戦争経験もあって腕のほうは折り紙付きのつわものたち――ウェイロン卿《きょう》、ヒュー・ド・フリーズ、ジェノベーゼ・セント・モンマルト、まだ若いアラン・ド・ラックら四人の優秀な護衛たちに自分の婚約者と彼女の持ち物を乗せた馬車を託したのだ。目下彼らにとって問題なのは、自分たちの戦う相手がどこにも見あたらないことだった。

「護衛たち！ さあ、馬車をここに残して主《あるじ》のところへ戻るがいい。そうすれば、危害を加えるようなことはしない」

「馬車をおいていけだと？」護衛の中ではもっとも年配で、鉄灰色の髪と、その髪にふさわしい気性の持ち主であるウェイロン卿は激怒し、かたくなな声で繰り返した。「なんと、ふざけた命令だ！ 姿を見せろ、この悪党め。早く出てこい。さもなければ、その口を閉じて、われわれを通せ。馬車をおいていけなどと、よくも言えたものだ！ しゃべる木に命令されただけで、わがレディ・ケイトを乗せた馬車をおいていけると思うか？」

このとき、一行を待ち伏せていた男は彼らの前に姿を見せようと決めたらしく、低い木の枝から飛びおりてきた。上背があって筋骨たくましいが、驚くほど身のこなしが軽い。地面におり立った男の体格は護衛たちにひけをとらなかった。男はつま先から頭のてっぺんまで――ズボンにブーツ、上衣から仮面にいたるまで黒装束だった。防御のため身につけているものといえば、上衣を覆っている軽そうな鎖帷子《かたびら》だけだ。それもやはり黒塗りだった。頭には黒い布を巻きつけて髪を隠し、てっぺんで結んである。目と鼻を隠している仮面が頭に巻いた布と一体になって、男の顔はまったくうかがいしれない。

彼は馬にまたがった護衛たちに素早く一礼した。「おしゃべりな木などではない。馬に乗って立ち去れ――命を粗末にしないようにと警告しているだけだ」

「ただのほら吹きが、なにをたわけたことを！」若く向こう見ずなジェノベーゼがすぐに言い返した。「マニング城へ向かう道中、おまえの頭部を荷馬車の飾り物にでもしてやろう！」

「では、やってみるがいい」黒装束の男が挑発した。

ジェノベーゼは素早く重い軍馬の向きを変え、剣を振り回して道に立っている男を襲撃しようとした。馬の勢いを味方に、男に接近しながらジェノベーゼは威勢よく剣を水平にかまえた。だが、地面に立っている男は素早くこうした状況を頭に入れ、自分に向かってくる剣先をよけただけでなく、相手が馬上にいられなくなるように剣を振るった。

鋼鉄と金属の剣同士が激しくぶつかり合い、ジェノベーゼは馬上から地面に落ちた。起きあがろうとした彼の頭上に黒装束の男が剣の平らな面を振りおろしたので、彼は再び倒れてしまった。今度はそのまま動かなくなった。

「命を奪わないようにするのも骨が折れるものだ」黒装束の男は、こともなげに言った。「こうするのは、この気の毒な男は王が国を離れている間に人のものを横取りしようとしているあさましい公爵の雇い人にすぎないからだ。マニング公爵は若い王子の機嫌とりをしている。一時間もしないうちにこの男は意識が戻るはずだが、ひどい頭痛に悩まされるだろう」

「頭痛か。なるほど！」激怒したウェイロン卿が叫んだ。ジェノベーゼはフィレンツェ出身で、武道の達人ということになっていた。「彼が目を覚ましたときに、柱の上にのったそのならず者の生首が目に入るようにしてやろう。そうすれば、頭痛も治まるだろうて！」

激怒したことがウェイロン卿の墓穴を掘った。黒ずくめの男に急いで接近しすぎた彼は簡単に落馬してしまった。敵は自分に向かってくる重圧に対抗しないようにするすべを心得ており、筋肉や力などあてにしないで、素早く軽い身のこなしを信頼していたからだ。ウェイロン卿は馬から転げ落ちた。

そして、彼もまた頭に一撃を受けた。

あたりが静かになった。

ヒュー・ド・フリーズはアラン・ド・ラックのほうを向いた。「この森の怪物に一対一で挑むのは狂気の沙汰《さた》だ」

「まさに狂気の沙汰だ！　賢明だな！」なぞの森の無法者は、どこかほっとしたように楽しげな調子で叫んだ。「ひょっとすると、四人がかりならば、わたしを捕まえられたかもしれない。だがいまや、そちらはふたりだけだ。これは、馬上槍《やり》試合ではない。たったひとりで勝利を手にするところを人に見せる必要はない。だから、ふたりがかりでもわたしを捕まえてみるがいい。さもなくば、馬からおりて、ここを立ち去れ。馬車は、わたしがいただいておく」

「男たるもの、おまえのようなならず者に乙女を引き渡すようなまねができるはずがないではないか」ヒューが答えた。

「女性に危害を加えるようなことはしない。彼女の持参金がどれほどのものかを調べてみれば、婚約者に対する公爵の愛の深さがわかるというものだ。なにより大切な乙女の身代金としては、当然ながら金貨を要求するつもりでいる。そうなれば、その資産価値以上に乙女を愛していることになる男性のもとに彼女をお返ししよう」

アラン・ド・ラックは悲しそうに頭を振った。「教養のある話し方をする男だ。そなたなら、こんな森に住んで、あさましい生活を送らなくてもすむだけのものを相続できるだろうに！　捕らえられれば、無法者は縛り首だぞ」

「法を守っていても、同じことだ！」なぞの男は声をたてて笑った。「ジョン王子はわれわれを見殺しにするつもりでいる。あなたにはそれがまだわからないだけのことだ」

「ここで王子の悪口を言っているくらいなら、王とともに聖地で戦えばよかったものを！裕福な者を狙《ねら》っているのなら、れっきとしたキリスト教徒の君主を餌食《えじき》にするより、異教徒の財宝でも強奪したらどうだ！」アランが言った。

「やはりな！　問題はそこだ。れっきとしたキリスト教徒の君主というのは誰のことだ？」ならず者は穏やかに尋ねた。「思い出すがいい。わがキリスト教徒の君主リチャード王はオーストリアの城に囚《とら》われて衰弱し、解放を待っておられる身の上だ。王の解放に必要な身代金を集めるのに、ジョン王子は時間がかかりすぎていると思わないか？　あ、もちろん簡単にわたしの意見に同調してもらえるとは思ってもいないが。そろそろ日が沈む。さあ、わたしに手向かえるものなら、やってみろ。その気がないなら、ここを立ち去るがいい！」

当然、女性ひとりをおき去りにするわけにもいかず、護衛たちは再び顔を見合わせると馬を駆り立てて敵におそいかかった。地面を激しく蹴《け》りながら立っている男を両側からはさむようにして、同時に彼に攻撃を仕掛けるのはよい思いつきに見えた。そうすれば、彼らの両方を落馬させるのは無理だろう。

ところが、男はそれをやってのけた。馬が近づくと彼はとてつもない力で剣を振るい、まずヒューに、続いて若いアランに打撃を与え、ふたりとも地面に転げ落ちてしまった。意識が朦朧《もうろう》としながらも起きあがろうとしたヒューがうめいた。骨折した右腕に体重をかけようとして大声をあげている。自分の骨折に気づいたアランから苦痛の声がもれた。落馬しても泣き言は言うまいと決心してぐっと顎を噛《か》みしめたため、彼のうめき声は消えた。

アランは叫んだ。「この悪党め！　おまえの勝ちだ！　彼女の貴重品箱から金品を持っていくがいい。だが、レディには手をつけないでくれ。おまえは教養のある人間らしいから、神の愛にかけて――」

「脚は気の毒なことをしたが、骨折ではなくて脱臼《だっきゅう》だろう。痛みはあるだろうが、向こうの気の毒な相棒よりはずっと被害は少ない」アランのわきに膝をつきながら、ならず者は言った。「だから、立ち去れと言っただろう？　ヨシュア！」男が出し抜けに声をあげると、ジェリコの壁のような大男が枝から飛びおりてきて、男のわきに立った。「はずれた関節を戻すために、この人の脚を引っ張ってくれないか？」

がっちりした両方の手でアランの脚をつかみながら、ヨシュアはぶつくさ言った。勇敢なはずのアランが天をも引き裂くような悲鳴をあげた。

そのあとすぐ彼は意識を失った。

「人殺し！」ヒューが叫んだ。

「とんでもない」ならず者は答えた。「ヨシュア、今度は彼らを馬に乗せて、森から出られるよう案内してくれ」

「はい、仰せのとおりに」ヨシュアは慎重に答えた。

重装備に加えて鎖帷子や兜、盾などの重さがあるはずなのに、ヨシュアは落馬している大きな騎士たちを無頓着《むとんちゃく》に鳥の羽根でも持ちあげるように軽々と馬に乗せた。ヒューは手助けなしで起きあがったものの、怪我《けが》を負っている腕をかばいながら馬に乗ろうとして、うめき声をあげた。

「手を貸そう――」ヨシュアが声をかけたが、ヒューは彼の手を借りようとはしなかった。

「また来るからな！」ヒューは猛烈に怒って叫んだ。「味方を大勢連れて戻ってくるぞ。盗みの償いをさせてやる。おまえの傲慢《ごうまん》さと厚かましさにもお返ししてやるからな」

「そういうことなら、また会ってやってもいい。さあ、この人を森の外まで案内してやれ」男はヨシュアに命じた。「わたしは馬車を見てくるとしよう。もちろん、女性のようすも」

森の害虫どもは根こそぎ縛り首になるか、それ以上の目に遭うことになるぞと、ヒューはまだわめき散らしている。

誰の所有地でもないロンドンのはるか北方の深い森を通るのは危険だといううわさが立つにつれ、ヘフィントンの森の悪党と呼ばれるようになっているその男は、最近マニング公爵の所有物になったばかりの見事な金ぴかの馬車に目をやった。その中にあるものに好奇心を抱きながら、彼は一歩馬車に近づいた。マニング公爵の結婚相手なら、裕福でそれなりの財産はあるものの、蛇のようなもじゃもじゃ頭の怪物だろう。年増《としま》の醜女《しこめ》か、おびえている若い女性かは知らないが、ともかく彼は、じきに公爵の花嫁になる女性を見ずにはいられなかった。

森の住人たちの声は耳に入っていた。覚悟ができていたので、彼らを恐れる必要などないとケイトは思うことにした。それに、経験豊かな四人の騎士たちが彼女を守ってくれるはずだった。無法者たちが彼らに太刀打ちできるはずがない。

だから、彼女は安心しきっていた。

アランの悲鳴が聞こえてくるまでは……。

ああ、神よ！　あの哀れな騎士はなにをされたのかしら？　どんな苦痛を味わわされたのだろう？

走って逃げるのよ！　ケイトは自分に言い聞かせた。道の左手に向かって馬車の扉をさっと開けて逃げ出せばいい。北方のああいう連中は異教徒と同じくらい粗暴なのかもしれない。彼らはもっと北のほうからやってきたという話を聞いたことがある。もともとはスコットランド高地を放浪していた蛮族の子孫で、その獰猛《どうもう》な戦いぶりや残忍さには、あのローマ人でさえ及ばないらしい。悪党で野獣みたいで、地獄からやってきた悪魔の子孫たち。

でも、だからといって……。

逃げるわけにはいかない。馬車をおいていくわけにはいかないわ。ここまで来るために長い間大変な苦労をしてきたのですもの。異教徒たちのつまらない泥棒騒ぎよりはるかに大切なことがある。だから、わたしはこの馬車をならず者や異教徒たちに渡す気はないわ。これから、審判が下されるのだ。もう少しでそれに手が届くというところまで来ているというのに。

再びアランの悲鳴が聞こえてきた。

ケイトはぶるぶると体を震わせた。

男たちに味わわされた恐怖の体験。死さえもやさしい恩恵に思えるほどの激しい痛みと苦しみ。でも、いまは逃げ出して、いつか闘うために生き延びるべきではないのかしら？

逃げるといっても、どこへ逃げればいいの？

あの無法者たちが住みつき、仕事に精を出して、あさましい戦利品を積みあげているこの森に逃げ込めというの？　逃げ場所なんて、どこにもないわ……。

こうなったら、ひたすら待つだけ。

ケイトはドレスの裾《すそ》の内側にあるポケットに手を入れ、グレゴリー伯爵から最後に贈られた短剣に触れた。銀の柄《つか》の部分に真珠が埋め込まれ、家紋が浮き彫りになっているものだ。馬車の扉がぱっと開いた瞬間、彼女は身構えるつもりでいた。

ところが、まだ準備ができていなかった。

道を駆けてくる馬の蹄《ひづめ》の音がほとんど聞こえないうちに、驚くような速さで馬車の扉がねじ開けられたからだ。

そこに男が立っていた。一瞬ケイトの目に入ったのは影だけだった。不意に明るくなった視界をさえぎるように長身の黒い人影がぬっと立っている。地獄からよみがえったばかりの悪魔、死に神そのもののような黒ずくめの姿が昼間の明るさを暗黒に塗りつぶしている。ケイトの喉にわけのわからない恐怖が冷たい指のようにまとわりついた。だが次の瞬間、この男は悪魔などではなく、つま先から鎧まで黒装束で覆われた、背が高く肩幅のある鍛え抜かれた体の持ち主にすぎないのだと腹立たしげに自分に言い聞かせた。

ただの男よ。それ以上でもなければ、それ以下でもないわ。

でも、自分の意思に関係なく彼女はもう一度体を震わせた。ケイトの心臓は激しく打っていた。男の顔は陰になっていて見えない。仮面の穴から目だけがのぞいている。薄い金褐色の瞳が燃えていた。悪魔のような獰猛な瞳だ。決しておまえを逃しはしないとでも言うような、なぜかケイトをどきりとさせる瞳だった。

ただの男じゃないの！　彼女は心の中で叫んだ。

ケイトは覚悟を決めて、真珠を埋め込んだ短剣の柄を握りしめた。

2

なにかを期待していたわけではない。だが思いがけずそこで彼を待ち受けていたのは、激しい怒りに険しい表情を浮かべた美しい顔だった。男なら誰でも一瞬沈黙するか、呼吸すら忘れそうになるほどの美貌《びぼう》の持ち主だ。昔話にでも登場しそうな美女だった。髪飾りは柔らかな青い布に薄いレースを重ねたものがついた銀の輪だけ。髪は金糸のように美しく繊細な明るいブロンドで、太陽と月とを混ぜ合わせたような色合いをしている。完璧《かんぺき》に近い見事な体の曲線をぴったりと包み込んでいるドレスの高貴な青と同じくらい、その瞳は青かった。透き通るような象牙《ぞうげ》色の肌に発達した骨格。気品があり、光り輝くような女性だった。こんな女性が、マニング公爵みたいな人間の皮をかぶったあさましい男の花嫁になるのだと思うと、男は腹の底から吐き気がこみあげてきた。だが、彼の目的は他人の人生を台無しにすることではなくて、リチャード王をオーストリアから帰還させるために必要な身代金を集めることだった。

「レディ」男はできるかぎり礼儀正しく、丁寧に話しかけた。だが、あなたは安全だということを彼女に納得させる前に、女性は怒ったような悲鳴をあげ、馬車から飛び出してきて彼に体当たりした。

それは驚くほど素早い行動だった。彼の想像を超えた、身構える余裕もないほどの早業だ。実際、彼女は飛び道具のように男に向かって突進してきた。まるで物陰から発射された矢のようだ。ものすごい勢いで激しく衝突したため、男もろとも地面に倒れ込んでしまった。

女性が手にしている短剣を目にした瞬間、彼は残っていたわずかな力で彼女の手首をつかみ、彼の喉に一撃を加えようとしていた剣先をかわした。かろうじて！　笑い声が聞こえてきた。護衛たちを送り届けるという任務から戻ってきたヨシュアが面白そうにふたりの争いを見守っている。びっくりするほど敏捷《びんしょう》かつ毅然《きぜん》として彼の動きを止めようとする相手ともみ合いながら、男は歯を食いしばって乱暴な相手から短剣を取りあげようとした。この争いを眺めながら彼の手下たちが次々と木からおりてきて、笑い声はさらに大きくなった。

この優雅な女性は、なににとりつかれたのだろう？　男は彼女に危害を加える気もなかったし、紳士的にふるまうつもりでいたのだが……。

やがて手下の笑い声が災難を招くことになった。

彼にも、面子《メンツ》というものがある。

男は彼女が悲鳴をあげて武器を手放すまで、華奢《きやしゃ》な腰に回した指に力をこめた。地面に落ちた短剣に手を伸ばそうとする彼女に、当初示すつもりだったやさしさから程遠い荒々しさで馬乗りになり、彼女を自分の体の下で押し倒そうとした。だが、それは失敗だった。腕の自由を奪うのを忘れたからだ。すぐに彼女の腕がおそってきた。鉤爪《かぎづめ》にした握りこぶしに顎をつかまれ、彼はあやうく仮面をはぎとられそうになった。

思わず言葉を失ったが、それでも悪態をつきながら男は下でもがいている女性と争い、ようやくその手首をつかむことに成功した。

「レディ、気は確かか？　手向かうのをやめるなら、危害は加えない」

「あなたは厳しい罰を受けるに決まっているわ、このならず者！　森に住むあさましい蛇、盗人《ぬすっと》、悪党、背教者――」

「レディ」

「あなたの行く先は深い地下牢《ろう》に決まっているわ！　体から内臓を切りとられ、絞め殺されてから引きずり出され、八つ裂きにされて絞首刑に――」

「一度絞め殺されたのなら、絞首刑になったところであまり気にはならないと思うが」男はうんざりしながらも、なぜか面白がっているような口調で答えた。女性はまだ、ふつふつと燃える大釜《おおがま》のように腹を立てている。隙《すき》あらば、いまにも吹きこぼれて男につかみかからんばかりだ。

「それでは、女性を温かくもてなしているとは言えませんよ」ヨシュアが叫んだ。「あなたがやさしくしてあげていれば――」

「やさしくしたさ！」彼は不満そうに鼻を鳴らした。

ヨシュアが言った。「手をお貸ししましょうか、シャドーさま？　か弱い乙女でも手ごわい敵になることがありますからね！」

手下たちは、また高笑いした。

「それはもう経験ずみだ！」シャドーことヘフィントンの森の悪党が叫んだ。彼は女性を引きずるようにして跳ね起きた。そして、彼女の鼻先で非難するように指を振った。「お行儀よくしていただきたいものだな、あなたには……」

でも、彼女は男の言うことなど聞こうとはしなかった。今度は鞘《さや》におさまっていた彼の剣をつかんだ。優雅な身のこなしで後ろにさがると、その武器の使い方を知ってでもいるかのように、剣先をあげて再び戦闘態勢に入った。当然ながら、男のほうは急に丸腰になってしまった。

「わたしがこの手で串刺《くしざ》しにしてみせるわ！」彼女は言い放った。

驚いたことに、それでもまだ彼女には気品が感じられた。月の光のような金髪がいまは乱れて背中に流れ落ち、あの水晶のように澄んだ青い瞳が報復に燃えている。向かってきた彼女が勢いよく剣を振ったので、彼は間一髪で頭をかがめ、自分の首をはねようとする剣先をかわした。

「なんということだ！」仰天した男は叫びながら飛ぶようにして倒れ込み、女性のかかとをつかんで、またしても地面に引き倒した。彼女はバランスを取り戻して、もう一度剣を振りあげようとしたが、幸いなことにとうとう剣の重さに屈した。彼女の手の届かない場所へ剣を蹴《け》りながら、男は立ちあがった。女性に手を伸ばすと、再び彼をたたこうとする。堪忍袋の緒が切れた男は悪態をついて彼女に手を伸ばし、礼儀もそっちのけで、ぐいと引っ張って相手を立たせ、肩の上にかつぎあげた。

「本当に手助けはいりませんか？」笑いながらヨシュアが叫んだ。

「大きなお世話だ」

「ということは、その、シャドーさまがわれわれの客人を小屋までご案内するということですか？」ヨシュアが尋ねたが、まだ愉快でたまらないという声だ。

「そうだ！」小屋まで、わたしが連れていくとも！　森の中の小道と彼らの隠れ家の間をそれとなくさえぎるために、彼が手下たちと一緒になって集めてきた枝や深い森を利用して上手に隠している小屋がいくつかある。だが、このレディを連れ帰り、木造の暖かい小屋のひとつを与えても大丈夫だろうかと信じがたいほどの不安がつのってきた。とりあえず、彼女をみなから遠ざけておく必要がある。せめて、彼女が仲間を殺したり、大きな危害を加えたりしないように。とどのつまり、怪我《けが》を負ったならず者は、みなの迷惑になるだけなのだから。

「止まりなさい！」彼女は命令した。まだ自分の負けを認めようともせず、彼をたたきながら男の肩の上で体を起こそうとした。「いますぐ、わたしを自由にして。わたしの所持品を返しなさい――」

「どんな所持品かな、レディ？」

「馬車のことです！」

急ぎ足で木立を抜け、自分の馬のいる場所へ向かいながら男は声をあげて笑い始めた。

「レディ、馬車を所有することになるのがわたしなのか、これからあなたの夫になる男なのかはわからないが、あなたの持ち物など、なにひとつ残りはしないだろう」

彼はわざとのんびりした足取りで歩いていったが、不意打ちを食らわせるように早足になったので、女性の体が彼の肩にぶつかった。

彼女は悪態をつき、なんとか体のバランスを取り戻した。

「あなたは思い違いをしているわ！　マニング公爵は高貴で、寛大な方なのに――」

「残念ながら、思い違いをしているのはあなたのほうだ。公爵は退屈で卑怯《ひきょう》で、自分勝手な男だ。だが、あわてて彼の弁護をするところをみると、ああいう男があなたの好みらしい。あなたが公爵のもとに返されたあかつきには、あの城にあるもの同様に、あなたもまた完全にあの男の所有物になるというわけだ。それは請け合ってもいい」

だ。

「よくもそんな——」

「わたしは、なにも言うつもりはない。真実をありのままに述べているだけだ。だが、心配ご無用。あなたが高貴で寛大な公爵のもとに帰れるようにしよう。彼がそれほど寛大な人物なら、馬車の中のものが再びあなたの所有物になるよう買い戻してくれるだろう」

「こんな森の中でわたしを人質にしておくなんて、無理に決まっています！」女性は叫んだ。

「ところが、それができるというわけだ！」

彼女はまたしても両手で男の背中をたたいた。「わたしをおろして。おろしてと言っているのに……」

男は彼女の言うとおりにした。彼の持ち馬にして唯一の宝物でもある見事な黒い牡馬《ぼば》ウィンドライダーの待つ場所に着いたからだ。だが実際、彼はウィンドライダーを自分の所有物とは考えていなかった。馬はマイペースで、周囲の空気のように自由だった。森にいる者は誰ひとりとしてウィンドライダーを乗りこなせない。それでも、シャドーに名前を呼ばれると馬は彼のそばにやってくる。双方の合意とでもいうような驚くべき絆《きずな》によって、馬は敬意をもってシャドーに仕えていた。

シャドーはまだじたばたしている女性を馬の背にどさりとおろした。自分も馬に乗ろうと彼が後ろにさがったわずかの隙をついて、彼女は手綱を取ることに成功した。「どう！」

ウィンドライダーの肋骨《ろっこつ》をかかとで蹴りながら、彼女は馬に命令した。

シャドーの戦友である馬は鼻を鳴らしただけで、後ろ足で立ち、いつまでも闘いをやめないレディ・ケイトがほこりだらけの森の地面に落ちるまで、踊るように体を揺すりつづけた。

落馬のせいで彼女の繊細な骨が折れていないことを祈りながら、シャドーは思わず彼女に手を触れた。だが、彼女が外見ほどには繊細でないことを知っておくべきだった。彼の手を拒み、ふらふらと立ちあがりながらも悪態をついた彼女は、またしても逃げようとした。男は彼女を捕まえ、馬の背に乗せた。「おとなしくしていろ！」彼は命令口調で言ったが、信用できないので女性の後ろに飛び乗る間も彼女をつかまえていた。

「ろくでなし！」ケイトは男をなじった。

「あなたは愚か者だ。これほどの馬に振り落とされれば、死ぬことだってあるのに」

「それは、この馬があなたに似ているからだわ。力さえあれば、自分の欲しいものは手に入ると思っているのよ。暴力が通用しなくなれば、論理と知性が勝利をおさめることがわかっていないんだわ」

「たしかに、あなたの言うとおりだ！　自分の倍も身長がある男を二度も突き刺そうとしたあとで、論理や知性について説教をするとは！」

「うぬぼれでふくらんだあなたの頭から空気を抜いてあげるつもりだったのよ！　あなた

のような極悪非道の背教者たちは、この森をわがもののように考えているのでしょうけど――」

「われわれは、それほど極悪非道なことをしただろうか？　あなたがもっと分別ある行動をとっていれば、こんなことにならなかった。ちがうか？」男はしゃがれた声で言った。

彼は身をかがめてケイトの耳元に口を寄せた。「考えてみてくれ。わざわざ、わたしを怒らせることはないだろう。あなたがおとなしく穏やかでいれば、日光浴や森林浴をさせてあげられたし、あと一日くらいで自由の身にしてあげることもできたんだ。だが、こちらは極悪非道な人間のようだし、そちらは手に負えない女性のようだから、まあ、せいぜい利用させてもらうしかないだろうな」

「利用するって……このわたしを？」ケイトは背筋を伸ばした。

「そのとおり！　ここは原生林で、かつてはドルイド教の祭司たちが生け贄《いにえ》を求め、うろついていた場所だ。とりわけ柔らかで無垢《むく》な肉体をさらす乙女たちを求めて」

ケイトは男の肋骨に肘鉄を食らわせた。幸いなことに黒塗りの鎖帷子《かたびら》のおかげで彼は被害を免れた。彼の肋骨より彼女の肘のほうが痛かったに違いない。

「おどかさないで！」

「もう、おじけづいているじゃないか」

「いいえ、そんなことはないわ」

「とすれば、あなたはうそつきでもあるわけだ」

　ケイトは彼の言葉など意にも介さないようだった。急に甘えた声になった彼女は瞳を宝石のように輝かせ、体をねじって仮面に覆われた男の顔を探るように見た。

「もちろん、宿では……わたしを自由にしてくれるのでしょうね？」

「雑木林の中では、という意味で言っているのか？　茂った葉がやさしげに陰をつくり、野生の花が咲き、すがすがしい空気が立ちこめている林の中では、ということか？」

「そう、雑木林の中では」

「あそこは、すばらしい場所だ」

「そうなの？　早く見たいわ！」

「そういうことなら、素早く見たほうがいい。人質用の小屋で縛りあげられる前に」

　ケイトの瞳の輝きがたちまち怒りにとって代わった。「油で、あなたを釜ゆでにしてやるわ！」彼が一撃を食らったように感じるほどに、彼女は報復の意をこめて彼の肋骨をたたいた。「悪に染まったあなたの心臓を引き裂いて――」

「おお痛い！　見るからにやさしげな乙女の口から、なんと恐ろしい言葉が飛び出してくることか！」

「お黙りなさい！　ねえ、ほら！　しっかり前を見て。さもないと、ふたりとも頭が抜け落ちてしまうわ」ウィンドライダーの首に頭を伏せながら、彼女は叫んだ。

彼らの周囲に柔らかい枝が落ちかかってきた。ウィンドライダーは的確にふたりを人目につかない道へと運んでいく。彼らは長く垂れさがった柔らかな枝が立ち並ぶ道を進んでいった。

やがて、無法者たちがわが家と呼ぶ雑木林に着いた。さっき男の言ったことは本当だった。葉の茂った木々の根元に野生の花が咲いている。柔らかな巻き毛のように木々の周囲を縫って、小川が奥へとつづいていた。甘い花の香り、清らかな水や日差しのおかげで森は新鮮な空気を保っていた。ここまで来ても、小さな雑木林の向こうの木こり小屋はほとんど見えない。枝や低木の茂みで周囲は巧みに覆い隠されていた。

男が素早く馬からおりると、ふたりの男とふっくらした中年の女性が葉陰から現れた。

「うまくいきましたか？」背の高い男が尋ねた。

「まあ、予定どおりだ」

顔立ちが整っていて細面で髪が白くなりかけている長身の男は気むずかしい顔をした。

「なにか厄介なことでも？　誰か、怪我でもしたのですか？」

シャドーは手を伸ばして人質の腰に両腕を回した。馬からおろされる前に彼女が蹴り出した足が男の胸にあたった。ケイトは、またしても逃げる準備をしていたが、今度はシャドーのほうも彼女の考えつくあらゆる策略に対し、身構えていた。彼女が繰り出す腕や足蹴りの被害を受けないように、手の届く範囲で彼女の体の向きを変えてしまった。

「味方は誰も怪我はしていない」そう言ってから、彼は人質を押さえているせいで切れる息を補おうと大きく息を吸った。「レディ・ケイトがわれわれと一緒に来ることに気乗りがしないだけで！」

「レディ・ケイト！」中年女性は、はっとした。「まあ、グレゴリー伯爵のお嬢さまは、なんと美しく成長なさったことでしょう！　そんなあなたが思いあがった気取り屋のマニング公爵と婚約なさっているなんて！」

「そのうえ、あさましい盗賊の一味に捕まって、こんな場所に連れてこられるとは！」ケイトは怒りをこめてみなに毒づいた。だが、すぐにそれをやめて女性を見つめた。「あなたは、父を……グレゴリー伯爵を知っていたのですか？」

「もう昔のことですわ。あなたがまだお小さいころ、お会いしたことがあります。伯爵はすばらしい方でした」

「まあ！　それがいまや、その娘から金品を巻きあげる悪漢の仲間入りというわけなのね」ケイトははねつけるように言った。まだ必死でシャドーに抵抗していて、彼のほうもお返しになんとか彼女を捕まえておこうとしている。

「われわれが金品をいただこうとしているのはマニング公爵であって、あなたの父上ではない」シャドーはこともなげに言った。

ケイトは男の言葉を無視したが、彼のほうに足を蹴り出すことは忘れなかった。彼女は中年女性をにらんだ。「グレゴリー伯爵を知っているあなたは、どなたなのかしら？」

「名乗るほどの者ではありません。娘のころから人に仕えている者です。わたしは、この森で生まれました。このあたりで広い土地を支配していると思いあがっている者たちの病気を治したり、奥方たちの赤ん坊を取りあげたりしています。あなたに会えて、お世話ができるなんて光栄ですわ」

「ベス、こんな雌ぎつねの世話をする必要は――」言いかけたシャドーは、むこうずねをケイトに乱暴に蹴られて悪態をついた。

「わたしを開放してくれればいいじゃない！」彼女は耳障りな声でシャドーに訴えた。

「望むところだ！」

彼が手を放すと、ケイトは目の前の地面にへなへなと手足をついた。

「ガーウェイン」シャドーは髪が白くなりかけた顔立ちの整った男に呼びかけた。「それから、おまえもだ、トーマス！」背が低く、ふさふさした褐色の縮れ毛の男にも声をかけた。「それから、ベス。おまえたちに彼女をまかせる。わたしはこの二日ほとんど睡眠をとっていないから、ひと眠りすることにする！」きびすを返して、シャドーはさっさと藪《やぶ》のほうへ歩いていった。

「さあ、こちらへいらっしゃい。お気の毒に！」ベスの声が聞こえてきた。

「行くものですか！」ケイトは言い放った。

「まあまあ、お嬢さん……」ガーウェインは人質を丁重に扱おうと試みたに違いない。

突然低い男性の悲鳴が聞こえてきて、シャドーはにんまりした。

ガーウェインにも人質の本当の姿がわかったのだろう。

「おお、このレディは危険だぞ！」トーマスが叫んだ。

シャドーはひそかに笑った。三人とも気づいたようだ。だから、彼女を逃がすようなことは、まずないだろう。

3

「彼女がいなくなりました」

「いなくなっただと？」信じられないというようにシャドーは問い返した。

「いないんです！」両手を握りしめながら、ベスは繰り返した。「でも、ほんの少し前に温めたワインを持っていったばかりなので、それほど遠くまで逃げられるはずはないのですが」

簡素な木のベッドから飛び起きたシャドーは、眠っていたマットレスからおりてベスの肩をつかんだ。「ほんの少し前だと？」

心配そうにベスはうなずいた。「誓って申しあげますが、ほんの少し前です！　彼女には遠くの避難小屋を割りあてていました。ガーウェインがずっと戸口を見張っていたので、そこから逃げたのではありません。彼もトーマスと一緒になってレディを捜しています」

「靴もはかずに逃げ出したのか？」

「そうです」

「馬を盗もうとするだろうな」シャドーは確信ありげに言った。「早く捜し出したほうがいい！」

「仮面をお忘れなく！」ベスが注意を促した。

「そうだ、仮面だ！」

ベスの頬がほんのり赤らむようなキスを素早く彼女の額にしたあと、彼はゆっくりと黒い仮面をつけ、頭を黒い布で縛ると、てっぺんに結び目をつくった。それから、そっとベスを押しやって彼らの森の共同体の中にある粗末な住まいをあとにした。彼は反抗的な客がとったと思われる行動を想像してみた。窓から逃げ出した彼女は暗がりやそれぞれの小屋が落とす影から離れないように移動しながら、間に合わせの厩《うまや》を探すことだろう。レディが抜け出したばかりの場所へ無言で駆けつけてみると、彼女が脱出に成功した窓が見つかった。シャドーは小屋に沿ってゆっくりと歩き、次の小屋、また次の小屋へと注意深く進んでいった。

やがて、レディの姿が目に入った。

満月の晩だった。森の上にのぼった光り輝く月が森とその中にあるすべてのものに金色の光を投げかけている。ほかのものと同様に枝や低木でカモフラージュされた峡谷にある厩を、彼女は発見していた。入り口が目に入ったのかもしれないし、馬のいななきが聞こえたのかもしれない。意を決したように、彼女は厩めざして静かに緑の中を歩いていた。

シャドーは煌々《こうこう》と月明かりに照らされた雑木林を素早く通り抜けようとした。もう少しで厩というところで、背後に物音となにかの気配を感じた。くるりと向きを変えたので、分厚い毛皮の布ですっぽりと覆われるところを間一髪で免れた。

「捕まえたぞ、お嬢さん！」

シャドーは腕を振りあげて、息苦しい大きな布から逃れようともがいた。

「この雌ぎつねが――」ヨシュアが言いかけた。

「おい、わたしだ！」シャドーが抗議の声をあげた。

「シャドーさま！」大男は叫んだ。「本当に申し訳ありません、ご主人さま！　レディを追いかけていたものですから……」

「それはわたしもだ。だが、体の大きさが違うだろう！」

「月が木で隠れてしまったもので。満月の夜だというのに。見えないはずはなかったのに、不意に目がくらんでしまいました。本当にすみません」

「もういい、ヨシュア。だが、これからは素早く行動しなければならない――」

彼の話が終わらないうちに、まだ木の枝や低木を引きずりながらケイトが出し抜けに厩から出てきた。

「ハイヤ、ハイヤ！」彼女は馬に、かけ声《かげ》をかけた。それは森の中で道に迷っていた、宝石で飾り立てた太った商人から奪った鹿毛《ひんば》の牝馬だった。ケイトが一直線に馬を走らせてきたので、ふたりともわきへ飛びのいた。彼らが転んで地面に顔を突っ込んだときには、すでに彼女の姿は夜の闇《やみ》に消えていた。ほんの少し前まで彼女がそこにいたことを証明するのは遠のいていく蹄《ひづめ》の音だけだ。

「ちくしょう！」跳ね起きながらヨシュアが悪態をついた。

シャドーはすでに立ちあがり、厩に向かって走り出していた。彼はものすごい勢いでウインドライダーの仕切りに飛び込んだ。レディ・ケイトがそうしたように、彼もまた時間を節約するために鞍《くら》をおくのをやめにして馬にまたがり、すぐさま彼女のあとを追った。

「みなを起こせ！」彼はヨシュアに命じた。「境界線の外側を囲むようにしてみなを待機させてから、見張りに立っている者に注意を促せ。彼女を追跡して、境界線よりずっと手前で捕まえてみせる！」

「あの女はずる賢いですからね」ヨシュアは警告した。「ひょっとしたら、あなたの追跡をかわすかもしれませんよ」

「逃がしはしない！」シャドーは怒ったように言った。だが、あのレディは次から次へと面倒を引き起こしてくれる。彼は重ねて言った。「わたしからは逃れられないさ。しかし……」

「しかし？」

「もし、万が一逃げたときに備えて」彼は皮肉っぽく言葉をつづけた。「みなを待機させておくように！」

「承知しました」ヨシュアは答えた。

シャドーはウィンドライダーをそっとつつき、再びレディ・ケイトのあとを追い始めた。

彼女の追跡はさほどむずかしくはなかった。ケイトは森の中を乱暴に走り抜けていったが、それは無謀なことだった。馬が駆け抜けていった地面は荒れていて枝が折れ、低木は曲がっている。それでも、時間がたつにつれ、ケイトがすぐれた馬の乗り手だということがわかった彼は苛立《いらだ》ちを感じ始めた。走る速度を一定に保っているうえ、いまどこにいるかはわからないが、マニング公爵の本拠地である北の方角へ的確に進んでいるようだ。シャドーは彼女がいますぐ境界を突破することを本気で恐れているわけではなかった。彼の率いる無法者の手下は七十八人いる。とはいえ、彼と同じように向こうの社会とこの森を行き来して二重生活を送っている者が多かった。公爵の領地に住む人々が怖がって立ち入らず、鎧《よろい》をつけた護衛たちが危険な目に遭うこともある境界線よりはるか手前、深い森を取り囲む高い木の上で、今夜は二十五人の手下たちが見張りに立っている。

とはいえ……。

第六感がシャドーを引き止めた。「どうどう」やさしくウィンドライダーに声をかけると、彼はむき出しの馬の臀部《でんぶ》から下におりた。地面や木々を丹念に調べ、彼女が引き返したとわかると、ひどくばかにされたような気分になった。ケイトはわざと乱暴に馬を乗り回し、彼を巻こうとしたのだ。

シャドーは自分を呪《のろ》い、まだ間に合うよう祈った。おかしくなったように馬を走らせて彼女に遠回りさせられた道を引き返したが、やがてウィンドライダーの手綱をぐいと引いた。がっしりした馬は静かに、そして踊り手のごとく優雅に葉の間をゆっくりと進んでいく。

ついに、あの美女を見つけたシャドーは残酷な喜びに浸った。彼女は馬からおりて松の生えた道を歩いていた。後ろ向きに木の枝を折りながら馬のほうに引き返してくる。

そっとウィンドライダーの背からおりたシャドーは彼女の後ろに回った。彼女があとずさりするたびに彼も同じようにした。

「さあ、ゆっくりお休みなさい」自分のすぐ後ろにいると思い込んでいる馬にケイトはささやくように呼びかけた。「あなたはいい子ね。あのあさましい森のならず者が乗っている異教徒の地獄の申し子とは違って」そう言って馬の見事な肩を軽くたたくように後ろに手を伸ばした。

彼女の動きが止まった。馬のわき腹というよりは革で覆われた男の腿のようなものに触れたからだ。

ケイトはくるりと体の向きを変えたが、奇しくも頭上の月に照らされ、月光を浴びながらなびく金色の髪がこの世のものとは思えないほどに美しかった。宝石のように青く生き生きしたその瞳にシャドーは魅了され、その瞳に燃える怒りにどきりとした。

「あなたは!」ケイトが叫んだ。

「いかにも」

彼は深々とおじぎをした。

彼女は向きを変えて逃げようとした。

シャドーは彼女の肘をつかんだが、ケイトは腕を折り曲げて彼を打とうとした。相手の被害がもっとも大きそうな場所を狙《ねら》って足蹴《あしげ》りを加えようとして、かわりに膝に命中させた。シャドーがうめき声をあげ、再び逃げようとする彼女から手を放したところ、勢いあまってケイトは地面に尻もちをついてしまった。彼女が起きあがる前にシャドーは彼女におそいかかった。

「ああ、なんてことだ! あなたとは、こんな会話しかできないのだろうか?」彼女の頭のわきに手首を押しつけながら彼は言った。

「そうよ。あなたとなんか話をする必要はないわ!」ケイトは怒った。

「別れの言葉すらもないというわけか?」シャドーはなじるように言った。「あなたが快適に過ごせるように、われわれはできるかぎりのことをしたつもりなのに」

「いま、快適でないことは確かだわ!」

「自業自得だろう。とりあえず、われわれの歓迎を受け入れていれば、それですんだものを」

「野蛮人の盗賊の捕虜になるつもりはないわ！」

「だが、あなたが捕虜なのは間違いない。自由の身になりたいと思いつめるのはやめるよう忠告したほうがいいのかもしれないな。わたしは結婚をひかえているあなたをマニング公爵のもとに返すつもりでいる。だが、女性とこういう姿勢でいるのは、話をするためではなくて、ほかの目的がある場合なんだが」

ケイトはこぶしを振りあげようとしたが、シャドーは素早くその手をつかんだ。

「レディ・ケイト、頼むから、行儀よくしてくれないか？」

「ならず者のあなたが、わたしに行儀よくしろと言うつもり？　あなたは、どうかしているわ！」

「では、はっきり警告することにしよう。あなたに対しては、どんな手段でも用いることにすると！」

「あなたの頭部はマニング城の柱に高々とかかげられることになるでしょうね！」ケイトは恐ろしい予言をした。

「ことによると、そうなるかもしれないな。だが、だからといって、いまあなたが救われるわけではないんだ」ぱっと立ちあがりながら彼は言った。

シャドーはケイトに手を差し伸べたが、案の定、彼女はそれを拒んだ。荒い息をしながら地面に横たわり、彼をにらんでいる。ため息をつくと、シャドーは体を曲げてケイトを引っ張り起こしたが、不意に体力を回復した彼女は起きあがって馬のほうへ行こうとした。

「残念ながら、あなたが客人用の小屋へ戻る気だとは思えない」シャドーが言った。

「憎らしい人」

「失礼！」彼は相変わらず、できるかぎり礼儀正しく丁重に言葉をかけてから彼女を引き寄せ、腰をつかんでウィンドライダーに乗せると、素早い身のこなしで彼もつづいて馬にまたがった。

「でも、馬は――」

「自分で厩に戻ってくるだろう。あの馬は森が好きだから」シャドーが答えた。

「かわいそうに。いい子なのよ」

ケイトから、かすかな香水の香りがした。まとわりつくような柔らかなすみれのにおいだ。いままでそのことに気づいていただろうか？　恐らく気づいてはいなかったのだろう。彼女の瞳やふさふさした金髪、完璧《かんぺき》な容姿には気づいていた。だが、これまでその見事な特質を鑑賞する余裕をシャドーは与えてはもらえなかった。彼女が動くたびに格闘を強いられてきたのだから。

だが、いま……。

こうして、一緒に馬に乗っていると……。

その香りが絶えずシャドーのほうに漂ってきて、まるで彼の血と混じり合ってしまったかのように体にしみ込み、彼を攻め立てるように体の隅々まで行き渡っていく。いまのいままで彼はケイトの肌の熱さにも、彼女が呼吸をするたびに感じられる体の動きにも気づいていなかった。

体の中に芽生えつつある熱いものを夜風が吹き飛ばしてくれるよう祈りながら、彼はウィンドライダーを駆り立てて速度をあげた。シャドーは疲れきっていた。ほんの二、三時間しか眠っていない。二重生活を営むことはリチャード王に従って十字軍に参加することよりはるかに消耗が激しいのかもしれない。

このレディの相手も、くたびれることは確かだ……。

まさに、そのとおりだった。今夜これほど彼女に振り回されることになろうとは予想もしていなかった……。

確かに美しい女性だ。

彼女は必死の抵抗を試みた。

だが、最大の危機は脱した。ケイトは彼の手から逃れられなかったし、森の中の道も発見されずにすんだ。彼らの棲家《すみか》に彼女が誰かを連れてくる心配もなくなった。われわれは安全だ。森の中の秘密の場所がおびやかされることはない。

雑木林にさしかかる道で見張りに立っているヨシュアの姿が目に入った。

「ああ、客人が見つかったんですね！」ほっとしたように彼は叫んだ。頭を振って彼は言った。「お嬢さん、森は女性が夜たったひとりで出かける場所ではありませんよ。狼《おおかみ》だっているんですから」

「そうね、確かに狼がいるわ。不運なことに、出くわしてしまったの！」

「お怪我《けが》はありませんでしたか？」ひどく心配してヨシュアは尋ねた。

「それは、わたしのことだ」ため息をつきながら、シャドーが言った。

「ほう」ヨシュアはいったん返事をしてから、笑いながら繰り返した。「ほう！」でも、主《あるじ》の目つきに気づくと、すぐ真面目《まじめ》くさった顔になった。「わたしが彼女を小屋まで――」

「いいや、ヨシュア。その役目は、わたしが引き受けよう！　彼女が見つかったということをみなに知らせてくれ」

「承知しました、ご主人……いえ、シャドーさま」

シャドーはウィンドライダーを促して道を進んでいった。雑木林に帰り着いても、彼はケイトをひとりで馬からおろさなかった。彼がおりるときでさえ、彼女の体から手を離さずに一緒に引っ張りおろした。ケイトは樫《かし》の木のように体をこわばらせ、その美しい顔を激しい怒りと反発とで覆い隠していた。

小屋からそっと出てきた数人の男たちが立ったままケイトを眺めている。その中にはべスもいて、一緒になって彼女を見つめていた。レディ・ケイトはくるりと向きを変えて彼らを見つめ、それからシャドーのほうに向き直った。

「また逃げてみせるわ」体をよじらせてつかまれていた手を振りほどくと、両手を腰にあて、頭をあげて彼をにらみながら彼女は言い放った。

「今夜はもう、やめてくれ」

ケイトは手をあげて彼女を取り囲んでいる男たちを指さした。「わたしが反抗しないように、どんな見張りをつけるつもりなの？　あなたの手下は、みなひと晩中起きていられるのかしら？　彼らには体中に目があるというわけ？　今夜は満月だから、あなたには、おあつらえむきね。あなたときたら、夜の間に餌《えさ》を捕まえる猛禽《もうきん》類みたいなものですもの。でも、空に雲がかかれば肉食動物の目はくらませるものよ！」彼女は怒りにまかせて、なじるように叫んだ。

「ああ、わかったよ、レディ！　あなたの世話をするという気の毒な役目をもう部下の誰にも押しつけようとは思わない。このわたしがその役目を引き受ける」

「なんですって？　では、あなたは夜通し起きていられるというわけ？　寝ずの番ができるとでもいうの？」

シャドーは胸の上で腕組みをして彼女を見つめた。「わたしは、ひと晩中ぐっすり眠るつもりだ」彼は部下に笑顔を向けた。「さあ、みな寝てくれ。ただし、見張り番は別だ。

今夜は、わたしがこのレディを見張ることにする」

「そうしていただけますか?」

「ああ」

彼はケイトの肘をつかみ、月に照らされた小屋や木立を抜けて、奥まった場所にある建物にうむを言わさず連れていった。

「放して!」逃れようのないほどきつくつかまれた腕と彼の固い決意に、ケイトはようやく恐怖を覚えたらしい。「お気の毒さま。あなただって、ひと晩中起きていることはできないはずよ」

「だが――」

そのときベスがあわてて彼のあとを追ってきた。「シャドーさま、今夜このレディは面倒なことをしでかすと思います。また逃げようとするかもしれません」

「大急ぎで逃げるようなまねは、もう二度としないだろう」彼はきっぱりと言った。

シャドーは小屋に着いた。さっと扉を開け、レディ・ケイトを無理やり中に入れた。ベスがまだ戸口でぐずぐずしている。

「でも、なぜ……」彼女は口を開いた。

「裸になるのだから、それほどあわてて逃げるようなことはないだろう」

「なんですって?」怒りに燃えて彼をにらみつけながらも、レディ・ケイトは恐怖にあえいだ。

「まあ、お嬢さま、本気でおっしゃっているわけではありませんからね。この方ほどすばらしい紳士は、どこを探しても……」

シャドーは容赦なくベスをなじった。「わたしがどんな行動をとろうが、それを彼女に教える必要はない！　これほど疲れきっている紳士はいないはずだ！」

「ですが――」

「出ていけ！」命令口調で告げると彼は毅然《きぜん》としてベスを部屋から押し出し、扉の内側から重い木のかんぬきをおろした。それから、こちらを向いて扉にもたれ、胸の上で腕組みをした。

「それで？」

「〝それで〟とは、どういう意味ですか？」

「簡単な話だ、レディ。あなたの衣服をこちらへよこすんだ。それとも、わたしが脱がせてさしあげようか？」

「あなた、頭がどうかしているわ」

「十秒だけ待とう」

「よくもそんなことが言えたものね！　わたしがこんな侮辱を受けたと聞いたら、マニング公爵がどんな罰を与えるか、わかっているの？」

「油でゆでられたり、内臓を取り出されたりする以上に残虐な刑があるとは思えないが。さあ、わたしは本気だ。あなたの服が欲しい。十まで数える。そのうえで、あなたの服を脱がせることにしよう」

「愚か者、卑怯《ひきょう》者、このろくでなし――」

「十、九……」

「もっとひどい目に遭わせることだってできるのよ！　ゆでる前に指を一本ずつ切り落としてやるわ！」

「八、七……」

「手足を燃やしてやるから！」

「六、五……」

「靴は、脱ぐことにするわ」

「四、三……」

「靴よ、いい？　ほら！」

ケイトは繊細な革の靴を脱ぎ、彼に差し出した。

「靴だけではだめだ」

「でも、それ以上は無理よ！」

「さてと、いくつまで数えたかな？　二……」

「いまいましい盗賊！」

「――！」

シャドーがケイトのほうに向かおうとした瞬間、彼女は金切り声をあげ、向きを変えて逃げようとした。

でも、どこにも逃げ場はなかった。壁まで行って向き直ると、そこに彼が立っていた。

シャドーがつかみかかってきた。

彼のつけている黒い仮面の切れ目からのぞく金褐色の瞳が悪魔の目のようにぎらぎらと燃えていた。

4

「もう逃げようとはしないと約束しても、だめかしら?」ケイトはすがるように言った。

「なんだって?」

「逃げないと誓うわ!」

「あなたと会ってからというもの、たえず死に物狂いの追いかけっこを強いられてきたというのに……このわたしがあなたの言葉を真に受けるとでも?」

「ええ!」

「あなたは、思いつくかぎりのチャンスを狙《ねら》って、逃げようとしたではないか!」

「でも、逃げないと誓ったのは、これがはじめてだわ」

「そんな言葉を受け入れることはできかねる」

「なぜ?」

「あなたがうそをついているかもしれないからだ!」

「わたしは誓うと言ったはずです!」ケイトは警告するように険しい目をして繰り返した。

「ふむ」

「わたしの名誉にかけて、約束するわ！」

「残念だが」

「残念だが？」

「そんなことをしても、なんの役にも立たない。わたしには、あなたが名誉を重んじる女性だとはどうしても思えないのでね」

　ケイトの動作は素早いうえに力強かった。手口がよくわかってきたからこそ、シャドーは彼女の手が自分の頬に触れる前にその手首をつかむことができたのだ。

「さあ、今度こそ――」口を開きかけたシャドーは、ケイトが彼の腕を押しのけ、驚いたことに腰の下に吊《つ》るしていた上品な金のベルトをすでにはずしかけていることに気づいた。

「悪党！」彼女は腹立たしげに言い放った。ベルトが床に落ちる。次に上品な青い上衣を頭から引き抜くと、怒りをこめてそれを部屋の向こう側から投げてよこした。薄いガーゼ生地で仕立てられているらしいシュミーズは彼女の体の線を隠す役割を少しも果たしていない。身につけているのはガーターベルトと長靴下だけで、彼女は怒りで自暴自棄になりながら、それさえ脱ぎ捨てようとした。

　シャドーは体の筋肉がじわじわと締めつけられていくような思いがした。いや、これまで筋肉があると気づいていなかった場所さえ締めつけられるような気がした。実際、皮膚に心臓に手足、心までも締めつけられていくようだ。

とりわけ、体の別の部分がどうしようもなく反応する。

「もういい！」突然、噛《か》みつくように彼は怒鳴っていた。声が少しかすれている。苦しげな声だった。

レディ・ケイトはきょとんとして背筋を伸ばした。最後に脱いだ長靴下を手にしたまま、驚きに青い瞳を見張っている。ああ、神よ。まったく無邪気な乙女は彼の体の中で起きている、いまいましい変化に少しも気づいていないらしい。

「それで結構」彼はできるだけ素っ気ない声で言った。「もうこれで、あわてて逃げ出そうとは思わないだろう」

ケイトは頭をつんと後ろにそらせたが、裸同然の姿なのに驚くほどの威厳があった。だが、暖炉の火が彼女の身につけているものにどんな効果をもたらしているか、自分では恐らく気づいてもいないのだろう。揺らめく炎がシュミーズの下にある石膏《せっこう》細工のような肌にキスをし、胸のいただきのくすんだばら色を強調していることも。そして、腿のうえの金色の茂みに目が離せないような陰影を投げかけていることも。

「生まれたままの姿では、ここを逃げ出す気になれないなんて、なぜ思うのかしら？」

「その格好で逃げ出すつもりなのか？」シャドーが尋ねる。

ケイトは彼に背を向けた。だが、そんなことをしても甲斐《かい》はなかった。その背中全体、さっと流れる髪や腰の曲線まで金色の陰影をまとっている。

彼女はくるりとこちらを向いた。「たぶん」

惨敗した気分でシャドーはうなずいた。ひるんでいるわけではないが、自分で自分の体を痛めつけていることに後悔の念を抱き始めていた。そうはいっても、こうと決めた道を行くしか方法はない。

彼は手を差し伸べた。「こっちに来い」

ケイトは眉をひそめた。「わたしは奴隷でもなければ、使用人でもないわ。用があるなら、あなたがこちらに来ればいいじゃない」

「性格の悪い女性《ひと》だ！」彼は怒って、暴言を吐いた。だが、来てほしいと言うのなら、そちらへ行くとしよう。彼は大股に二歩歩いて彼女との距離を縮めた。そして、ケイトの腕を取り、引き寄せた。ところが、なんと……それもまた計算違いだった。彼は寝るために、すでに鎖帷子《かたびら》を脱いでいた。黒いシャツと薄物のズボンしか身につけていなかったため、さっき目にした彼女の体の曲線がいまや生身の体に押しつけられることになった。

だが、いま弱みを見せるわけにはいかない。シャドーは体を曲げてケイトを引き寄せると、彼女が脱いだ片方の長靴下を床から拾いあげた。歯と右手を使って、ケイトの右手首を自分の左手首に結びつける。彼の意図がわかると、彼女は息をのんで必死にもがいたが、むだだった。たちまちしっかりした結び目ができあがり、ケイトは彼をにらむしかすべがなかった。こんなことになったいまになって、妙に体を震わせている。

「まだ逃げることはできるわ」

「ふむ。これでもまだ、もう逃げないというさっきの言葉を受け入れるべきだったというのか?」

「口からでまかせを言ったのよ。ああでも言わなければ、信じてもらえないから」

「あらためて、いま誓ってもらおうか」

「もう誓わないわ」

「それなら、ベッドにあがるんだ」

「なんですって?」あえぐような、叫ぶようなその言葉は恐怖に震えていた。

シャドーは、ほくそえんだ。いい気味だ!

「さっきも言ったように、わたしはもう疲れきっている。向こうにある羽毛のマットレスに倒れ込んで死んだように眠りたいんだ。だが、起きていればいるほど、いらいらがつのってくるだろう。となると、周囲のものに反応しやすくなる。起きていればいるほど――ああ、なんと言えばいいだろうか? そう、興奮してくるに決まっている。さあ、できるだけ長く反抗をつづけて、わたしを困らせてみると……」

ケイトが方向転換して彼のベッドへ向かったので、シャドーの腕はねじれそうになった。彼女が意を決し、ものすごい勢いでベッドの上に這《は》いあがったものだから、気がつくと彼は引きずられて彼女の上に倒れていた。

「お願いだから、やめて！」ケイトは叫んだ。「あなたの望みどおりにしようと精いっぱい努力しているのに」

「あなたにわたしの望んでいることがわかるはずがない！」ケイトのせっかちな行動のおかげで、彼女の上に大の字になってしまったシャドーは、体を起こそうともがきながら、はねつけるように言った。大きく息を吸い込みながら、彼はケイトの向こう側のスペースに体を反転させた。自分の右側にいる、信じがたいほどの容姿に恵まれた、甘い香りのする女性の存在を、男としての彼の体が忘れてしまえるよう願いながら。

「もし、あなたが――」彼女が口を開いた。

「レディ、黙ってくれ！」彼は厳しい声で言った。

意外にも、ケイトは静かになった。こんな状況の中で彼の目が閉じたことも驚きだった。シャドーは浅い眠りに落ちていった。

かすかになにかが動く気配を感じて、彼は目を覚ました。薄目を開けると、ケイトが左手を使って彼がつくった結び目を熱心にほどこうとしているようすが目に入った。シャドーは目を閉じたが、かすかな笑みが浮かぶのをなぜかこらえきれなかった。

だが、次の瞬間……。

またしても、ケイトの香りが彼の五感をおそった。体中の筋肉や血管、骨の中にまで、その香りが染み通ってくる。彼女の柔らかな髪が彼の指の上でうねり、細身ながら、めりはりのあるケイトの体つきが生き生きと目に浮かんできた。体の動きや肌のぬくもりさえ伝わってくるような気がする……。

それと同時に、彼女の手の中で靴下の結び目がゆるんできたのがわかった。

彼がうなると、ケイトはびくっとしたような声をあげた。体を平らにして横になったが、彼女が呼吸をするたびに胸があがったり、さがったりする。シャドーが寝返りを打って目を閉じた彼女の顔を見おろすと、密に生えた蜂蜜《はちみつ》色のまつげが彼女の頬に影を落としていた。彼はケイトの顎に指をかけた。

「こりない人だな」

「わたしなら眠っているわ」

「うそだ」

「これから眠るところなの」ぱっと目を開けた彼女は、またまつげを伏せ、そわそわしたように下唇を噛んだ。「本当よ」小声で付け加えた。

「ふうん、そうか」それから、ケイトのほうに体を向け、ねじるようにして彼女の背中を自分の胸に引きつけると、ふたりを結びつけている左手を彼女の腰の下に残したままにしたので、ケイトはまたしても短い叫び声をあげた。こうしておけば、再び彼女が結び目に手を伸ばすためにはシャドーのほうに完全に後退して、ぴたりと密着している彼の体に触れなければならない。「寝心地はいかがかな、お嬢さん？」彼はあざけるように声をかけた。

「もう眠っているわ！」ケイトは険しい声で応じた。

「眠っているのに、しゃべるのか？」

「そうみたいね」

「それなら、あなたは眠りながら、結び目をほどこうとするのか？」

「眠っている間になにをするかなんて、自分でもわからないわ」

「あなたなら、たぶん眠ったまま逃げようとするのではないかな」

「聞こえないわ。わたしは眠っているんだもの」

おっと、そうだった。彼女は眠っている。寝心地は……よいのだろうか？

彼のほうは寝心地が悪かった。死にそうなほど悪い。苦痛と言ってもいいほどだ。体中が緊張していた。彼はケイトが後退してこないよう祈った。そうなれば、彼の全身の緊張が彼女に伝わってしまう。彼の高まりまでも、さとられてしまう。

だが、わたしから逃げることはできまい。それは確かだ。頭を横たえながら、彼は心の中でうめいた。祈りを捧《ささ》げている自分に気づいて彼はぎょっとしたのだ。

おお、神よ。もう二度とこういう人質にでくわさないですむよう、お導きください。お願いです、神さま……。

再び眠りに落ちるまで、今度はかなり時間がかかった。

男たちが話し合いをしている間、自分もその大広間にいたことをケイトは覚えている。彼らには見えない場所にいた。暖炉わきに並ぶタペストリーをかけた大きな椅子の後ろに立っていたからだ。本当は大広間にいてはいけない時間で、ケイトにもそれはわかっていた。エルジンや赤ん坊のリザベスと一緒に子ども部屋にいなければいけない時間だった。でも、ケイトは、あまり不安は感じていなかった。父親はやさしい人で、信じられないほど辛抱強くて寛大な性格だった。彼は妻や子どもたちを愛しているから、決して妻子のことを邪魔者扱いはしない。執務中にそこにいるケイトを見つければ叱《しか》りはするだろうが、結局は膝に抱きあげてくれて、お昼寝の時間に子ども部屋に帰されるまで、お話を聞かせてくれるだろうと彼女は思った。

だが、父親はひとりではなかった。ふたりの男性が訪ねてきていて、ひとりは年配で、もうひとりは若かった。彼らはケイトの父親と口論をしていて、父親が領主の邸宅のひとつ、このグレンウォルドの館《やかた》にあったワインを彼らにふるまっている間もそれはつづいていた。年配の男は執拗《しつよう》に一枚の書類を彼女の父親に突きつけ、父親が強情に頭を横に振っている。年配の男はしきりに指を振ってみせた。

「公爵、わたしの考えに賛成していただけるかどうかを尋ねているのだ！　賛成していただけないとすれば、あなたはわたしの敵だ。敵は滅ぼさねばならない」

彼女の父親は、いつでも喜んで相手になると答えながら激怒して立ちあがった。だが次の瞬間、彼はワインを見つめ、それからその男を見てあえいだ。「人殺しめ！　この裏切り者、なんと卑怯《ひきょう》な……」

父親はそばにあったテーブルをつかんで立ちあがったが、がくりとそれにもたれ、床に倒れた。

「この館に火をつけろ。さっさとやるんだ！」年配の男が若いほうの男に命令した。

父親はこときれていた。ケイトが父親の顔を見ると目を見開き、口から毒の泡を吹いていた。彼女は父親の名を大声で呼び、走り寄って彼に触れようとした。

「がきのひとりだ！」年配の男が叫んだ。「そいつを捕まえろ。さっさと捕まえるんだ、このうすのろが」

愛する父親だが、触れてはいけない。ケイトにはそれがわかっていた。彼女は若いほうの男に捕まる前に首をすくめて泣きながら階段めがけて走った。

「ほうっておけ！」年配の男が言った。「火をつけるんだ。そうすれば、焼け死ぬさ！」

なんとか子ども部屋にたどり着いて母親に知らせなくては。助けを呼ばなければ。だが、階段を駆けあがったとき煙のにおいが漂ってきた。ケイトはくるりと振り向いて、階段を見おろした。

炎があがっていた。火はもうタペストリーに燃え移り、壁全体を包み込んで、椅子やテーブルをのみ込もうとしていた。燃えあがる炎……。

その真ん中に彼女が見たものは、自分たちの仕事に満足し、声をあげて笑っているふたりの男の姿だった。そのひとりが体の向きを変えて階段のほうを見あげたとき、ケイトと視線が合った……。

しゅーという音をたてて炎がさらに広がった。視界が黄色と金色になって、ケイトは焼けるような熱さを感じた……。


今度は、彼女に引っ張られてシャドーは深い眠りから目覚めた。驚いた彼は跳ね起きてベッドから飛び出したが、ふたりを結びつけているものによって引き戻されてしまった。ケイトが悲鳴をあげている。

それは疑いようもないことだが、彼女は眠ったまま悲鳴をあげていた。目を閉じたまま、おかしくなったように彼につかみかかり、激しくあえいでいる。

「レディ！」彼女のそばに座り、肩を揺すりながらシャドーは声をかけた。「目を覚ませ。あなたは夢を見ているんだ！」

ケイトはぱちりと目を開けた。そして、シャドーを見つめたが、最初はなにも見ていなくて、それからゆっくり彼に目の焦点を合わせた。「ああ！」

一瞬ケイトが弱々しく見えた。若く美しく、無垢《むく》で傷つきやすい女性に見えた。夢の中で彼女が闘っていた相手がどんな悪魔かはわからないが、そいつを打ちのめしてやりたいと彼は思った。彼女を守るためなら、ドラゴンだって負かしてやりたい。

「もう大丈夫。あなたは夢を見ていたんだ。わたしがそばにいるかぎり、あなたには指一本触れさせない。安心するんだ。もう終わったから」

小屋の扉を激しくたたく音がした。「ご主人――」誰かが言いかけて、すぐに言い直した。「シャドーさま！　いったい、なにごとですか？」

シャドーはブーツの中に隠していたナイフを取り出して、彼とベッドの上の青ざめた金髪美人を結んでいる長靴下を切った。そして、大股で戸口へ向かい、かんぬきをはずして扉をさっと開けた。彼の手下たちがあたりを取り囲み、ヨシュアとベスがその最前列に立っている。

ベスはシャドーを見つめてから、あわてて小屋の中へ入ってきた。「まあ、ご主人さま。いったい、どうなさったのですか？」はっとしたように尋ねてから、彼女は責めるような目つきでシャドーを見た。

「なにをしたかだって？　わたしは、なにもしていない！」彼は言い返した。

「お嬢さま！」レディ・ケイトのわきに座ったベスは彼女の裸同然の姿と死人のように青

ざめた顔に気づいた。「あなたは……裏切り者ですわ！」ひどく落胆してうろたえたベスは、あえぐように言った。

部屋にひとつきりのテーブルにすたすたと近づいたシャドーはワインを見つけ、それを木のゴブレットにそそいだ。自分を見つめるベスに憤慨したようなまなざしを返しながら、それをレディ・ケイトのところへ運んだ。「わたしはなにもしていない。彼女は夢を見ていたんだ」

「どんな夢を見たのかな？」ヨシュアが陽気につぶやいた。

「わからない。彼女が教えてくれないかぎりは」シャドーが言った。彼は片膝をついて、ケイトが体を起こし、彼女が彼から受けとったワインを飲む手助けをした。ケイトは少し口に含んで飲み込んだと思うと、彼の手からゴブレットを取りあげて一気に飲んだ。水晶のような美しい青い瞳をシャドーに向けたまま、ケイトは彼にゴブレットを返した。

「なんだ？」彼が尋ねた。

ぱっと立ちあがったケイトはベスの後ろに回って膝をついた。そして、ささやくように言った。「卑怯者。この男はわたしの衣服を要求し、わたしをおどして虐待したのです」

「まあ、なんということを！」ベスが息をのんだ。

シャドーはうめいた。「彼女はうそをついている。自分でもよくわかっているはずだ。彼女は大切にされればされるほど、相手の肉をかじりとろうとするのだから！」

すると、意外にもケイトは顔を赤らめ、頬をすっと撫《な》でながらまつげを伏せた。「そうよ、卑怯者よ」口の中でつぶやいた。

「でも、お嬢さまに言い寄ったわけではないのですね？」ベスが念を押した。

「ええ」彼女が素直に認めたので、シャドーはびっくりした。

「まあ、そういうことでしたら」ヨシュアが言った。「わたしはベッドに戻るとしましょう！」彼は小屋を離れていった。ベスも立ちあがった。小屋を立ち去る前に、仮面をつけた彼の頬に軽く指を触れた彼女にシャドーは当惑し、腹を立てた。

彼は客人を見つめながら、胸の上で腕組みした。まだ猛烈に腹が立ってはいたが、またしても妙に彼女に心動かされた。目を伏せたままの姿で、乱れた髪が月光のように輝き、繊細な石膏細工のような欠点のない顔にかかっている。暖炉の火が小さくなり、穏やかな光を放っていた。彼女の身につけているシュミーズが前にもまして羽根のように軽やかに見える。布など、ないも同然だ。いや、わたしは彼女に言い寄ってなどいない。

いまのところは。

だが、紳士か悪党かにかかわらず、生身の男ならそそられずにいられるものだろうか？

彼女が不意にシャドーを見あげた。「あなたはなぜ、そんな仮面をつけているの？」

「ああ、これか。正体を隠しておくためだ」

「どうして？　あなたはわたしの知っている人物なのかしら？」

「わたしの知るかぎり、あなたと会ったことはない」

ケイトは、ゆっくりとほほえんだ。「そんなものをつけても、なんの役にもたたないのに」

「なぜだ？」

「あなたの瞳よ」ケイトは静かに言って、興味ありげに彼を見つめた。「印象的な目だわ。あなたがどこにいても、わかるでしょうね。燃えるような瞳。おかしな話だけど……」

「なんだ？」

「おかしな話だけど」呼吸をしながら、彼女は繰り返した。「わたしは、火が怖いの。でも、あなたの瞳の中の炎は怖くないわ」しゃべりすぎたとでも言うように、不意に彼女は顔を赤らめた。「ワインはまだあるかしら？　もう一度眠りたいの。あれがあると……助かるのだけど」

彼はゴブレットを取りに行き、さらにワインを注いで運んできた。髪を滑らかに揺すりながら、今度は彼女も少しずつ飲んだ。

「あなたも一緒にいかが？」そう言って、ケイトはほほえんだ。彼女にそんなつもりはなかったに違いないが、シャドーにしてみれば、これほどそそられる笑みを見たのは生まれてはじめてだった。

もちろん、そうしよう。あなたに触れ、あなたの隣に体を横たえて、思いきりあなたの香りを吸い込み、手で、舌で、目であなたを味わいたい、感じてみたい……。

「いや、やめておこう」

「わたしと一緒にワインを飲む気はないの？　服を脱げと要求し、あなたの体に縛りつけるくせに、一緒にワインを飲む気はない？」

「目を光らせていなければならない人質がいるものでね」

ワインを少しずつ口に運ぶうちにケイトの笑顔が広がった。「いま、もう逃げないと誓ったら、どうなるの？」

「あなたが本気だと、どうしてわかる？」

「わたしをマニング公爵のもとへ帰してくれるつもりだとわかったからよ。わたしがここへ来たときの状態のままでね」

シャドーは大きく息を吸い込んだ。肺や体中の筋肉が震えているのがわかる。レディ、安心するにはまだ早い！　心の中で彼は考えた。

「ああ、ここへやってきたときのまま、あなたを帰すつもりだ」

「わたしには、馬車にあるものがどうしても必要なの」

「それは、こちらも同じだ」

「でも、わたしには正当な理由があるわ！」

「こちらの理由は正当なものではないと言いきれるか？」

「あなたは悪党よ。盗賊じゃない。正直な人々を待ち伏せする森の背教者だわ」

「正直者かどうか、誰が判断するんだ？」

彼女はため息をついた。「今夜はもう、あなたの攻撃をかわすことができないわ。とても疲れているの……」

ケイトは二杯目のワインを飲み終えていた。彼が彼女の手からゴブレットを受けとるとケイトはベッドに伸び伸びと横たわった。シャドーは彼女に背を向けたまま、ゴブレットをテーブルの上においた。深呼吸してから、彼は振り向いた。「奥へずれてくれ。今度は、あなたが壁側だ」

「もう一度わたしを縛らないの？　長靴下は向こうの床においてきてしまったわ」

「もう縛らない」彼女の隣に体を横たえながら、シャドーは答えた。

「なぜ？」

「もう逃げないと約束しただろう」

ケイトは彼の瞳を探るように見た。「わたし、そんなことを本当に誓ったかしら？」

「本気で誓ったのだと思うことにしよう」

「まあ！」彼女は穏やかに言った。

仰向けになったケイトは、それから体の向きを変えて壁のほうを向き、彼に背を向けた。

シャドーは彼女の腰に手をおき、自分のほうに引き寄せた。

ケイトは体をこわばらせたが、すぐに緊張をといた。彼女の口から抗議の言葉は出てこなかった。

「縛るより、このままつかまえていることにする」彼はささやくように言った。「それでいいな?」

すぐに返事は返ってこなかった。ワインの効き目があらわれて、もううつらうつらしているのではないかと彼は思った。

「それで……いいわ」静かな声だった。

腰においた彼の手に丸まった指が添えられたとき、シャドーははっとした。「目には目を、ってよく言うわね」ケイトの声はもう不明瞭《ふめいりょう》だった。「あなたがわたしを炎から守ってくれるでしょう!」口の中で彼女はつぶやいた。

彼女はもうそれ以上しゃべらなかった。やがて彼女の体がこきざみに震え、静かな呼吸になった。

ケイトは眠りに落ちた。死んだように眠っている。

ものすごく疲れていたはずなのに、シャドーは眠れなかった。夜が更けても起きていた。

とうとう、いちばん鶏《どり》が鳴いてしまった。

もう朝になっていた。

5

森の奥にある小川は美しかった。土手に近いあたりはとても浅く、三十センチくらいのところもあれば、五十センチから一メートル近い深さのところもある。川に沿って岩が点在しており、座って足を浸したり、濡《ぬ》れた衣服を乾かしたりするにはうってつけだった。川岸には深緑の木々が川面《かわも》に影を落としながら、鬱蒼《うっそう》とたたずんでいる。神秘的で美しい秘密の場所。ケイトは、たちまちここが気に入ってしまった。

彼女をここに連れてきたのはベスだった。朝になってケイトが目覚めると、いまとなっては見ず知らずの人とは言えない黒ずくめの男は姿を消していた。かわりにベスが来てくれたが、彼女はケイトが知っているどんな善良な使用人よりもやさしく親切な女性だった。彼女は清潔な水や上質なパン、甘い鹿《しか》肉がたくさん入ったペストリー生地のパイを運んできてくれた。ケイトがおいしそうに全部平らげたので、ベスはとても嬉《うれ》しそうだった。

「ここは、それほど恐ろしい場所ではありませんよ、お嬢さま。それは信じてくださらなければ」ベスが言った。

「たとえ大きなお城であろうと、どんなに快適な館《やかた》であろうと、そこに囚《とら》われている者にとっては恐ろしいものなのよ」ケイトは答えた。

ベスはため息をついた。「それほど長くは拘束されないでしょう。ご主人さまは、すばらしい方ですから」

「すばらしい悪党だわ」

ベスはほほえんだ。「そうお呼びしたいのなら、どうぞ。でも、朝食を食べ終えたら、川のそばで沐浴《もくよく》をなさりたいでしょう。あなたが天の創造主にかけて、逃げたりしないと誓うなら、そこでおひとりにしてさしあげます」

ケイトは逃げないと誓った。昨夜は、どんなことでもやってみるべきだという気がしたのに、けさはもう逃げようとは思わない。細い川の水晶のような冷たさを味わってみたかったのだ。

それは心地よい冷たさだった。ほっそりしたシュミーズを着たまま、ケイトは水に体を沈めた。デリケートな麻布が肌に密着して体が震える。水の冷たさに反応して、胸のいただきにしわが寄り、体に鳥肌が立った。それでも、彼女は浅瀬で遊んだり、もっと深いところまで泳いでみたりした。それから、また戻ってきて、森の緑と金色の日差しにぬくもった岩の上で伸びをした。

わたしをさらったあの男は変わり者だわ。自分の行いが正しいと思い込んでいる追いはぎのくせに！

それなのに……。

ケイトは自分をさらった彼に好意を抱いていた。彼の声も、物腰も好きだ。無法者らしくない性格や礼儀正しさが気に入った。中でも、このうえなく不思議なのは……。

彼と一緒にいると安心できることだ。そんなふうに考えてはいけない理由があるかしら？　わたしはもう背教者の手中にある。いまさら、どうでもいいことだわ。昨夜は、またあの炎の夢を見た。見ただけではなく、炎を感じた。熱かった。でも、熱かったのは……彼の体だ。たぶん彼があの瞳で火を追い払ってくれたのよ。そして、目覚めてみると……。

ケイトは安らぎを感じていた。彼があの暗い夢を取り除いてくれたに違いない。

なんて、奇妙なことかしら。

一瞬ケイトは自分の頭がおかしくなったのではないかと心配になった。森の真ん中で無慈悲な悪党たちに捕らえられ、さらわれたというのに、いまはもう、その出来事を気にしてはいない。それどころか、彼女は破滅への恐れをとうの昔に捨てていた。〝復讐《ふくしゅう》はわたしにまかせなさい、と主はおっしゃいます〟ケイトはそう教えられて育った。ふつうの境遇では、それは正当な教えなのかもしれない。でも、彼女の場合、尋常な境遇ではなかったから、どんな犠牲を払ってでも復讐を遂げるのだと、すでに幼いころから心に決めていた。心を鬼にしてケイトは旅立ってきた。心を鬼にするというのは、彼女の心情を的確にあらわす言葉だった。グレゴリー伯爵から贈られた宝石や贅沢《ぜいたく》な布や金塊とともに馬車に揺られながら、なにがなんでも復讐を遂げるのだとケイトは自分に言い聞かせた。それは、マニング公爵との結婚を果たし、そのあとも彼との関係を受け入れるということを意味した。

公爵が死を迎えるまで、それはつづくのだ。

わたしはなんと恐ろしい人間だろう。そう考えると、ケイトは突然血の気が引いていくような気がした。だが、すぐに自分の家族がどんな最期を遂げたかを思い出し、また体が震えた。神の怒りと最後の審判の存在を信じたいとケイトは心から思った。マニング公爵があの世に行くまで待つのが神の思《おぼ》し召《め》しなのかもしれないが、彼女は、それまで待てなかった。

そよ風がケイトのわきを通り抜けていく。なにも見えないし、森の地面に枝一本落ちたわけでもない。それにもかかわらず、誰かの視線を感じて彼女は後ろを振り向いた。

そこに彼がいた。仲間からシャドーと呼ばれ、人々がヘフィントンの森の悪党とささやきかわす男がさりげなく立って、樫《かし》の木にもたれている。黒い仮面をつけ、相変わらず黒ずくめの服装だが、鎖帷子《かたびら》はつけておらず、彼の剣は鞘《さや》におさめられていた。くつろいだようすで胸の上で腕組みをしているが、ひょっとしたら、しばらく前からそこにいたのかもしれない。ケイトはそう思った。

「おはよう」膝を胸に引きつけ、抱きかかえるようにしながら、彼女はつんとすまして声をかけた。

「本気だったんだな」彼は納得したような声で言った。

「なぜ、そんなことを言うの？」

シャドーはゆっくり木から離れてそばにやってくると、ケイトの足元の丸石の上に背中を丸めて腰をおろした。「あなたがまだここにいるからだ。ひとりで沐浴させることにしたという話をベスから聞いたときは、またすぐに森の中を息せき切って走り回ることになるに決まっていると思ったものだが」

「囚人は逃げ出そうとするものでしょう」

「でも、あなたはそうはしなかった」

「ベスに約束させられてしまったの。逃げないと誓ったのよ」

「そういうことか！」彼は口の中でつぶやいた。

「約束は守ると言ったはずよ」

「これからは、その言葉を覚えておくようにしなければいけないな」

ケイトは彼から視線をそらして川面を眺めた。そして、再び彼に視線を戻した。「なぜ、仮面をつけているの？　あなたは、わたしの知っている人なのかしら？」

シャドーは頭を振った。「正体がばれて、縛り首になったり、油でゆでられたりしたくないのでね」

「人々に盗みを働きながら、その報いは受けたくないというのね」

「非常に大切なある理由から、選《え》り抜きの人たちに泥棒行為をしているだけだ」

「その理由というのは？」

「いまは言えない。今度はわたしが質問する番だ。あなたは、マニング公爵を知っているのか？」

ケイトは再び彼から視線をそらしたが、それが自分にとって、どれほどむずかしいことか気づいて驚いた。「おおかたは……知っているわ」

「それでも、彼との結婚を望むというのか？」

彼女は肩をすくめた。「もう決まったことだもの」

「そうか」

「彼は公爵よ」

「確かに」

「彼には権力があるわ」

「それはそうだ」

「お金持ちだし」

「だが、あなただって裕福なはずだ。グレゴリー伯爵の財産をひとりで相続するのだから」

ケイトはうなだれた。この会話をどうにかしたかった。「彼の権力は絶大だわ」彼女は強情に繰り返した。

ケイトは自分を見つめる彼の視線を感じた。「公爵がジョン王子の友人だから？」

「ええ……。それに、多くの資産を手に入れたのは彼の……手腕によるものだと思うの」

「それでも、あなたはこのわたしを盗賊だと言うのか？」シャドーが叫んだ。

探るような視線がまだ自分に向けられているのをケイトは意識した。

「いずれ、リチャード王が帰還されるだろう」彼は言った。

「そうかしら？」再び彼を見つめながら、ケイトは礼儀正しく答えた。「戻られるかもしれないけれど、また行ってしまわれるわ。彼は闘う王ですもの。闘わずにはいられない方なのよ」

「それはそうだが、王の部下には有能な行政官たちがいるから――」

「でも、王がオーストリアに囚われているというのに、彼らは末弟のジョン王子を扱いかねているみたいじゃないの！　おかしなことだとは思わない？　偉大なキリスト教徒である王や王子や騎士たちが異教徒とのいくさに出かけたというのに、キリスト教徒である支配者が別のキリスト教徒の支配者を捕虜にして戦争が終わるなんて！」

「確かに奇妙な結末だ。だが、この国の王はいまでもリチャードさまだから――」

「亡くなられるまではね」

「王は、たくましい方だ」

ケイトは穏やかな口調で言った。「うわさでは、王妃より少年たちのほうがお好みだとか」

「そんなことを言ったら、反逆罪に問われるぞ！」シャドーがおどかした。

ケイトはため息をついた。「本気で言ったわけじゃないわ。わたしは王を崇拝しているし、忠実なる臣下ですもの。だけど、王は不在で、お世継ぎができるかどうかもわからない。だから、王が亡くなられた場合はジョン王子が王になるのでしょう。だから、そんなことが起きる前にきちんとした生活をするよう誰もが気をつけなければいけないのよ」

彼女を見つめながら、シャドーは頭を振った。「レディ・ケイト、あなたは本当に不思議な女性だ。政治にはやたら詳しいが、不吉なことを言う！」

「さっきも言ったように、本気で言っているわけではないのよ」ケイトはどうしても会話を打ち切りたかった。彼女は素早く立ちあがったが、すぐにシュミーズが本当の皮膚のように体に張りついていることに気づいた。「水浴びって、とても爽《さわ》やかな気分になるものね」口ごもるように言ってから、彼女はそそくさと彼のわきを通って川に飛び込んだ。川の真ん中の深い場所までどんどん進んでいき、頭を後ろにそらせて髪を水に浸した。水は冷たく、太陽は熱い。シャドーを見つめていると、太陽光線が手足に染み通ってくるような妙な興奮を覚える。川の水は冷たいはずなのに、体中がほてってきた……。

爽やかな気分になる、だなんて。

わたしはどうかしていると彼女は思った。川に入ると爽やかだと繰り返したのは、わたしだったかしら？　それとも、彼？　ケイトはよく覚えていなかった。でも、彼女が腰をおろしていた岩に座ってシャドーがブーツを脱ぎ、目の粗いウールの上衣とその下に着ていた柔らかな麻でできた真っ黒なシャツを脱いでいる。ズボンも脱ぐつもりなのだろう。ケイトはどこかでそれを恐れていた。

一方で、それを期待する彼女がいた……。

だが、彼は脱がなかった。ぴったりと皮膚に食い込むようなズボンを身につけたまま足と胸はむき出しで、シャドーは川に入ってきた。仮面と髪に巻いた黒い布はそのままだ。はじめは彼女のそばにはやってこずに、肩や胸や背中に冷たく澄んだ水を浴びせて体を震わせた。

それから、彼はケイトのほうにやってきた。息が切れるのは立ち泳ぎをつづけようと努力していたせいに決まっていると彼女は自分に言い聞かせた。「あなたは……水の中でも仮面をはずさないのね」

彼は重々しくうなずいた。「そうだ」

「でも、頭の黒い布が濡れているわ」

「そうか？」

「ところで、あなたの胸は黒い胸毛で覆われているのね。ということは、髪も黒いということだわ」

「気をつけたほうがいい。あなたは想像がたくましすぎる。あなたを森から出すのは危険だと思うようになるかもしれない」

ケイトはほほえもうとしたが、体に震えが走った。「わたしは、どうしても森を出なければならないの」彼女は小声で言った。

「マニング公爵と結婚するために」

「そのとおりよ」

「なるほど、あなたは非の打ち所がないと評判の裕福な若い女性で、さらに……」

「さらに？」ケイトはとまどった。

「美人でもある」シャドーは静かに答えた。「裕福で地位があるうえに美しい。もっと……お気に召す結婚話があっただろうに」

「まあ、本当にそうね！　たとえば、財産ごとわたしをヘフィントンの森の悪党に引き渡すというような縁談があればよかったとでもいうのかしら？」ケイトは陽気に言い、最後の言葉と同時に彼に水をかけた。

「それも悪くはないな」仮面と顔から水を払いながら、彼は応酬した。「本当にあなたがそれほどの大金持ちならば」そう言いながら彼は体をくねらせてケイトの下のほうにもぐった。彼にかかとをつかまれ、水中に引っ張られた彼女はびっくりして、思わず息をのんだ。

口に入った水を吐きながら、ケイトは体を起こした。「顔の仮面が縮んでしまえばいいのに！」なじるように彼女は言った。

ケイトの手をつかんだシャドーは彼女を自分のほうに引き寄せた。「あなたはまだ……」だが、はしばみ色の目で彼女を見つめたまま彼は言葉を切った。考えていたことが舌から飛び去ってしまったかのようだ。彼が急に言葉を失ってしまったことを、ケイトは少しも奇妙には感じなかった。彼女のほうも、言葉を失ってしまいそうだった。いまふたりの間を飛びかっているかに思える、燃えあがるような興奮を阻むだけの力は、彼女が身につけているシュミーズにはなかった。シャドーの胸に生えた真っ黒な胸毛の感触が容赦なく彼女の胸をいたぶり、胸が腫《は》れたようになる。ケイトは恥じらった。ひだが寄り、頭をもたげた胸のいただきが水面からわずかに頭をのぞかせている。シャドーの体が緊張し、筋肉が震えるのがわかる。もがいて彼の体を押しのけ、なんとしても彼の手から逃れようと努めるべきだということは、彼女にもじゅうぶんにわかっていた。

だが、それができない。ケイトの頭は働こうとせず、手足は反応しようとしなかった。

彼の瞳をのぞき込みながら、彼女はまた思った。どこにいてもわかる目だわ。この瞳こそ彼の体に燃える火のみなもとであり、伝わってくる熱さのみなもとなのだ。だが……それだけではない。上下しているシャドーの胸の感触。ケイトを抱き寄せる彼の両手。つまり、これが……。

欲望というものなのね。思いがこみあげ、体がうずいて、なにかが……欲しくてたまらなくなる。

情熱と欲望は危険なものだわ。ケイトは自分に言い聞かせた。吟遊詩人たちの語る薄幸な恋人たちの物語を聞いたことはあるが、実らない恋に絶望して死を望む男女は愚かだと彼女は考えていた。

わたしは恋などしていない。彼のことをほとんど知りもしないのに。

それにもかかわらず……。

理性や頭での理解を超えた部分で彼をよく知っているという気がした。そのうえ、彼を好きになったところで、なにが変わるというのだろう？　わたしはみずから望んでマニング公爵と結婚し、彼の妻という立場に伴うあらゆることを受け入れるつもりでいる――そのときが来るまで。

つまり、公爵の息の根が止まるまで。

わたしは、恐ろしい人間だわ。

違う……。

でも、もしかしたら、そうなのかもしれない。

ふたりをとらえていた沈黙の魔法を破るようにケイトは彼を押しのけた。すぐにシャドーは彼女から手を離した。このあたりが立てないほど深いことをケイトは思い出した。彼女は勢いよく再び水の中を歩き出した。

「わたしは、なにを……話していたのだろう？」あの燃えるようなはしばみ色の瞳で彼女を見つめながら、彼は問いかけた。

「それは……」返事をしかけたケイトが突然叫び声をあげた。激しく動かしていたふくらはぎがつってしまい、ナイフが突き刺さったように激痛が走る。

「どうしたんです？」びっくりして彼が尋ねた。

「脚が……」

「なにかに食いつかれたのですか？」

「いいえ、違うわ……痛いだけなの。ものすごく痛むの。これでは泳げないわ。泳げない……」

彼女は浮いていることもできなかった。言葉の終わりのほうが泡にかき消されてしまい、それとわかった。シャドーはケイトのほうに手を伸ばし、すぐに彼女を自分の胸に抱きとった。そして、素早くケイトを土手のほうへ運び、彼女が座っていた岩へ戻ってきた。彼女を座らせると、両手でふくらはぎを包み込むようにして懸命にさすっている。

「やめて！」ケイトはあえいだ。あまりの痛さに気を失いそうだ。「お願い……死んでしまいそうだわ！」

「きっとよくなる」

「だけど、死にそうなほど痛いの！」でも、話をしているうちに無慈悲な脚の痛みはやわらいできた。不思議な、はしばみ色の瞳を見つめながら、ケイトは長いため息をついた。

「よくなったか？」シャドーが皮肉っぽい笑顔で尋ねる。

「ええ。でも、もう死んでいるわ」

「それにしては、口が達者だな」

「あなただって、悪党にしては言葉遣いがきちんとしているわ」

シャドーは彼女の脚から手を離した。彼の視線を感じたケイトは、シュミーズが体を隠すのに少しも役立っていないことにいまさらながら気づいた。あわてて目を伏せたが、またしても体が熱くなり、ふつうに呼吸ができなくなる。これが欲望なのだと恐れる気持ちが再び頭をもたげてきたとき、彼女は動揺した。

わたしが求めているのはこの人。森の中でわたしを捕らえた、仮面をつけた悪党。無法者の背教者。

あなたよりは数段上の悪党というわけかしら、レディ・ケイト？　彼女は自分をあざけった。

もし、手を出されるとすれば、この人がいい。

やはり、わたしはどうかしているのだとケイトは思った。どこの誰ともしれない相手にこれほど激しい思いを抱くなんて。仮面の男なのに。ひどい傷があるのかもしれない。

それでも、かまわないわ。

「そうだ！」突然あわてたように体を起こしながら彼は言った。「わたしには仕事があった」

「待ち伏せをして、もっと大勢の人たちから盗みを働くというお仕事かしら？」彼女は丁寧に尋ねた。

「あなたの身代金の支払いだ」

「まあ！」

「あなたがわれわれ一味と手を切りたいと願っていることはわかっている」

そのとおり、と言うように彼女は無言で頭をさげた。

「今日そのお膳立《ぜんだ》てをしてしまいたかったが、この状況では、あなたはもうひと晩われわれと一緒に過ごすことになるようだ。もう逃亡をくわだてたりしないと、いまでも約束できるか？」

ケイトはためらった。

「いまは逃げないとベスに誓ったけれど……」

「これからもそうするとわたしに誓うんだ。そうすれば、無事あなたをマニング公爵に引き渡すことにすると約束する。そうしてほしいという、あなたの気持ちが変わらないかぎりは」

「わたしの気持ちは変わらないわ」彼の目を見ないようにしながら、ケイトは断言した。

「では、約束してくれ。きちんと誓うんだ」

ケイトは彼のほうに視線を向けないようにして答えた。「誓うわ。逃げないと約束します。あなたのほうも約束してくれるなら」

「約束しよう」

彼が立っていたあたりを振り返ったときには、シャドーはもういなくなっていた。音もたてずに立ち去ったのだ。ケイトはそよ風を感じて、寒くなった。脱いであったドレスを見つけた彼女は、震えながら素早く頭からそれをかぶった。

ほどなくベスがやってきた。「まあ、お気の毒に！　震えていらっしゃるじゃありませんか」

「まだ体が乾いていないみたい」

「それなら、いい方法があります！」ベスは陽気に言った。「お嬢さまの衣装を入れた櫃《ひつ》が小屋に届いていますから、乾いている暖かな服にお着替えになればいいですよ」

彼女を捕らえたあの仮面の男がケイトの所有物を一部でも返してくれたことに、ケイトは驚いた。確かに好奇心をそそる人物には違いない。

たそがれどき、ケイトは小屋の暖炉の前に座った。ここは、どこかの領主の狩人《かりゅうど》小屋かもしれなかった。暖炉は簡素ながら、頑丈につくられていた。煙突は、部屋に煙が入らず、ぬくもりを保てるような構造になっている。今日の午後くたくたに疲れている自分に気づいてびっくりした彼女は昼寝をした。一日中、自分の決意について考え込んでいたにもかかわらず、夢も見ないで熟睡できた。

それどころか、悪夢も見ないですんだ。昼寝の前には、ほどいた髪を暖炉の火で乾かした。衣装の櫃と一緒に櫛《くし》やブラシも戻ってきている。下着は麻のシュミーズに取り替え、肩と胸のところが大きく開いたウールのドレスに着替えた。ちょっと大胆なデザインだ。

それでも、ケイトはその服を着ることにした。

まだ眠りから覚めきっていない頭であれこれ考えているうちに、森の中の監獄とも言えるこの小屋の木の壁の向こうから飲み騒ぐ声が聞こえてきた。笛の音も聞こえるし、笑い声もする。笑い声がさらに大きくなった。

もう逃げないと、ケイトは約束した。

だが、好奇心のうずきをすべて抑えるとは誓っていない。

そっと小屋を抜け出した彼女は、立ち並んでいるほかの住居の間を行きあたりばったりに通り抜けた。とある建物の前にある空き地まで来て、立ち止まった。そこにはテーブルが並び、肉を盛った皿が積みあげられ、ワインやエールや蜂蜜《はちみつ》酒が木製のゴブレットとともに配膳《はいぜん》されていた。だが、音楽や笑い声が聞こえ、しゃべったり酒を飲んだりする者があたりをうろついているとはいえ、決して野放図な宴会には見えない。無法者の一団から想像するような酔っ払いの乱痴気騒ぎとは、どうも趣が違う。

なおも眺めていると、〝高貴なお方〟が到着したと誰かが叫ぶ声が耳に入った。

こみあげてくる不安とともにケイトがなおも見ていると、一台の馬車が雑木林に入ってきた。馬車の扉がさっと開くと同時にひとりの女性が姿を見せた瞬間、例の仮面の男がひざまずいて深々と頭をさげたまま足早に前に進み出た。

その女性もまた黒ずくめのいでたちだった。黒いマントをはおって頭を黒いベールで覆っているため、顔立ちはまったくわからない。それでも、彼女が男たちのところにやってくると、彼らは喝采《かっさい》を送った。あたかも女王に送るような歓声だ。それに応《こた》えるように、女性もそれぞれの名を呼びながら男たちのひとりひとりに挨拶《あいさつ》をして彼らをうっとりさせているが、話が長引いてくると声を落とした。

貴婦人にワインが配られ、彼女がテーブルにつくため椅子が引かれた。シャドーは女性の隣の席につくという栄誉を与えられた。彼は女性の手を取り、ふたりで熱心に話し込んでいる。貴婦人はワインを飲んだあとで男たちが運んできた大きな櫃を受けとった。

大男のヨシュアが櫃を開けた。それを見てケイトははっと息をのんだ。縁まであふれんばかりに詰め込まれた金貨や貴重な宝石がほのかな月明かりの下でも、きらめいているのが見える。

シャドーがこちらを振り向いた。大きな息をもらした自分の迂闊《うかつ》さを悔やみながらケイトは目を閉じ、手を口に押しあてた。すぐそばの小屋に身をぴったりと寄せた彼女は、いまたてた物音がどれほどかすかなものであったにせよ、彼がなにかを聞きつけたか、感じとったかに違いないと思った。

ここで捕まるわけにはいかない。

小屋の外壁に体を押しつけ、目を開けたケイトは監獄同様のあの小屋へ急いで戻ろうとした。

しかし、彼女には逃げ場がなかった。

岩のように固いシャドーの胸にいきなりぶつかってしまったからだ。

思わずのぞき込んだ彼のはしばみ色の瞳には、ケイトをやけどさせるほどに熱い、怒りに燃える金色の炎があった。

6

「もう逃げはしないと約束したはずだ！」シャドーの叫び声には怒りがこもっていた。ケイトの体をぎゅっとつかみ、木造の外壁に手のひらを押しあてる。

　彼の問いにしどろもどろに答えながらも、彼女はあることに気づいた。仮面はそのままだが、彼の頭に結ばれていた黒い布が消えている。想像したとおりだ。シャドーは黒っぽい髪をしていた。とても濃い色だ。豊かな髪が波打っている。

「わたしに誓ったではないか！」彼は言葉を重ねた。

「でも、逃げるつもりでは――」

「あなたは、いるはずのない場所にいる」

「音楽が聞こえてきたの。だから、わたし……」

「あなたはこの宴《うたげ》に招待されているのか？」

「いいえ、されていないわ！」彼女は険しい声を出した。「わたしは無礼にも無視されたというわけね。でも、逃げるつもりでいたとすれば、反対方向へ逃げていたわ。少しでも分別のある人なら、そうすると思うけれど！」

「では、こちらの行動を探っていたということになるな」

「まあ、なんて自己中心的な田舎者なのかしら！　わたしは、そんなことはしていないわ！」はねつけるように彼女は言った。彼の腕を押しのけ、その下をかいくぐって彼の手から逃れ、自分の監獄小屋へ引き返し始めた。彼がすぐ後ろからついてくることに気づいても驚きはしなかった。彼はケイトの言葉を受け入れることにしたのかもしれないが、彼女が自分の小屋へ戻るとは信じていないようだ。

「わたしの行動をひそかに見張っていたというわけだ！」

「それは見当はずれよ！　あなたがた一味の催す、あさましいどんちゃん騒ぎに関心などないわ。わたしは――」

「逃亡をくわだてていた、というわけだな？」

「そうではないと言っているでしょう。喉が……かわいていたのよ。ワインでも飲みたいと思って……」

「あなたの小屋にはワインが用意されているはずだが」

「もしかしたら、あなたの手下たちと一緒にワインを楽しみたかったのかもしれないわ」

「本気か？」彼は雷のような大声を出した。

「お客さまがいらしたのでは？」

「もうお帰りになるところだ。そうでないとしても、いまわたしが抱えている問題をわかってくださるだろう」いつの間にか小屋に着いていた。シャドーは扉を押し開けると、あまりやさしさの感じられないしぐさで彼女をつついて中に入れた。前から燃えている火が暖炉でぱちぱちと温かな音をたてながら、部屋にほのかな光を投げかけている。

「子守のように、わたしが見張っているしかないというわけだ！」彼は言い放った。

シャドーが手を温めに暖炉に向かっても、彼女は戸口を入ってすぐの場所に強情に立ったままだった。

ケイトは彼が最後に言ったせりふを無視した。「あの女性はあなたの奥さまなの？」

「なんだって？」彼女のほうにくるりと向き直りながら、彼はきつい口調で言った。

「ここに来ている女性よ。あの人はあなたの奥さまかしら？」

仮面の下にある彼の唇がいくらかにやりとした。「いや、彼女はわたしの妻ではない。なぜ、そんなことを思いついたんだ？」

「あなたが不正な手段で手に入れたものをすべてあの女性に渡していたからよ！」

「ああ、そういうことか」彼は黒っぽいまつげを伏せた。

「あなたは仮面をつけて正体を隠している。あなたが二重生活を送っている裕福な人物だということは想像がつくわ。たぶん苦境に陥って、自分の財産を蓄えるために、お金持ちから盗みを働かざるを得ない貴族なのよ」

彼は再びケイトに視線を向けた。「あの女性の姿を完全に見たわけではないんだな?」

「見たとすれば、どうなるの?」

「ばかげた質問をするものだ」彼はつぶやくように言った。「そんなことをきくものではない。いいか、あなたは人生を前向きに生きて、マニング公爵と結婚したいと切に望んでいるのだろう。わたしの迎えた客人が誰であるかわからなかったことに感謝すべきだ」

「どうして? あの女性は誰なの?」

「あなたには関係のないことだ」彼はきっぱりと言った。「だが、彼女の正体に気づいたのなら、あなたを解放することはできない、と言えばそれでじゅうぶんだろう。さあ、ワインを探していたと言わなかったか? あなたのお気に入りの連中と一緒に楽しむのだろう! 残念なことに、ここにいるのはわたしだけだが!」

「なおさらワインが飲みたくなってきたわ」扉を見つめながらケイトはつぶやいた。不意に好奇心に火がついて、あの女性が誰だったのか知りたくてたまらなくなってきた。彼の客の正体を知ったなら、囚人のままここに留めおかれるとシャドーは言ったけれど、まさか本気ではあるまい。

彼はワインを注いで木製のゴブレットを彼女に差し出してから、自分のワインを飲み干した。それから、ベッドの足元に腰をおろしてブーツを脱いだ。

「あの人はあなたの……愛人?」

「レディ・ケイト！」彼は憤慨した。「彼女の正体をあなたに明かすわけにはいかないんだ。聞き分けのよい人質のようにワインを飲んだら、頼むから寝てくれ。そのほうがどちらにとっても都合がいいのだから」

「人質は行儀よくふるまったりはしないものよ」

「それなら、せめてそういうふりをしてほしいものだな」

「どうして？」

「わたしの言葉に従わないとあなたが大変なことになるからだ！」

「まあ、そうなの？　大変なことって、なにかしら？　なんらかの方法で拷問を受けるということ？」

「レディ、あなたのおかげで味わわされたひどい苦痛の埋め合わせをしてもらうとすれば……しょうがない人だ！　ワインを飲むんだ！」

体中がかっと熱くなるのを感じながらケイトはワインを飲んだ。ゴブレットを下におろした彼女はベッドに腰をおろして彼の背中を観察するように凝視した。ということは、彼にひどい苦痛を味わわせることに成功したというわけね！　わたしの馬車を強奪すると決めたのは彼なのだから、自業自得じゃないの。

ケイトは考え込んだ。「あの人、本当に生活に困っているようには見えなかったわ。それにしては立派な馬車に乗ってきたもの」

シャドーはもう我慢ができないというように立ちあがり、彼女のゴブレットにさらにワインをついだ。

ケイトは反抗的なまなざしで彼をにらんだ。彼はゴブレットを彼女の口にあてがった。

「飲むんだ」

「横柄な人ね」ケイトは威厳をもって答えた。

「静かにしていたほうが身のためだ。さあ、早く飲むんだ、レディ。そうするべきだ！」

彼女のゴブレットの中のワインはすぐになくなりそうだった。彼の言葉に従うつもりは少しもないのに、気がつけばワインを飲んでいた。再び彼女の体はほてってきた。それは彼女自身、望んでいたことだった。なにかそわそわした気分に陥っていたからだ。ケイトは彼に対して腹を立てていた。そのうえ、ばかげたことだが、嫉妬《しっと》心に駆られてもいた。そのことを認めたくはなかったが、事実そうだった。彼に質問を浴びせ、無理にでも答えさせたかった。自分でもぎくりとしたくらいだ。口論やけんかになってもかまわないとさえ思った……。

彼が一緒にいてくれればそれでいい。そばにいてくれるなら、それだけでよかった。

「疲れてきたか？」苛立《いらだ》ちをつのらせながら彼が尋ねた。

「いいえ、別に」

「いいから、もう眠ろう」

「あなたはどの人質とも一緒に眠ることにしているの？」ケイトは尋ねてみた。

彼女を見つめながらシャドーはためらった。「これまで、それほど多くの人質を取ったわけではない。でも、どの女性もあきらめがよかったな。身代金が支払われるのを待ちながら、おとなしくしていたものだ。自分の倍も身長のある騎士――いや、男にたえず闘いを挑んだ女性などひとりもいなかった。狼《おおかみ》みたいに森へ逃げ込もうとした女性もはじめてだ！」

彼はふたり分のゴブレットを手にしてテーブルの上に片づけると、黒いシャツを頭から脱いだ。川に入ったときと同じように、仮面とズボンだけを身につけ、裸足《はだし》で上半身は裸という姿でシャドーは彼女の前に立った。

「ベッドの内側に寝るんだ」

「どうしてなの？　逃げないと誓ったはずよ」

「そこに寝るんだと言っている」

「わたしに命令する権利はないはずよ」

「レディ、いつものことながら、夜間に素早く移動しなければならないようなことが起きるかもしれないんだ」

「服は、すべて脱がなければいけない？」ケイトは淡々と尋ねた。

「そうしたいなら、そうすればいい」

ケイトは蹴《け》るようにして靴を脱ぎ、長靴下を取り去った。不埒《ふらち》な衝動に駆られて頭からウールのドレスを脱ぐと、麻のシュミーズ姿でベッドの外側に長々と寝そべる。そこは彼が眠ると決めた場所だった。

ケイトの体に毅然《きぜん》とした彼の両手がおりてきた瞬間、ケイトははっとした。シャドーはケイトの体を抱えると、それにくるまって眠れるように彼女の下にある上掛けを引っ張りあげてから、彼が命じた場所に彼女をおろした。彼がさっと手を離したので、ケイトはそのまま天井を凝視していた。暖炉の火は燃えつきようとしていた。天井や壁に映る影が黒く伸びている。

シャドーは彼女に背を向けた。彼の歯ぎしりが聞こえてくる。

ケイトは小声で話しかけた。「まだ質問に答えてもらっていないわ！ あの女性はあなたの愛人なの？」

彼はさっと彼女のほうを向いた。今度は肘をついて体を起こし、濃くなった闇《やみ》の中でケイトを見おろしている。「質問に対する答えを得ようとしてはならないと警告したはずだ。グレゴリー伯爵家のレディが森で暮らすことになるなんて、想像もつかないだろう！」

ケイトはまつげを伏せた。一瞬にして、胸が痛むほど鮮明に思い出がよみがえった。煤《すす》で真っ黒になりながら走っていたことを覚えている。やけどをしていて痛みがあったが、それより恐怖心のほうがはるかに大きかった。彼女は丘の上で食い入るように風を見つめているひとりの男に出会った。それがグレゴリー伯爵だった。彼に会うのはそれがはじめてだったが、彼の表情にはなにか悲痛さと思いやりが感じられた。ケイトは彼に一部始終を話して、一緒に館《やかた》に来てほしいと頼んだ……。

「かわいそうに！　だが、この世には卑怯《ひきょう》な人間がたくさんいるものだよ。きみは館に戻ってはいけない。わかるだろう？　やつらは、きみまで殺そうとしている。あの殺人鬼が欲しがっているのはお父上の肩書きだ。だから、もし、きみが生きていると知ったら……」

その場でグレゴリー伯爵は決断を下した。

「わたしの話をお聞きなさい。けさ、うちのかわいいケイトが部屋で息を引きとったのだ。きみはわたしの娘のケイトになりなさい。善良なるあなたのお父上は天国でわたしの娘を見守ってくださることだろう。だから、わたしはこの世できみを守る」

ともあれ、その日から彼女はあらゆる意味でグレゴリー伯爵の娘となった。彼女は心から伯爵を愛した。彼はケイトの成長を手助けしてくれた。いつしか彼女も伯爵を守るようになり、彼の利益を保護し、財産や地所の管理を手伝うようになっていた。熱心に仕事に打ち込みながらも、復讐《ふくしゅう》を果たすことをケイトは決して忘れなかった。

それは伯爵が生きている間は実現できないことだった。それでも、悪人を裁きたいという強い思いは消えなかった。たとえ、どんな犠牲を払ったとしてもマニング公爵のもとにたどり着かなければならない。

それなのに……。

今夜はケイトの心に奇妙な感情が芽生えていた。シャドーになにか無理な要求をしてみたい。彼の声が聞きたい……。

彼のそばにいたい。

「あの女性があなたの愛人か、そうでないかがわかったところで、わたしには彼女の正体などさっぱり見当がつかないのに」ケイトは言った。

たぶん月が雲に隠れてしまったのだろう。部屋の中でも、暖炉からもれる光が小さくなってきている。彼はみなにシャドーと呼ばれているが、いまは文字どおり暗闇の中に浮かぶ影のようだ。部屋の中のものすべてが彼に圧倒されているように見える。ケイトは彼の存在を感じ、彼のにおいを吸い込んだ。暗闇の中で彼がケイトをじっと見つめているのがわかる。彼には彼女以上に多くのものが見えるのだろう。

「あの女性は、わたしの愛人などではない」

「よくも、ぬけぬけと」

「レディ、わたしが若く美しい女性のあとを追うために姿を消したり、一晩中わたしと同じベッドに人質を寝かせておくことを許したりするような愛人がいると思うか?」

「たぶん、あなたが恥を知る人だと信じているからでしょう。たぶん――」

「詮索《せんさく》はやめておいたほうがいい」

「わたしが知りたいのは、たぶん――」

　思いもよらない方法で不意に口を封じられて、ケイトははっとした。いきなり重ねられた唇に、彼女は心揺さぶられるような刺激的な興奮を覚えた。

　シャドーは彼女の体に手もかけなければ、静かになるよう押さえつけもしなかった。鎖でベッドに縛りつけられていたとしても、彼女はもはや彼の人質ではなくなっていた。シャドーの唇はワインや森や小川の味がして、一日中彼女を悩ませていた脈打つような欲望を思い出させた。ひたすらケイトをそそのかすように動く彼の唇。それは命じるように、強いるように動いて舌が巧みに彼女の唇を割った。ケイトは捨て鉢な気分になったが、こちらが拒めば、彼はそのまま引き返すだろうと察しがついた。きわどい遊びだ。ここまでくれば、ためらいがちな恋人同士のキスくらいではすまされない。ふたりの出来心が行き着くところまで行くことは想像がつくし、その事実を驚くほどしっかりケイトは意識していた。それでもやはり、体をずらそうという気にはなれない。時を追って激しさを増してくる情熱的なキスをやめさせようという気にはとてもなれなかった。

　ようやくシャドーはケイトを抱いた。彼女の腕に手をかけ、喉に唇を寄せる。じらすように動く唇が脈打つ場所を見つけた。薄手の麻のシュミーズに押しつけられた彼の唇がその下にある胸に気づき、そのいただきをいたぶるように舌で味わってから、すっぽりと口に含んだ。

シャドーの髪に指をからませ、森の地面に舞い落ちた色づいた葉のようにケイトは体を震わせた。彼の愛撫《あいぶ》に身をまかせながらも、腰や腹部にあたる彼の体や壁のように広い胸、長い脚や彼の高まりを意識した。急激に全身が感動の波に洗われる。身もだえするような感覚のみなもとが、これほどかき立てられることを知らずにきた秘めやかな場所にあることを彼女は初めて知った……。

ケイトの体が燃えた。全身が煮えたぎる油のようになり、もう死んでしまうとさえ思った。血が熱くなり、手足が激しく動く。シャドーの歯が肌を食《は》むようにかすめた。腰の曲線に伸びた彼の手がシュミーズの裾《すそ》からもぐり込んでケイトの素肌を愛撫する。全身に広がる飛びあがるほどの興奮に、思わず悲鳴をあげそうになった。だが彼の体が上に来て、「やっと静かになった」と彼女の唇にささやくまでは声をあげずにこらえた。

彼の仮面は、まだそのままだった。ケイトを見おろす瞳が暗闇の中でも金褐色に輝いている。

「あなたが口を開けば、それが自分の身を守ることになるかもしれないぞ！」

そうはいっても……。

ケイトは言葉を発する気にはなれなかった。彼はもう一度キスをしたが、それは唇に触れるか触れないかの淡いものだった。探るような視線を彼女に向けたまま、それが幾度も繰り返された。

「抵抗しないのか？」

「たぶん……あなたは名誉を重んじる人だと思うから」

「いくら名誉を重んじる人間と言えども、限界というものがある。わたしは、もう我慢できない！」下唇に彼の親指の腹があたり、再び彼の唇を感じた。舌が侵入し、彼の手が……体にかかる。下着が彼女の腰のまわりにまとわりついていた。いつの間に破れたのかわからないが、不意にそれがびりびりと裂けた。むき出しの彼の肌がケイトの肌にぶつかってきた。

もう、ふざけ半分ではすまされないわ！　彼女は自分に言い聞かせた。いま起きていることは現実なのだ。声を出して抵抗するよう彼に言われたのに、不意にケイトは言葉を失った。こうすれば、風に向かって夜通し暴れ馬に乗ることに耐えられるとでもいうように、ケイトはおずおずと彼の体に腕を回し、黒々とした彼の髪に再び指を入れた。シャドーは幾度も彼女に触れた。手のひらで胸を愛撫し、腰の線をなぞり、指先はそっと腿を撫《な》でる。ケイトを見つめたまま、彼はその官能的な指先を秘めやかな場所に忍び込ませた。

彼と目を合わせたくなくて、ケイトは身をよじらせて体の向きを変えようとした。彼が尋ねた。「わたしが欲しいか？」

ケイトは再び自分の髪に体をうずめ、彼の力に身をまかせようとしながら意味のないことをつぶやいた。彼の声が不意にとげとげしいものになった。

「花嫁としてマニング公爵のもとに引き渡されることを望んでいると、わたしに言ったはずだ」

「確かに言ったわ！」

彼の顔が迫ってきた。仮面の下の瞳が光っている。「レディ、これは無理強いではない。手込めでもなければ、人質に対する野卑なふるまいでもない。明日のことはわからないが、いま、わたしを求めているか？」

彼が自分からそうした許可を得ようとしていることに動揺し、ケイトは息をのんだ。そうはいっても、シャドーの体はすこぶる熱く、張りつめた欲望が伝わってきて、彼の指使いをもう体の中に感じている。強制ではないけれど、これは誘惑だわ！　ケイトは大声で叫びたくなった。秘めやかな部分に忍び込んだ指はじっとしてはいないで自由に動き回り、ついに……。

実際、欲望をかき立てられ、誘惑されているようなものだ。息をすることもできなければ、理性を働かせることもできないのだから……。

「いいえ！」唐突に彼女は叫んだ。だが、彼に唇をふさがれた。

「〝イエス〟《イエス》と言ってくれ！」彼がささやく。

「ええ！」

「ああ！」

次の瞬間、再び彼のキスがいたるところに降ってきた。唇が動き回り、全身に火がついていく。彼の手は巧みにケイトを操った。彼女を自分の胸に力強く抱き寄せる。欲望を呼び覚まされ、情熱をかき立てられてケイトの体が切なくうずいた。暗闇に閉ざされた夜だというのに、体の中には火が燃えさかっている。それはもう狂乱と言ってもいいほどの甘美さだった。ケイトは激しく体を動かし、身もだえした。秘めやかな部分への愛撫に身をよじらせて引き戻され、息を詰まらせ、あえいでは再び駆り立てられる。彼の行為を非難しながらも、ケイトはどこまでものぼりつめていった……。

彼女の上になり、膝で腿を割ると、シャドーは動きを止めた。そして、もう一度ケイトを見おろした。「あなたはわたしを悪党と呼んだが、決定権はあなたにゆだねる。あなたがノーと言えば、わたしはあなたから離れよう」

「お願い……」

「あなたの望みはなんだ？　背教者に無理強いされていると思っているのか？　それは違う。これについては、あなたもわたしも同罪だ。だが、ここからは……」

ケイトは激しく体を震わせた。「さっき言ったはずよ」

「なにを？」

「あなたを受け入れると」

「わたしが欲しいと言ってくれ」

「あなたは、あさましい追いはぎだわ」

「そのとおりだ。わたしが欲しいと言ってくれ」

「盗賊！　罪もない者を誘拐して――」

「罪なき乙女よ、わたしが欲しいと言うんだ」

ケイトが小声でなにか言った。

「なんですって?」

「あなたが欲しいの。もう、憎らしい人……」

それで合意は成立だった。それだけでじゅうぶんだった。ケイトが叫び声をこらえる準備も整わないうちに、シャドーが入ってきた。キスとやさしい言葉で彼は叫び声を封じてしまった。彼は侵入をやめなかった。あやすようにじっとケイトを抱いてから、体を揺りながらほんの少しずつ入ってくる。

リズミカルに深く挿し入れては、ゆっくりと体を引く。それがゆっくりと幾度も繰り返された。やがて……。

シャドーの体が夜風のようにひそやかに動き始めた。ふたりのシルエットが重なっていく。ケイトは幾度も幾度も泣き叫びたいほどの嵐《あらし》に翻弄《ほんろう》された。またしても情熱が高まっていく。体の奥底がどうしようもなくうずいた。熱い炎や星に手を触れ、爆発してしまいたいような思いがこみあげてくる。うずくような痛みを感じて彼女はフィナーレが近いことを予感した。それでもなお身もだえしながら、シャドーの動きに合わせて体を躍らせた。ケイトの中に彼がいて、彼女を満たしている。ケイトと一体となった彼が緩急をつけ、そっと愛撫するように体を前に押し出す。その動きがしだいにせわしくなっていった。

天が裂け、星明かりがケイトの上にこぼれ落ちてきた。彼女が味わったのは望みどおりのものだった。その甘美さに酔いしれるあまり、彼の手がまだ自分の体にかかっていることや、彼が体を震わせたこと、彼女の体に走った最後の衝撃を受けて熱い液体がシャドーの体から彼女の体に流れ込んだことにも、ほとんど気づかなかった。

彼はケイトの隣に体を落として横になった。ふたりの上に横たわる闇を見つめている。

「あなたのせいだ！」やがて彼はかすれ声で言った。

ケイトには思いもかけない言葉だった。

「どうして、そんなことを言うの？」彼女は腹を立てて尋ねた。

「これで、わたしは乙女の純潔を奪った男になってしまったわけだ！　この仮面を取りたくてたまらなくなる」

「はずしてしまえばいいのに」彼女はささやいた。

彼は再びケイトのほうを向いた。ブロンズ色の体には汗が光っている。「わたしに仮面をはずさせたいと？　では、この森にとどまるつもりなのか？」

「それは……できないわ！」

「無理やりそうさせたら、どうする？」

「あなたはそんなことはしない人よ！」

「なぜ、そう言いきれるんだ？」

「それは――」

「それは？」

「あなたはそんな人ではないから……あなたなら、そんなことは……」ケイトは頬が赤らむのを、いや、全身が紅潮してくるのを意識した。「こんなことになったのは、わたしのせいだもの！」彼女は素直に認めた。「それでも、あなたはわたしに逃げ道を与えてくれるつもりだったのに」

「そうかもしれない。だが、あなたの返事がどうであれ、結果は同じかもしれない。今度はもう、あれほど寛大にはなれないだろう」

ケイトは彼を見つめた。「あなたには、わからないでしょうけど。わたしには……マニング公爵のところへ行かなければならない事情があるの。誓いを立ててしまったから」

シャドーはうめいた。「マニング公爵のような男にとっては、誓いなどなんの意味もない」

「わたしは自分に誓ったのよ」

「そういうことなら、もう二度と仮面をはずせなどと言わないでくれ」

急に震えを感じて、ケイトは顔をそむけた。彼の体のぬくもりはもう失《う》せていた。シャドーはぎくしゃくしたようすで彼女のかたわらに横になった。ケイトは湧《わ》きあがってきた惨めな気持ちと闘うために、はじめての体験だったすばらしい一瞬にすがりつこうとした。

「どうして、わたしに対してそんなに腹を立てるの？」一瞬ののち、彼女はささやくように言った。「わたしは……」

「なんだ？」彼はそっけなく尋ねた。

ケイトはありのままに言った。「わたしは、あなたを求めていたの。あなたは個性的で尊敬に値する人よ……。だから、二度と触れるチャンスが訪れないかもしれないあなたに触れてみたかったの……」

彼女の声はしだいに小さくなったが、その言葉が終わらないうちにシャドーはもう一度彼女を抱き寄せた。その腕に力がこもり、時がたって暖炉の残り火がさらに小さくなるにつれ、ケイトを撫でる手つきがやさしくなった。

やがて、かすかにその撫で方が変わってきた。情熱と欲望がまたよみがえってきたのだ。彼はさっきよりも性急にケイトを吹きすさぶ嵐のような情熱の道づれにした。いただきに引きあげては沈ませ、さらに高みに押しあげる。ケイトがもう死んでしまうと思った瞬間、はじけるような甘美な感覚が再び彼女の全身をつらぬいた。

シャドーは再び彼女を抱いた。それが繰り返されるうちに時が過ぎた。雄鳥《おんどり》の鳴く声に目覚めたケイトは、彼が目を開けたまま自分の隣に横たわっていることに気づいた。

「これでも、あなたはマニング公爵のところへ戻りたいというのか？」シャドーは尋ねた。

ケイトは彼から視線をそらした。「どうしても、公爵のところへ行かなければならないのよ」彼女は小声で答えた。

シャドーの瞳をのぞき込まなくても彼の失望は伝わってきた。それは大波のようにケイトのもとに押し寄せてきた。

彼が覆いかぶさってきたので、ケイトはぎらぎらする彼の瞳を見つめるしかなかった。

「それなら、もう一度マニング公爵の花嫁を抱くことにしよう。レディ、けさはあなたがなんと言おうと、もう容赦はしない！」

7

シャドーはもういなかった。あのおどすような言葉にもかかわらず、やさしく気遣いながらも情熱的にケイトを抱いた彼だったが、そのあと……彼は姿を消した。ケイトに言葉ひとつかけてはくれずに。

だいぶ時が過ぎてからベスがやってきて、ケイトを森から送り出す準備が整ったと教えてくれた。彼女の話では、シャドーはケイトの身代金を要求しなかったらしい。彼女はしかるべき家柄のレディだから、自分の衣服は自由に持っていってもかまわないが、残りの結婚持参金はおいていくようにとのことだった。

時がたつにつれ、ケイトは泣き叫びたい衝動に駆られ始めた。すすり泣いているうちに自分自身に猛烈に腹が立ってきた。あんなふうに彼に扱われたことに心がものすごく傷ついていた。誘拐犯のくせに！　あの男は悪人で盗賊、無法者なのよ。彼女は幾度も自分に言い聞かせた。わたしがマニング公爵に嫁ぐことをとやかく言う権利はないはずだわ。かりに、マニング公爵と婚約していなかったとしても、わたしが背教者の一味に加わるなどと想像する権利がどこにあるのだろう?

でも、事情が許せば、そうするだろうとケイトは思った。肩書きも領地も地位さえも捨てて、彼と一緒に暮らす道を選んだことだろう。過去のあの出来事に審判を下す必要さえなかったなら。

彼を愛してしまったなんて、あり得ない話だわ。

でも、それが真実だった。

だから、決心を変えないケイトにシャドーが落胆したことで彼女自身ひどく傷ついていた。

午後になるとすぐに、ヨシュアが迎えに来た。彼とほかの手下が森のはるか北に一本の木が立っている場所まで馬でケイトに付き添い、そこでマニング公爵の家来たちと落ち合うという手はずになっていた。

「シャドーはどこにいるの?」彼女はヨシュアに尋ねた。

「小川のそばにいらっしゃいますよ、レディ。でも、急いで出発しないと――」

ケイトは彼と一緒に声をあげて笑ったあの場所へ急いだ。本当に彼はそこにいた。例の仮面をつけ、ブーツをはいた足を木の根っこにかけて川を見つめていたが、彼女の足音に気づいて、素早くこちらを向いた。駆け寄ってくるケイトを見て顔をしかめている。

「どうどう!」倒れ込みそうな勢いの彼女を止めながら、シャドーはつぶやくように言った。

「本当は行きたくはないの。でも、行かなければ。あなたに理解してもらえるとは思わないわ。でも、決してあなたを裏切ったりはしない。あなたがこの森でなにをたくらんでいるのかはわからないけれど……あなたを信じているから」

シャドーは仮面の下でゆっくりと笑みを浮かべた。「あなたにここにいてほしい」彼はやさしく言った。

「それができたら、どんなに幸せなことか！　それがわたしの本心よ」

シャドーは白っぽい小さな宝石がひとつだけついた銀の指輪を自分の指からはずした。

「これはムーンストーンだ。わたしたちが出会ったのは満月の晩だったから」彼の声がかすれている。彼は早口になった。「もし、わたしに会いたくなったら、マニング城には馬の世話をしているピーターという男がいる。彼にこの指輪を届けさせてくれ。そうすれば、あなたに会いに行く」

再びシャドーの腕の中に飛び込んだケイトは彼を抱きしめた。そして、顔をあげて彼の顔を見つめた。「あなたの瞳をいつまでも覚えているわ」

シャドーがキスしてくれた。それは、とても長くて情熱的なキスだった。彼に抱かれるとケイトの体が震えた。体を震わせながら、彼との思い出を心に刻みつけた。

ようやくシャドーと別れた彼女は馬車へと急いだ。馬に乗ってケイトに付き添っていくヨシュアと数人の手下たちが彼女を待っていた。ベスは、ケイトが馬車に乗り込む前に彼女を抱きしめようと待ちかまえていた。「これがいいことだとは思えません。少しもいいことだとは思えませんわ」ベスはやきもきして言った。

ケイトは言い張った。「どうしても行かなくてはならないの。でも、心配してくれて本当にありがとう。もしかしたら、いつかまた会える日が来るかもしれないわね」

ヨシュアが馬車の扉を閉め、一行は出発した。ケイトはカーテンを引いて外を眺めたが、やさしい顔をしかめて、まだ嘆きながら馬車を見送っているベスの姿に困惑した。

ケイトは深々と座席にもたれた。世の中おかしいわ。なにもかもどうかしている。無法者と呼ばれるのがすごく善良な人たちで、貴族が極悪人であることが多いなんて、どうかしている。

そもそも、そんなふうに両者を裁いているあなたは、何者なの？　ケイトは自嘲《じちょう》した。

どれくらい馬車に揺られたかはわからない。その間、彼女はずっと惨めな気持ちで座席にもたれていた。馬車が止まり、ヨシュアがこつこつとノックしてから馬車の扉を開けたのは夕方だった。「マニング城が前方に見えます。あなたが怖がらないように遠くには行きませんが、マニング公爵の家来どもが約束を破って、味方をすべて絞首刑にするためにわれわれのあとをつけることがないよう、あなたとはここでお別れします」

マニング城。

ヨシュアのがっちりした腕につかまって馬車をおりながら、彼女は唇を噛《か》んだ。木の間からのぞいてみると、堀をめぐらせた丘の上にそびえ立つ砦《とりで》が見えた。それはもともとウィリアム王の城のひとつだった。すでに征服した者たちとの絶え間ない闘争の中で、王の治世の終わりごろに建てられたものだ。最初の五十年間は戦場から引きあげてきたばかりのノルマン人が城の管理にあたっていた。やがて、その家系が絶えると一一六〇年、現リチャード王の父親であるヘンリー二世の遠縁のいとこに戦争で手柄を立てた褒美としてマニング公爵五世の称号が与えられた。

しかし、その血筋も絶えた。

やがて、フィリップ・ルソー伯爵がその肩書きを手に入れた。そのあとは彼の息子が公爵の肩書きとフィリップ・ルソーの名を受け継いでいる。

マニングの砦を取り囲む城壁が、のぼってくる月に照らされてきらめいていた。城の周囲には堀がめぐらされ、跳ね橋を通らないかぎり中には入れない。丘の上にそびえ立つその姿はアーサー王の伝説の城のように神話的にさえ見えた。ことによると魔法の城なのかもしれない。周辺の土地は肥沃《ひよく》で、作物の収穫が盛んだった。山羊《やぎ》や羊もよく育っていた。

「レディ」ヨシュアが咳払《せきばら》いした。

ケイトはほほえんで、彼に片目をつぶってみせた。「もう怖いものはないわ、ヨシュア。森の中でおそわれてしまったから」

「ああ、レディ、あなたに事情をお話しすることさえできたら……」

「わたしもそれが知りたいわ、ヨシュア。彼がわたしに秘密にしているのはどんな事情なの？」

「わたしの口から申しあげるわけにはいかないのです」

ケイトはつま先立ちになってヨシュアの頬にキスし、彼を抱きしめた。「こんなことを言っている自分が信じられないわ！　あなたたちに会えなくなると思うと、とてもさびしいだなんて」

「森の奥へいらしてください。そうすれば、もうさびしくはありませんから！」

「わたしは行かなくてはならないの」ケイトは言った。

ヨシュアは笑顔で尋ねた。「レディ、あなたがシャドーさまに秘密になさっているのは、どんなことなのですか？」

頭をさげながらケイトはほほえんだ。「早く行って、ヨシュア。公爵と一緒にシャドーに傷を負わされた者たちが来るかもしれないわ。公爵は喜んであなたたちを縛り首にするに決まっているもの！」

ヨシュアは自分の巨大な去勢馬に再び重々しくまたがった。ケイトはここまで付き添ってくれた三人――ヨシュアとガーウェインとトーマスにほほえみかけた。彼らはみな悲しげに彼女を見つめてから馬の向きを変えた。たちまち三人の姿は森の中に消えていった。

それは絶好のタイミングだった。時をおかず、人声が聞こえてきたからだ。

「あの卑怯《ひきょう》な連中をひっ捕らえるには、今度こそ素早く立ち回らねば」

「レディ・ケイト！」

馬に乗った一行が目に入ったが、あまりに人数が多くて最初のうちはその数さえわからないほどだった。みな完全武装で鎧《よろい》を身につけ、訓練の行き届いた大きな軍馬に乗っている。

声をかけたのは、ほかならぬウェイロン卿《きょう》だということに彼女は気づいた。その隣には、卿より若い男がいる。

マニング公爵だ。

彼は頑健そうな体つきで背筋を伸ばして鞍《くら》にまたがっていた。驚くほど青い瞳にとうもろこしの毛のような色合いのブロンドの髪。痩《や》せて引きしまった体つきの人目を引く男だ。口と顎が妙にゆがみ、目がぎらついている。彼の内面の邪悪さが外に現れてはいないか、彼の心にひそむものが目に映し出されてはいまいかとケイトの心の中は複雑だった。

「レディ・ケイト！」

公爵と婚約していながら、彼に会ったことはほとんどなかった。ケイトは彼を餌《えさ》でおびき寄せたのだ。彼女はいかにもしとやかに公爵に挨拶《あいさつ》して、グレゴリー伯爵の遺《のこ》した財産のおかげで裕福な身分であることが彼の耳に入るよう仕向けた。持参金だけでも多額にのぼるのだ。結婚相手としては自分が有力な存在であることが、ケイトにはよくわかってい た。マニング公爵に比べて肩書きこそないが、裕福であばたもないうえ、歯はすべて自前で、年も若い。

若い娘がよぼよぼの男やもめに嫁がされるように、健康で元気な若い貴族が気まぐれから、自分より倍も年上の女性と結婚するのはよくある話だった。富や権力が最優先された封建制度の仕組みとは、そういうものだったのだ。

「おお、レディ・ケイト!」マニング公爵ことフィリップ・ルソーは、またがっていた軍馬からおりて彼女のもとへ駆け寄った。怪我《けが》をしてはいないかと彼女を眺め回しながら、彼はケイトの手を取った。「あなたがこんな目に遭われるとは! 国を支配しようとする、ああした卑怯な無法者たちを森から追い払ってやるつもりです! あなたを捕まえた連中を見つけ出して、きっとひどい目に遭わせてやりますから! ええ、誓いますとも! お怪我はありませんでしたか?」

彼は本気で心配してくれているのだろうかとケイトは考えた。それよりは、自分のものになるはずだったものを誰かに奪われたことを嘆いているのではないだろうか。

「いいえ、公爵さま。手荒な扱いは受けませんでした。あなたがこの場所でわたしを引きとりに来てくださると決まるまで、拘束されていただけですわ」

むっとしたようにうなずいた公爵はちらりとウェイロン卿を見た。「ならず者たちの話は聞いています。奇妙な騎士道精神を見せるときがあるらしい。家来たちから聞いた話では、盗賊の頭は丁寧な言葉遣いをするそうだが、結局はその男に身動きができないほどにやられてしまってね。行儀のよい悪党とはいえ、盗賊に変わりはないし、無法者ですよ。捕まえて、縛り首にしてもまだ足りない。やつらをひっ捕らえてやります。ウェイロン卿と森の調査をしている最中でしてね。やつらの本拠地を探しあてるのも時間の問題だ。だが、あなたは実行力のある男を夫に選んだことになる。われわれの結婚式の前に、あなたのためにやつらを縛り首にしてやりますよ。式は来週の土曜日に挙げることになっているが」

「公爵さま、もしかしたらあの人たちはいま窮状にあって、生きのびるためにより豊かな生活をしている人たちから盗みを働いているのかもしれません。お願いですから、わたしのために彼らを探すようなことはしないでください！」

公爵の目がぎらつき、唇がゆがんだ。彼の浮かべた奇妙な笑みが当時の思い出をよみがえらせ、ケイトは思わず大声で叫び出しそうになった。

「やつらに我慢できなくなったら、見つけて縛り首にしてやりましょう。まず、わたしから盗んだものを取り返し、それから償いをさせてやる」

あの笑い方！　あの目つき……。

炎がケイトの目の前に現れ、煙と人の焼けるにおいが漂ってきた……。

困ったことに周囲が揺れたような気がした。これまでケイトは気絶したことが一度もなかった。体が丈夫で気が強く、その気になれば狡猾《こうかつ》にもなれる。

それなのに……。

ケイトはめまいがした。

公爵が倒れそうになる彼女を捕まえた。フィリップ・ルソーの手が彼女の体をつかんでいる。たちまちケイトはわれに返って、そのことを意識した。

体にむしずが走った！

ああ、神さま。わたしはこれに耐えられると思っていたのだわ！　それが必要な場合は、実際にこの男と結婚し、彼の妻となって絶好の機会をうかがう——それができると考えていたのだ。

でも、いまはもう以前のわたしではない。激しい恋心や、やさしい気持ち、体がうずくほどに切なく誰かを求めるのがどういうことかを知ってしまったいまは。

シャドーに出会ってしまったいまは。

「もう大丈夫です」まだ公爵に抱かれていることに嫌悪感を抱きながらも、ケイトは体を安定させてから叫んだ。不快ではあるが、彼の腕から逃げるわけにもいかない。それは許されないことなのだ！

公爵は軍馬の背に彼女を乗せ、その後ろに自分がまたがった。再びケイトの体にむしずが走った。

シャドーと、こんなふうに馬に乗ったことがある。でも、いまは……嫌悪感しか抱けない。こんなことが長くつづくなら、気分が悪くなるかもしれないと彼女は思った。

だが、その状態は長くはつづかなかった。やがて、彼らを乗せた馬は城壁の中の敷地を抜け、広大な緑の坂をのぼっていった。跳ね橋がおろされ、馬は早足で中庭へ入っていった。馬番があわてて駆け寄ってきて、馬の手綱を取ろうとした。フィリップ・ルソーは馬から彼女を抱きおろした。

ケイトは彼の体を押しのけ、自分の足で立とうと必死だった。「わたしなら大丈夫ですわ、公爵さま！」

「あなたは大変な災難に遭った。このまま、あなたのために用意された部屋へ行き、温めたワインを口にできるよう、取りはからおう」

彼女は無理にほほえもうとした。公爵と並んで城に入ったケイトは大広間まで来て、そこにおかれた大きなテーブルや暖炉の前のがっしりした椅子、そこに集まっている大型猟犬を見て体を震わせた。緑と金色の服を着た年配の男が前に進み出てフィリップに頭をさげた。「奥方さまがお着きになられたのですね。すべて準備は整っております。奥方さま、マニング城へようこそ。わたくしはエバンと申しますが、なんなりとお申しつけくださ い」

ケイトは再びめまいがしてきた。だが、今度は我慢しなければならない。エバンは青い目によどんで疲れた色を浮かべ、憔悴《しょうすい》した悲しげな顔つきをしていた。ケイトは手を伸ばして彼の頬に触れたくなった。

「ありがとう、エバン。もうくたくたなので、部屋で休みたいのだけれど」

「それでよろしいでしょうか、ご主人さま?」エバンが尋ねた。

「ああ。彼女を部屋に案内してあげなさい。ケイト、あなたは休息を取ったほうがいい。ひどく疲れているようだから。明日になったら、われわれの結婚式に立ち会う司祭に引き合わせてから、新居を見せるとしよう」

「公爵さま、仰せのままにいたします」ケイトはつぶやいた。彼のそばを離れてエバンのあとを追いたい一心で彼女は頭をさげた。

「待ちなさい!」不意に公爵の声がした。

彼女は立ち止まった。肩に公爵の手がかかる。彼はケイトを自分のほうに向かせた。またしても彼と目が合った。ひそかに身震いした彼女は自分にキスしようとする公爵の意図を察し、彼に抱いている嫌悪感を悟られないよう祈った。

「あなたの婚約者にキスを」顎をあげながら彼は言った。

彼の唇も、その触れ方も……冒涜《ぼうとく》としか思えないものだった。公爵にはどこか、ものすごく卑猥《ひわい》なところがあった! 彼女を眺めるその目つきたるや、森の中でケイトが体験したことよりはるかに破廉恥なものだった。

この男は人殺しなのだということを彼女は思い出した。多くの人々を苦しみもだえる運命に陥れることなど意にも介さない、むかつくほど残忍な殺人者。

その人殺しがいま彼女にキスをした。貪欲《どんよく》なキスだった。食らいつくようにケイトの体に手をかけている。粗暴と言ってもいいほどの力だ。一瞬、いまこの廊下で彼に手込めにされるのではないかと恐怖を覚えたほどだ。

だが、公爵は荒い息をしながらも、不意に体を離した。彼はささやくように言った。

「あなたは美しい！　非の打ち所のないその美しさが男心をそそる！　われわれの結婚式も申し分のないものにしよう。わたしとの間にもうける息子たちは、正式な跡取りということになる」

ケイトはもう一度、無理にほほえんでみせた。なんと冷酷な顔だろう！　わざとらしくゆがんだ仮面のような顔。この男から遠ざからなければ。「そうですとも、公爵さま！」彼女は小声で言った。「わたしたちの結婚は誓いの言葉で締めくくられる合法的なものでなければなりません。一週間なんて、すぐですわ」

フィリップはほくそえんだ。そんなときも彼は強欲そうな表情を見せた。邪悪にすら見える。自分の花嫁に対して、なにをたくらんでいるのやら、わかったものではない。これは逃げ出さなければ！

「公爵さま、わたしはもう疲れ果てておりますので」ケイトは口の中でつぶやいた。

「エバン、彼女を二階へ案内しなさい。今週はたっぷり休息を取っておいてもらわねば。初夜の晩に花嫁を疲れさせるようなことはしないつもりだ」

ようやく公爵から解放されたケイトは、エバンのあとを追って足早に階段をあがっていった。急ぐあまり彼を追い越しそうになったほどだ。

「レディ・ケイト！」階下からフィリップの声がした。

立ち止まった彼女は唇を噛みながら階下を眺めた。

「とてもくつろいでいるあなたを見るのは嬉《うれ》しいものだ。人が見たら、あなたはすでにこの城によくなじんでいると思うことだろう！」

ケイトは声をあげて笑った。その笑い声は内側でわなないているわたしの感情と同じくらい不安げに聞こえるのかしら？　二階の寝室へつづく階段の最後の曲がり角で彼女の姿が完全に見えなくなるまで彼の視線が自分から離れないことを知りながら、ケイトは体の向きを変えた。

「お嬢さま、まるで部屋への道順をご存じのように見えますが」彼女の足取りについていくのに、エバンは少し息を切らせていた。

「あら、エバン、すごく疲れているだけよ」

「お嬢さまの部屋はすぐそこです」

「そう?」急に足を止めた彼女は前を見つめた。

「ええ。昔このあたりは子ども部屋だったんですよ」エバンは頭をかしげ、もの悲しそうな笑みを浮かべた。「前の公爵さまがここにいらしたころの話ですが。ご夫妻は小さなお子さまがたをじつにかわいがっておられました。それなのに、神はなんと嘆かわしい仕打ちを……。でも、ケイトさま、あなたは希望の光です。ことによると、もう一度幼い笑い声がこの冷たい廊下にひびきわたる日が来るかもしれません」

エバンは扉を開けた。そこはもう子ども部屋ではなくなっていた。上段に大きなベッドがあり、どっしりした櫃《ひつ》がその足元におかれていた。ベッドの向かいには美しい鏡付きの化粧台が用意され、窓辺には洗面台と衝立《ついたて》があった。

「お嬢さま、こちらで快適に過ごしていただけそうですか？　なにかほかに必要なものがあるでしょうか?」エバンが尋ねた。

ケイトは頭を振った。「気持ちよく過ごせそうだわ。教えてもらいたいのだけれど、公爵さまのお部屋はどこにあるのかしら?」

「向こうですよ。廊下の反対側に主《あるじ》の部屋が並んでいます。それは昔から変わりません。ええ、お嬢さま、わたくしはここで生まれたんです。死ぬまでここにいることでしょう！　さあ、ワインをそこの暖炉の火で温めてあります。水差しには新鮮な水をたっぷり入れておきました。ほかになにかいるものはないでしょうか、お嬢さま?」

「なにからなにまで気を遣ってもらって、エバン」

彼は頭をさげた。「あなたがお幸せになられるよう、お祈りしております」

ケイトはうなずいた。

エバンは扉を閉めて立ち去った。ケイトはその扉にもたれた。

幸せ。

暖炉の火に照らされた部屋を見つめる彼女の頬を涙が音もなく滑り落ちていった。

8

ケイトがここへやってきて三日目の晩、マニング公爵は近隣の下級貴族や紳士階級の者たちに自分の婚約者を紹介するための晩餐会《ばんさん》を催した。

大広間にこれ以上人が入れないほど大勢の客を招待していた。その日、ケイトはエバンのそばで座席の準備を手伝った。招待客には伯爵や子爵や男爵が多かったが、騎士とその妻、裕福な貴族の子息たちや聖職者なども交じっていた。

ケイトはこの宴《うたげ》にはほとんど関心がなかった。これから自分の夫となる男の友人になど会いたいとは思わなかったのだ。

城に来てから彼女はずっと思い悩んでいた。自分にまとわりついて離れない複雑な思い出にとまどい、フィリップが掌握しているらしい権力に意気消沈した。彼女は、はやくもこの城に住む多くの者が公爵を軽蔑《けいべつ》していることに気づいた。だが、彼はここの主《あるじ》だ。言いつけには従わなければならないし、彼は守られてもいた。

公爵が食事をとる前には必ず家来の者が毒見をすることになっているので、彼が毒殺されるおそれはない。護衛や騎士たちが規則に基づいて義務に忠実に彼に従い、彼を警護しているので、公爵がひとりになることは決してなかった。彼が晩餐会のために着替えをしている間、ケイトは自分と闘っていた。わたしは、なにを考えていたのかしら？　ここへ来さえすれば、公爵がすすんで手すりから落ちてくれて、復讐《ふくしゅう》のためにわたしは指一本動かす必要はないとでも思っていたのだろうか？　自分の手を血で染めずにすむと考えていたのだろうか？

わたしは、死刑執行人の縛り首のひもから逃れられるとでも考えていたのだろうか？　勇気と決断をもって、彼女は家を出てきたはずだった。こうしてみると、眠っている間に彼を殺すのが唯一可能な方法に思えた。その機会を手にしているのは、ケイトただひとり……。

ただし、それは結婚式を挙げたあとの話だ。それを考えると彼女の体から血の気が引いた。だが、時間は刻々と過ぎていく。そのうえ、毎日城の廊下を歩くたびに思い出がよみがえってくる。本を読み聞かせてくれた父親のやさしい声、母親の笑い声……。

どんな犠牲を払ってでも、やり遂げてみせるわ。

ケイトは銀色の衣装に身を包み、頭からベールをたらしていた。上衣と長いドレスはかすかに光沢があり、繊細な金糸で刺繍《ししゅう》がしてある。最初の招待客の到着を告げる声が下の広間から聞こえたので、彼女は急いで階下へおりた。フィリップに迎えに来られたくなかったからだ。彼とは距離をおいておくほうが安全だ。公爵は自分が婚約者に触れているところを誰かに見られても気にならないようだ。だが、たまにふたりだけになるとたちが悪くなって、ケイトの体を手探りしたり、みだらなキスをしたりするのだ。

〝ふたりだけ〟とはいっても、側近の護衛たちが見ている前でそういう行動に出る。

今夜、広間のいたるところに男女が集まっていた。素早く彼女の姿を見つけたフィリップは、わがもの顔に彼女の腕を取った。「われわれの領地はそう離れてはいないから、あなたはすでに招待客の多くと顔見知りかもしれないな」

「ことによると、そうかもしれません。残念なことですが、ここ数年はお客さまを招待したことがほとんどありませんでした。ご存じのように、父のグレゴリー伯爵が長い間わずらっておりましたので」

「それは当然のことだ。こちらへ来なさい。おお！　こちらは、ラングリー伯爵夫妻だ」

紹介されたケイトは頭をわずかにさげて会釈した。若い伯爵は賞賛するようなまなざしを素早く彼女に向けた。ラングリー夫人はのっぽで、気の毒にも出っ歯の持ち主だったが、人なつっこくほほえみかけてきたので、すぐにケイトも笑顔を返した。

「結婚式を挙げてこのお城に住むようになられたら、頻繁にお会いしたいものですわね。ここから東の方角にあるわたしどもの館《やかた》は、さほど遠くはありませんので」夫人は言った。「このお城ほど住み心地がよいとは言えませんが、あまりお天気のよくない日でも、とても暖かく過ごせます。タペストリーづくりをするにはうってつけですわ」

「ご招待いただきありがとうございます」ケイトが話し始めたとき、公爵はすでに先へ進んでしまっていた。年配の男性にも、若い男性にも会った。裕福な者もいれば、零落している者もいた。ケイトは休むこともなく広間を歩き回った。

彼女が顔を合わせていない男女が一組あった。ふたりとも背が高く、黒っぽい髪をしている。女性は個性的とも言える顔立ちの、ほっそりとした美人で、身のこなしが驚くほど優雅だった。男性のほうは羽根飾りのついた、つば付きの帽子をかしげるようにしてかぶっている。彼がたくましく敏捷《びんしょう》な体つきをしていることしかケイトにはわからなかった。

彼女が公爵について回っていても、どういうわけか、その男女はいつも別の場所にいた。ようやく食事の時間になった。招待客は席についたが、テーブルが馬蹄《ばてい》形に並び、席は前もって爵位によって決められていた。食事が終わるころ、黒っぽい髪の容姿端麗な例の男女が下座の角の席にいることにケイトは気づいた。

公爵に話しかけたくはなかったが、ケイトは彼に体を寄せて凍りついたようなつくり笑いを浮かべた。「あそこの下座にいる若い男女はどなたですか？」

「それは、どこの……ああ、あれか！　あの男はアーリン・レイクウッド伯爵だ。彼と交際することはないだろう」

「でも、ご招待なさったわけですから」

公爵の顎が緊張した。「たいした貴族ではない。サクソン人の子孫で、領地や財産をみな失ってしまい、爵位を維持することに汲々《きゆうきゆう》としている。取るに足らない男だ」

「でも、それでしたら――」

「あの男は剣の達人のひとりなのだ。わたしに仕えないかと誘いをかけてみたのだが、いまのところ断られている。まあ、見ているがいい。そのうち召しかかえてみせる」

「それほど軽蔑なさっているのなら、なぜ彼を召しかかえようとなさるのですか？」

フィリップは彼女をにらみつけた。喉がぴくぴくと脈打っている。

彼に両手をつかまれ、ケイトは声をあげそうになった。いまにも骨が砕けるかと思ったからだ。

「わたしが妻を迎えるのは、財産と体が目的なのだということを承知しておくがいい。おまえの役目はわたしに仕え、わたしを喜ばせることであって、異議を唱えることではない！」

ケイトはものすごく腹を立て、屈辱を味わいながら呆然《ぼうぜん》として握られた手をもぎとった。どうしてもつかの間の自由を味わいたくなり、できるかぎり早い機会をとらえて彼女は主賓席を離れた。大広間を出ると、みるみるそこから遠ざかり、厩《うまや》めざして駆けていった。厩に着くと暗闇《くらやみ》と影の中で大きな軍馬の鼻を撫《な》でながら、そっと話しかけた。「結婚指輪をはめる前ですら、花嫁をだましておこうとはしない男ね」

「それなら、なぜそんな男を選んだのですか？」

暗闇から投げかけられた問いに、ケイトはぎくりとした。彼女はあわてて振り向いた。アーリン・レイクウッド伯爵だった。彼はだいぶ離れた仕切りにもたれた。暗闇の中でも彼だとわかったのは羽根飾りのついた帽子のせいだった。

彼女は質問には答えなかった。「わたしをひそかに見張っているなんて！」ケイトは憤った。

「あなたを偵察に来たわけではありませんよ。新鮮な空気が吸いたかっただけです」

ケイトは好奇心を覚えて彼を眺めた。「フィリップは公爵で、あなたの領主でしょう。それなのに、どうして彼に仕えることを拒むのですか？」

伯爵は彼女のそばをすり抜けた。相変わらず顔はまったく見えないが、彫りの深い顔立ちだということはわかる。彼は鹿毛《かげ》の牝馬《ひんば》の鼻をこするように撫でた。「公爵さまは、わたしの領主ではありません」

「でも……」

「わたしの領地はささやかなものですが、大昔からわが一族が所有を認められていたのです。それをアキテーヌ出身の元王妃エレノアさまがわたしに認めてくださったものだ。ですから、わたしは元王妃と王にお仕えしているのです。さあ、これであなたの質問には答えましたよ。あなたはわたしの質問に答えていない。なぜ、フィリップと結婚を？」

「わたしがそうしたいからですわ」

伯爵の顔は相変わらずよく見えない。でも、ケイトはなにかを感じとった。彼が……落胆しているような気がした。

「奥さまのところへ戻られたほうがいいのではないですか」

「わたしは独身です」

「あの美しい女性は――」

「あれは姉のロワイナです。では、おやすみなさい。あなたの……夢が……楽しいものでありますよう」

一礼すると伯爵はすたすたと厩から出ていった。彼はやはりフィリップに雇われているのかもしれない。誰かがわたしの正体に気づいているのかもしれない。まだ不安をぬぐいきれないまま、ケイトは彼を見送った。

あわてて城へ戻った彼女は大広間へ入っていった。そして、知り合ったばかりの人たちに挨拶《あいさつ》しながら、そこに合流した。広間の向こうにいる公爵と視線が合った瞬間、彼女はぎくりとした。

それは昔ケイトが目撃した男の目だった。火事を、死体を眺めて大喜びしていたあの目だ。

公爵は彼女のそばにやってきて腕をつかんだ。「どこへ行っていたのですか?」

「あなたの友人たちとご一緒していました」

「姿が見えなかったが」

「たぶん、真剣に捜していらっしゃらなかったのでしょう」

「結婚式は明日執りおこなうことにした。わたしは、もうこれ以上待てない」

「明日なんて、むちゃですわ！」

「なぜだ？」

「まだ……きちんと結婚の祈りを捧《ささ》げていませんもの！」

「それなら、あさってにしよう。それ以上は延ばせない。われわれは結婚して、おまえはわたしの妻になるのだ」

「でも……」

「わたしの思惑どおりになると決まっているのだ。もう、わたしはおまえの美しさのとりこになっている。正式に妻になる前にわたしの愛人になって、今夜にでも契りを結ぶ気がないのなら、祈りを捧げるのに一日だけ待つことにしよう」

「それでは失礼して、いまからお祈りを始めることにいたします！」

その言葉とともに、ケイトは公爵から逃れて階段を駆けあがり、自分の部屋にたどり着いた。

ああ、神さま！　むだに時間を費やしてしまった。これから、なにをすればいいのだろう？

「レディ・ケイトにはお会いになれたのですか、ご主人さま？」小屋に入り、剣の鞘《さや》と剣、羽根飾りのついた帽子を投げ出しているアーリンのあとを追ってきたベスが心配そうに尋ねた。

「ああ！」暖炉の前の椅子にどっかりと腰をおろしながら、彼はむっとしたように答えた。

「それで？」

「彼女はまだ、あのろくでもない男と結婚するつもりでいる！」信じられないというように頭を振りながら彼は言った。

「ご主人さまにはお気づきになられましたか？」ベスは穏やかな口調で尋ねた。

「わたしは暗い場所にいたから」

「ケイトさまが真実を知れば、ことによると……」

「わたしがサクソン系の貧乏貴族で、昔はぶりのよかった一族の末裔《まつえい》だということをか？　そうすれば、彼女が公爵を捨て、あの城や彼の財産をすべてあきらめるとでもいうのか？」アーリンは苦々しげに言った。

「ケイトさまのことを悪くお考えすぎなのではないかと思いますけど」

「本当にそんなふうに思えればよいのだが。教えてくれ、ベス。富や名声が手に入るという利点がないなら、なぜあんな男と結婚する必要があるのだろう?」

「わたしにも本当のところはよくわかりません」ベスは悲しげに答えた。「ただ……ご主人さま、じつを申しますと、彼女がここに来てから、ずっと気にかかっていたことがあるのです」

「なんだと?」

「もちろん、ケイトさまご自身のことです。グレゴリー伯爵のお嬢さまを取りあげたのは、このわたしです。小さいころの弱々しいお嬢さまには幾度もお会いしています。病弱な少女でした。子どものころ一度死にかけたこともあるくらいです。かわいらしいお嬢さまでしたが、この世のものとは思えないところがあって……神聖な感じすらしたものですわ。いまにも死の天使がやってきて、彼女をこの厳しい地上から連れ去ってしまうのではないかと思うほどに。ケイトさまを見たとき……」

「なんだ?」アーリンは椅子から立ちあがり、ベスの肩をつかんで問いつめた。「どうしたというんだ?」

「ああ、伯爵さま。あまりに……そんなことはあり得ないのに!」

「なにがあり得ないというのだ?」ああ、ベスのおかげで頭がどうにかなりそうだ!

「ふたりとも、ケイトという名前でした」

「ベス、そのふたりとは誰のことだ? 話してくれ。すぐにきちんと説明してくれ!」

ベスは暖炉の火を見つめていたが、その目はなにも見てはいなかった。それが不意にアーリンに焦点が合ったようになった。「グレゴリー伯爵家には幼いケイトさまがいらっしゃいましたが……マニング公爵にもケイトというお嬢さまがいらしたのです」

「ベス、おまえの話はわけがわからない！　ケイトはマニング公爵の婚約者ではないか！」

「あのマニング公爵のことではないのです、ご主人さま。ご存じのように、あの方は成りあがり者ですから。恐ろしい火事でご家族とともに最後の公爵さまが亡くなられたとき、現在の公爵の父親がその肩書きを譲り受けたのです。公爵さまと奥さま、三人のお子さまが火事に遭われました。それはひどい火事で……たしか十二人の死体が見つかったはずですが、焼け方があまりにひどくて……」

「待ってくれ！　マニング城は一度も火事で燃えたことはないはずだが」

「そうではありません。全焼したのは公爵さまが所有していた別の館です。夏用の別荘でした。当時はヘンリー二世の時代でしたが、ルソー親子がフランス王と闘った褒美として公爵の肩書きが欲しいとせっかちに願い出ていたため、ことによると彼らが公爵ご一家になにか陰謀を仕掛けたのではないかといううわさが当時ありました。思い出しましたわ、ご主人さま！　火事で燃えた館はグレゴリー伯爵が先祖代々受け継いできた屋敷のすぐそばにありました！　でも、ふだん公爵ご一家はほとんどマニング城で過ごしていらっしゃいました。実際、ケイトさまは、あの城で生まれ育ったのです」

アーリンはベスの瞳を見つめたが、その瞳は炎のごとく燃えていた。「おまえの考えでは――」

「そのとおりです！　マニング公爵さまの三人のお子さまのひとりが、やはりケイトという名前でした。輝くばかりに美しいお嬢さまでしたわ」

「それがケイトだ」アーリンはそう言ってベスを見つめた。「彼女は公爵と結婚するつもりだ。それが彼女の望みだ。決意を胸に彼に近づこうとしている。やつを殺すために！」

「ああ、それが失敗に終わったら、どうなるのでしょう？」ベスが言った。


下の中庭から聞こえてくる騒動で、ケイトは目を覚ました。矢を射るための細長い穴からのぞいてみたところ、ひざまずいて頭を垂れている年配の男が見えた。音がするほど激しくフィリップ・ルソーが剣の裏側でその男を打ちすえている。「あの馬を安楽死させなければいけなくなったのは、おまえの不注意のせいだ！　あの馬のほうがおまえより、よほどわたしのために働いてくれた。わたしがキリスト教徒君主であることを忘れて、おまえの喉に穴をあける前に、目の前から消え失《う》せろ！」

年配の男はよろよろとしながら立ちあがろうとした。なんとか立ちあがりそうになったが、次の瞬間仰向けに地面に倒れてしまった。すると、まだ十五歳くらいの顔立ちのよい少女が男のそばに飛んできた。

ケイトはルソーの顔をじっと見つめている自分に気づいた。

にやりとして少女に近づいた公爵は髪をつかんで彼女を立たせた。「こんなところで泣いているひまはないはずだ！」声をひそめてはいるが、彼の声が城壁を越えて伝わってくる。「午後は、わたしの世話をしに来るんだ。さもないと、もっとひどくたたかれた父親を見ることになるぞ。さあ、レディ・ケイトの世話をしてこい！」

公爵が髪から手を離すと、少女は後ろに倒れそうになった。

少女は老人のそばにひざまずいた。「お父さん、わたしにつかまって……」

窓から離れたケイトは急いで顔を洗い、服を着た。まもなく扉をたたく音が聞こえた。扉を開けると、ブロンドのかわいい少女が立っていた。黒っぽい瞳を伏せたまま彼女はさっと一礼した。「奥さま、ここであなたにお仕えするメイと申します」

ケイトは少女の腕をつかんで部屋に引き入れた。すぐに扉を閉めると、詰問するように少女を見つめた。「ああいうことは、よくあるのですか？」

はっとしたように少女はケイトを見つめ、うなだれた。「奥さま、わたしにはなんのことかわかりません」

「公爵が階下《した》であなたのお父さんを死んでしまいそうなほど殴ったというのに、わたしの尋ねていることがあなたにはわからないというのですか？」

ケイトを見つめ返すメイの瞳には涙があふれていた。「公爵さまを悪く言うことなど、わたしにはとても……」

「ここでは、なにを言ってもかまわないのよ」ケイトは少女を安心させようとした。

「以前は、もっとひどかったんです！」メイは唐突に言い出した。「公爵さまのお父君が生きてらしたころは。あのころは、おふたりに殴られたものです。いまは公爵さまだけですから……」

ケイトは言った。「心配は無用よ。わたしも公爵の父親に会ったことがあるの。彼が恐ろしい最期を遂げたと聞いて、喜んでいたのよ」

「イノシシ狩りに出かけていらして……イノシシにめちゃくちゃに突きまくられたのです」

「フィリップも同行していたの？」

「でも、お父君を亡くされて公爵さまが悲しまれたとは思えません。正直言って……」

「えっ？」

再び少女の頬を涙が伝い落ちた。「あなたさまは公爵さまの花嫁で奥方になられる方です！　もし、あなたさまがわたしを騙《だま》して、わたしが知っていることや疑っていることを公爵さまに言いつけようとなさっているとしたら、わたしはどうなるのでしょうか？」

「気の毒なメイ！　そんなことをするくらいなら、まだ悪魔と結婚するほうを選ぶわ。さっきの話を最後まで聞かせて」

メイは手の甲で顔をぬぐった。「わたし……お父君が落馬して、イノシシに襲われるように公爵が仕組んだのではないかと思うんです。公爵さまは……いまの肩書きと財産を自分のものにしたがっていました。あの方は、ありとあらゆる残虐な行為をご自分のお父君から学んでいましたから」

「ずっと若い時分から、そうだったわ」ケイトはつぶやき、大きく息を吸った。

「神さまが……」メイが言いかけた。

「なに？」

「神さまが、いまの公爵も滅ぼしてくださればいいのに」

「ことによると、神さまにもこの世の手助けが必要なのかもしれないわね」

「ということは、あなたは……」

「でも、公爵の周囲には、いつも護衛がいるわ」

「わたし、ワインにそっと混ぜることのできる薬を知っています。ああ、それが知れたら、わたしは生きたまま皮をはがれるでしょうね……」メイが言った。

「実行するのはあなたじゃなくて、わたしよ。あなたはその薬を渡してくれさえすればそれでいいの」

「まあ！」

「そうしてくれる?」

「ええ、いいですとも! そうだわ、少なくともピーターのためになることですから。そうよ!」

「ピーターですって?」ケイトは思わず叫んだ。

「ええ、父のピーターは馬番頭をしています」

ケイトはさっと目を伏せた。ピーターですって! 助けが必要なときは、彼のところへ行くようにとシャドーから言われた男だ。

「お父さまは大丈夫?」

「ええ、なんとか。全身青黒いあざだらけですけど。では、戻って薬をつくってまいります!」

衝動的にケイトはシャドーからもらった指輪を引き抜いた。「わたしからだといって、これをお父さんに渡して。それから、お父さんには……じきに苦しみから解放されると伝えてほしいの」

ケイトは薬の入ったガラス瓶をポケットに忍ばせ、礼拝堂に出かけた。ひざまずき、祈るように両手を組み合わせた。

でも、彼女は祈ってはいなかった。前を凝視していただけだ。

これまでに亡くなった者たちは階下の地下室に埋葬されているが、この礼拝堂は彼らの葬儀にしか使われたことがなかった。

だが、フィリップの父親ジョン・ピエール・ルソーはケイトの目の前にある祭壇におかれたガラスの棺《ひつぎ》の中に金色に粉飾され、永遠の祈りを捧げながら横たわっている。

皮肉なことに、これではいまから実行に移す予定の殺人がうまくいくよう神の助力を得ることもできない。たとえ相手がフィリップのような男であっても、殺人を犯すことに神が本当に力添えしてくれるとは彼女も思ってはいなかった。ケイトがここにひざまずいているのは時間稼ぎのためだった。

しかし、突然自分ひとりではないことに気づいた。フィリップが小さな会衆席の後方に立って彼女を眺めている。「さあ、祈るのはもうやめにして、一緒に食事をしよう」

膝を震わせながら立ちあがると、ケイトは振り向いてほほえんだ。「ええ、公爵さま。ふたりだけで食事をするのでしょうか？」

「わたしの部屋で食べよう。もちろん、水入らずで。おまえが望むなら一緒に祈ってもいい。われわれに丈夫な息子を与えてくださいと」

公爵の部屋に入ったケイトは、たちまち過去に引き戻された。たっぷりとひだをとった、四本の支柱付きの大きなベッドにいる両親の姿がよみがえった。波打つような母の豊かな髪と白い柔らかなガウン、そのがっしりしたベッドに入り込む子どもたちを歓迎して、しっかり抱きしめてくれたときの母のすてきな笑顔が目に浮かぶ。おとぎ話や小悪魔たちの物語を読んで聞かせてくれる父親のよくひびく声量のある声や笑い声も耳によみがえった。

「ワインはいかがかな?」フィリップが尋ねた。

「ええ!」ケイトは一瞬息をのんでから体を回転させた。「もちろん、いただきますわ。わたしに用意させてください」

栓がついた中東風のガラス瓶がのっている古い樫《かし》の木のテーブルまで来ると、ケイトの目は涙でかすんで見えなくなった。公爵に背を向けた彼女はポケットから小さなガラス瓶をそっと取り出し、ワインに毒を入れることに成功した。

ケイトは彼にゴブレットを渡した。

「レディ・ケイトに!」公爵はゴブレットをかかげて彼女のゴブレットと合わせた。「わが花嫁に乾杯!」ひと口ワインを飲んでゴブレットを下においた公爵はケイトを抱き寄せた。容赦なく彼女を自分に引きつけながら強引に唇を押しつけてくる。

ケイトは息ができなかった。逃げられそうもない。彼の指がシュミーズに食い込んでいる。ようやくケイトは彼の口から唇をもぎとることに成功した。「結婚式は明日ですわ、公爵さま! あなたは、きちんとしたお祈りをすませることなく、わたしたちの結婚を台無しにするおつもりですか?」

「明日だと?」ケイトを解放しながら彼は怒ったように悪態をついた。公爵がゴブレットを手にしたので、ゆっくりとワインを喉に流し込む彼をケイトは不安な気持ちで見守った。

ところが、すぐに公爵の動作が止まった。彼はゴブレットを見つめてから、ケイトを凝視した。それから、ゴブレットを部屋の向こうへ放《ほう》って暖炉へ投げ入れた。燃えていた炎が、しゅっと音をたてて躍った。

公爵が彼女のほうに向かってきた。ケイトは心臓をどきどきさせながら、あとずさりした。進み出た公爵は彼女の髪に指を入れて自分のほうに引き寄せた。「なにをたくらんでいるんだ、おまえは?」

「なんのことかわかりませんわ!」

公爵はまばたきをした。そして、もう一度それを繰り返した。「わたしにはわかったぞ。毒の味だ!　だがな、ケイト、致死量は飲んでいない。だから、わたしを殺そうとたくらんだことを後悔することになるだろう!」

不意に公爵がものすごい力でケイトの顔に平手打ちを食らわせたので、彼女は卒倒し、あまりの痛みに顔が麻痺《まひ》しそうになった。

「なぜだ?」公爵は怒鳴った。彼はケイトの髪を踏みつけ、ぴんと張るほど床にこすりつけた。それから、彼女を無理に立たせて、ぬいぐるみの人形みたいに激しく揺さぶり、倒れてしまうほど激しく打ちすえた。

ケイトは自分の血を味わった。呆然として彼女は公爵を見つめた。「それは、わたしがマニング公爵の娘だからよ。そして、あなたが凶悪な殺人者だから。わたしは母の悲鳴を覚えているわ。わたしには妹や弟がいたのよ」

「なんだと？　なんといまいましい謀略だ。ひとり残らず、あの火事で焼け死んでしまったはずなのに」

「そうではなかったのよ、フィリップ。あなたとあなたの父親は、わたしたち家族をみな殺しにして灰にしてしまう計画を立てたけれど、母が死ぬ直前にわたしを煙突に押し込んで、部屋から脱出させてくれた。わたしは干し草用の荷車の上に転がり落ち、命拾いしたわ。そのうち干し草に火がついたから、わたしは走って逃げた。それ以来ずっと、あなたに近づける機会を狙《ねら》ってきたのよ」

公爵は笑い出した。それから、もう一度彼はケイトを引き起こした。「おまえをいますぐにでも殺してしまわなければならない。この手で首を絞めてやる。だが、それだけではじゅうぶんおまえを苦しめたことにはならないな。そうとも。おまえはわたしの花嫁になるためにやってきた。では、望みどおりにしてやろう」

彼はぱっと自分の部屋につづく扉を開け、大声で使用人を呼んだ。がちゃがちゃと甲冑《かっちゅう》の音をたてながら廊下を走ってきたウェイロン卿《きょう》が姿を見せた。

「司祭を連れてこい」

「司祭さまを？」

「ただちに結婚式を挙げる」

「いますぐ、ですか？」

「おまえは耳が聞こえないのか？　この老いぼれめ。いますぐ式を挙げる。いま、この部屋でだ！　司祭を連れてこい！」

公爵はケイトの腕をつかんだ。「ケイト、十分足らずで結婚式は終了するだろう。かわいい花嫁よ。三十分もしないうちに、殺されなかったことを後悔させてやるとしよう」

不意に彼の体がぐらついた。ケイトをつかむ手から、わずかに力が抜けた。だが、自分にはもうほとんど望みがないことをケイトは知っていた。彼女は公爵に体当たりして体のバランスを失わせた。彼はよろめいて倒れた。

ケイトは走って逃げた。

扉から廊下へ飛び出し、階段へと急いだ。

そのころには、公爵は立ちあがって使用人たちに怒鳴っていた。「女を捕まえろ！　レディ・ケイトを捕まえるんだ！　あの女は、わたしに毒を盛ろうとしたのだ！」

ケイトは階段をおりかけた。武装した男たちがすでに階下から階段をのぼりかけている。叫び声をあげて向きを変えると、彼女は再び城の通路に逃げ込んだ。

後ろから追っ手の足音がどすんどすんとひびいてくる。

いたるところに誰かいる。ケイトは意気消沈した。これでは、部屋の隅に追いつめられてしまうのは時間の問題だ。

9

そっと二階の一室に駆け込んだ彼女は、そこを抜けて矢を射かけるための穴のある場所へ行った。とても狭そうに見える穴だが、長さがあるためにそう見えるだけなのだ。ケイトは這《は》うようにしてそこに入り込んだ。その先にある張り出し部分が一メートル半ほど下にある欄干へとつづいていることを知っていたからだ。

部屋の中から声が聞こえてくる。

「女を捜し出せ！」

「ひっ捕らえろ！」

ケイトが穴の向こう側におりて張り出し部分に沿って這うように進んでいくと、やがて通路が下のほうに現れた。その通路におりた次の瞬間、剣を手にしたひとりの男が通路へつづく木の階段を駆けあがってくる姿を目にして彼女は声をあげた。向きを変え、再び走り出したが、いまにも自分の背中に剣が振りおろされることを覚悟した。

「ケイト！」

名前を呼ばれても、彼女は足を止めなかった。

「ケイト！」

城壁の石組みがとぎれている場所が不意に目の前に現れた。ケイトは立ち往生した。恐怖に駆られて彼女は後ろを振り向いた。

ひとりの男があわてて彼女のほうへやってくる。長身で髪が黒く、えび茶色のズボンに鎖帷子《かたびら》、真紅の上衣を身にまとい、頭には片足をあげた怒れる狼《おおかみ》の兜《かぶと》があった。

「ああ、神さま！」ケイトは息をのんだ。

「ケイト、大丈夫だ。こちらへ戻ってくるんだ」

ケイトは城壁に体を張りつけるようにして男を見つめた。

「アーリン！」彼女は叫んだ。

「そうだ。こちらへ来るんだ」

ケイトは頭を振った。「あなただって、公爵の一味かもしれないわ！」彼女は小声で言った。

「ケイト、わたしだ！」男は険しい声で言った。「シャドーだ！」

「なんですって！　ああ、あなたの言うことなど信じないわ」

「それなら、立ち止まって待っていてくれ。目だ、ケイト！　わたしの目をよく見るんだ。どこにいてもわかるとあなたは言ってくれた。わたしを信じてくれ、ケイト。あなたを守ってみせる！」

ケイトは震えながら唇を噛《か》んだ。男が近づいてくるいまとなってはほかになすすべもなく、しかたなく体の向きを変えた。彼が近づくにつれ、体の震えが止まらなくなった。ケイトは彼の目をしかと見た。

その瞬間にわかった。アーリンの言うとおりだった。たとえどこにいても、その目がわかっただろう。それは彼女が愛するようになっていた男性の瞳だった。

ケイトは嬉《うれ》しさのあまり彼の腕の中に飛び込んだ。「どうやってここまで来れたの？彼らに殺されてしまうわ。あの人たちは……」

「事情はわかっている、ケイト。ベスが見当をつけた。それで、ここへ来てみるとピーターがわたしの指輪を持っていたんだ」

「彼らは、まだあなたを殺す気よ。彼らは……」

「わたしの手下たちも一緒に来ている。そのうえ、秘密兵器だってある」

「これには理由があるの。公爵は……」

「だから、事情はわかっていると――」

突然一本の剣が石組みにあたり、ケイトは悲鳴をあげた。城壁から滑り落ちそうになった彼女は金切り声をあげながら、なにかにつかまろうとした。

アーリンの目の前で、ケイトが下へ落ちていく……。

彼のほうに再び剣が向かってきた。憤怒《ふんぬ》の表情を浮かべたフィリップだった。彼の一撃をかわそうとアーリンもかろうじて自分の剣をかまえた。崩れていく狭く危険な石組みの上で、彼らは剣をまじえた。反撃しながらもアーリンは必死になってケイトを捜した。

「その女はわたしの花嫁になるんだ。そして、裏切り者のきさまは殺してやる！」公爵は逆上した。

彼は剣をかまえた。

その一撃をかわしたアーリンの剣で、フィリップの武器が飛んだ。公爵が剣を取り返しに行っている間に、アーリンはいままさに城壁の石組みから指が離れそうになっているケイトの両手を死に物狂いでつかんだ。それからケイトを引っ張りあげ、彼女を自分の後ろに立たせた。

「ここにいるんだ！」彼は命令口調で言った。

そのとき公爵がわめきながら、またしても剣をかざしてふたりに近づいてきた。彼が命がけで繰り出したぞっとするような剣先はアーリンをしとめそこない、さらなる城壁の崩壊を招いた。壁全体が崩れつつあることに気づいてケイトが悲鳴をあげる。

フィリップは必死になって石組みから剣を引き抜こうとした。それに成功すると彼は向きを変え、にやりとした。それは身の毛もよだつような笑みだった。父の館《やかた》が燃えたときに見せた、あの笑みだった。

吠《ほ》えるような声をあげ、公爵は剣を振りあげた。

だが、彼がその剣を振りおろすことはもう二度となかった。今度はアーリンの剣が敵の胸の真ん中を突いたからだ。

薄ら笑いを浮かべたまま、フィリップ・ルソーはアーリンの剣の柄《つか》の周囲に指をくねらせながら、自分の血まみれの胴をつかんだ。

そして、前のめりになると幾度もよろめきながら、地上へと落ちていった……。

それは、すさまじい落下だった。地面から、ほこりが舞いあがる。

邪悪な笑みを浮かべたまま公爵は息絶えた。

そのころには武装した者たちが中庭の向こうのほうに駆けつけてきていた。ケイトとアーリンの周囲の城壁はすっかり崩れていた。

ケイトは伯爵の手を取ったが、その瞳から不意に涙があふれ、頬を伝った。「ああ、わたしがどれほど彼の死を願っていたか、あなたにはわからないでしょうね……。わたしは喜んで死ぬ覚悟でいたけれど、あなたまで巻き添えにしてしまった。あなたまで殺されることになるのね……」

「落ち着いて」アーリンはケイトに応《こた》えるようにその手を握りしめたが、不意に彼女のほうを向いてキスをした。とてもやさしいキスだった。

「みなが見ているのよ！　もう逃げられないわ。彼らはわたしたちを公爵親子以上の悪者だと思うに決まっている……」

「わたしを信じてくれ」

「でも……」

「わたしを信じるんだ！」

「わたしは……」

「とにかく信じろ！」

「信じると約束するわ」ケイトはささやくように言った。

アーリンは笑顔になった。ようやくケイトは彼の顔をじっくり眺めることができた。そう、本当にしげしげと見ることができる。震える指で彼女はアーリンの顔に触れた。見事な広い額と頬、引きしまった顎。そして、おなじみのあの瞳。きりりとして豊かな、ときにはひどく官能的な唇……。

「あなたを信じるわ」彼女は小声で先ほどの言葉を繰り返した。

「では、一緒におりよう」

「どうやっておりるの？」

「ヨシュア！」アーリンは声をあげた。

武装したひとりの巨漢が前に進み出たのを見て、ケイトははっとした。

「はしごがいるな」

ケイトはいぶかしげにアーリンを見つめた。ものの数分で城壁にはしごがかけられた。アーリンの助けを借りてはしごをおりた彼女を最下段でヨシュアが抱えあげてくれた。そうして、すぐにふたりとも中庭に立った。ケイトは素早く周囲を眺めた。公爵を殺害したことでいまにも誰かが前に進み出て、激しい攻撃を加えるのではないかという不安に駆られたからだ。

ウェイロン卿《きょう》が前に出て彼女の前にひざまずいたとき、ケイトはうろたえた。

「レディ・ケイト！」

「でも――」

「〝でも〟は禁句ですよ！」歌っているように楽しげな声が耳に入った。「ウェイロン卿はすでに承知しているのです――わたくしたちの誰もがそうですが――あなたこそ正当なマニング公爵だということを」

その声の女性が前に進み出たとき、後ろでアーリンが支えてくれなかったら、ケイトは卒倒していただろう。

背が高いうえに姿勢のよい、かなり年配の女性だった。それでも、どこか美しい。とてつもなく威厳があり、少女のごとく身のこなしが優雅だった。細面で彫りの深い顔立ちをしている。

ケイトは胸の奥まで息を吸い込んだ。「エレノアさま？」

「そのとおりです。王妃、いえ、元王妃と言ったほうが正確ですね。気の毒なヘンリーはもう他界してしまいましたから」彼女は手を伸ばした。「それでも、わたくしにはまだ力があります。息子たちはそれぞれ好き勝手なことをやっていますけれど。現在の王は遠い異国で闘いに参加した報いを受けているし、次の国王候補はこの国で自分の実力を試しているというわけです！　フィリップがこの世を去ったと聞いてジョンは悲しむでしょう。ですが、ふたりとも放蕩《ほうとう》者という点では同じ穴のむじなですから、今日は天罰が下ったのだということがいずれあの子にもわかる日が来るでしょう。残酷なやり方であなたの家族から奪われた公爵の肩書きを、これよりあなたに返還いたします」

「でも――」

「〝でも〟は禁句だと言ったはずですよ。そうではなかったかしら、アーリン伯爵？」

「はい、王妃さま。仰せのとおりです」

「恐れることなど、本当になにひとつないのですよ。もうじきリチャード王が帰還されるのですもの。王の身代金として必要な最終分の調達のために、これまでアーリン伯爵は中心的な役割をになって、わたくしを援助してくれました」

「身代金の受け渡しが……完了したのですね！」ケイトは息をのんだ。

「彼女はとても聡明《そうめい》な女性なのですね」エレノアはアーリンに笑顔を向けた。

ケイトは声をたてて笑った。ひざまずいた彼女は元王妃のドレスの裾《すそ》を持ちあげ、それに唇を寄せた。「ああ、王妃さま、本当に感謝いたします！」

「さあ、お立ちなさい！」エレノアが諭すように言った。「あれほどの不正がようやく正されたことに対し、あなたがそれほど感謝する必要はないのです」

エレノアの話が終わらないうちに、はち切れんばかりに丸々とした城付きの司祭がせかせかと中庭に入ってきた。

「結婚式を挙げるようにと言われていたのですが。いま聞いたところでは、公爵さまが亡くなられたとか。さて、結婚式と葬儀のどちらを執りおこなえばよろしいでしょうか？」司祭は苛立《いらだ》っていた。地面に長々と横たわっている公爵の死体を目にして、ふと彼は口をつぐんだ。「創造主のもとにお帰りになられたか」司祭の言葉には悲しみのかけらも感じられなかった。「そういうことでしたら、葬儀ですね」

「結婚式を先にいたしましょう！」拍手しながらエレノアが言った。「いくさに明け暮れながら、これほど年を重ねてくると、一日をハッピーエンドで締めくくりたくなるものなのですよ。ウェイロン卿！」

「はい、エレノアさま！」

「とりあえずルソーの死体を片づけさせるように。のちほどキリスト教徒の精神にのっとって、彼をそれ相応に葬ることにしましょう。でも、まずは結婚式の準備ですよ。ですから……」

エレノアは期待をこめた瞳でケイトとアーリンを見やった。

アーリンはケイトの手を取って自分のほうに向かせた。「悪党のわたしと結婚していただけますか?」

ケイトは陽気に彼を一蹴《いっしゅう》した。「わたしに事情を話してくれればよかったのに!」

「あなたこそ、わたしに打ち明けてくれてもよかったのではないか!」

「さあ、これでいいでしょう。ふたりとも結婚の祝福を受けるための準備がもうすっかり整っているようですから!」エレノアがきめつけるように言った。

「本当にいいのか?」アーリンはなおも言葉を重ねた。「わたしは貧乏貴族だが」

「それがどうだというの? あなたは、わたしが公爵家の娘だから、わたしと結婚したいの?」

「あなたが誰であろうと、そんなことはどうでもいい」彼はやさしげにささやいた。

ケイトはほほえんだ。そして、アーリンの顔に触れた。「たとえどこにいようと、わたしにはあなたの瞳がわかるわ」

「さあ、式を挙げるとしましょう!」咳払《せきばら》いしながら、ヨシュアが提案した。

一行は小さな礼拝堂になだれ込んだ。元王妃をはじめとして、小間使いたちや馬番のピーター親子、森のならず者たちに城の護衛たち全員が式に参列した。

司祭がお決まりの言葉を読みあげた。ケイトは誓いの言葉を口にした。死がふたりを分かつまで、彼を愛し、敬い、大切にすると誓った。

久しく城で開かれていなかった舞踏会が開かれ、祝宴が催された。

人々の笑い声が城にひびき渡った。

ケイトとアーリンがようやく広々とした主寝室へ引きあげてきたのは夜も更けてからだった。部屋に入るときケイトの体が震えた。

アーリンは素早く花嫁の後ろに回った。彼はケイトの耳元でささやいた。「この城に住む必要はない。わたしには館がある。ここに比べればつつましいものだが、あなたにとって、ここは亡霊が多すぎるのかもしれないな」

ケイトは頭を振りながら、彼の腕の中でくるりと向きを変えた。「幽霊はかまわないの！　わたしが震えたのは、ひょっとしたらフィリップと一緒にここで過ごすはめになったかもしれないと思ったからよ。あの男には、ここに住む権利など少しもなかったのに。両親のいた場所には幸福と笑い声と愛とがあふれていたのに……」

アーリンは彼女の顎を上向かせ、やさしいキスをした。「わたしたちがもう一度ここを愛で満たせばいい」彼はきっぱりと言った。

ケイトをさっと抱きあげると、彼はベッドまで彼女を運んでいって、そこにおろした。アーリンの熱いキスを受け、唇が、額が、頬が焦げそうになった。ケイトも彼に触れた。幾度も幾度も彼の顔に触れてみた。彼の特徴を心と頭に刻みつけながら。彼の唇が再びケイトの唇を自分のものにした。指で彼女の衣服を手探りする。ケイトにキスしたり、触れたり、彼女を愛撫《あいぶ》したりしながら、アーリンは自分の衣服を急いであちこちに脱ぎ捨てた。

「リチャード王の身代金を調達するエレノアさまを手助けして、ずっと盗賊をつづけていたの？」出し抜けにケイトは質問をした。

「そうだ」彼女の言葉に気を取られながらも、アーリンはケイトの喉の脈打つ部分にキスした。胸を手で覆って、輪を描くようにそのいただきを指でなぞる。ケイトはあえいだ。

「あの晩あなたたちの宿泊所に来ていた女性は、エレノアさまだったの？」息を切らしながら彼女が尋ねる。

「そのとおり」

彼の唇はケイトの肋骨《ろっこつ》にあてられていた。じらすように唇が軽やかに肋骨のひとつひとつに触れる。そして、彼の手は……。

ケイトは彼の両手をつかんだ。「それから、あなたの手下たちというのは？」

「大半はわたしの領地から来た者だよ。近隣の地域からやってきた者もいるが、出身地はまちまちだ」アーリンは奔放にふるまった。ケイトの体に触れ、愛撫し、滑らかな部分に唇を寄せる……。

ケイトは、彼からもっといろいろな話を聞きたいと思っていた。ことによると、自分に対する彼の気持ちをもっと聞きたかったのかもしれない。少なくとも、あのとき彼が危険な遊びを仕掛けてきたことを認めさせたかったのかもしれない。

それなのに、ケイトはもう彼に伝えたかったことを思い出せなかった。燃えたぎるものが体の中に満ちあふれていく。ケイトは急上昇し、空を舞いながらも、月に触れ、風をつかもうとした……。

「あなたは、やっぱり悪党だわ！」

「そのとおり！」アーリンはそう答えてほほえんだ。彼はケイトの上で体を起こした。彼女の顔に触れ、彼女とひとつになった。もう辛抱できないというように、荒々しくもやさしく体を重ねた。

時がたち、月や太陽が空を移動していくころ、アーリンはようやくケイトのほうを向いて尋ねた。

「さっきは、なんと言ったのかな？」

ケイトは声をたてて笑った。

その笑い声が部屋中にひびき渡った。

彼女は頭を振った。

「あなたって、やっぱり悪党ね！」ケイトはもう一度ささやいた。そして、体を丸めてアーリンに寄り添った。

いまはもう、ほかのことなどどうでもよくなっていた。

結局、元王妃エレノアはその晩、城に泊まることになった。

彼女はハッピーエンドのお話がたいそうお気に入りだったのだ。

mira™

夏色《なついろ》のエンゲージ

2022年8月15日発行　第1刷

著　者　リンダ・ハワード
デビー・マッコーマー
ヘザー・グレアム

訳　者　沢田由美子《さわだゆみこ》　大谷真理子《おおたにまりこ》　瀧川紫乃《たきがわしの》

発行人　鈴木幸辰

発行所　株式会社ハーパーコリンズ・ジャパン
東京都千代田区大手町1-5-1
03-6269-2883（営業）
0570-008091（読者サービス係）

印刷・製本　中央精版印刷株式会社

ISBN978-4-596-74750-1

mirabooks

レディ・ヴィクトリア
リンダ・ハワード
加藤洋子 訳
没落した名家の令嬢ヴィクトリアは大牧場主との愛のない結婚生活に不安を覚えていた。そんな彼女はあるガンマンに惹かれるが、彼には恐るべき計画があり…。

天使のせせらぎ
リンダ・ハワード
林 啓恵 訳
早くに両親を亡くし、たったひとり自立して生きてきたディー。そんな彼女の前に近隣一の牧場主が現れる。その目的を知ったディーは彼を拒むも、なぜか心は揺れ…。

ふたりだけの荒野
リンダ・ハワード
林 啓恵 訳
炭坑の町で医者として多忙な日々を送るアニー。ある日彼女の前に重傷を負った男が現れる。野性の熱を帯びた男らしさに心乱されるが、彼は驚愕の行動をし…。

瞳に輝く星
リンダ・ハワード
米崎邦子 訳
亡き父が隣の牧場主ジョンから10万ドルもの借金をしていたと知ったミシェル。返済期限を延ばしてほしいと頼むが、彼は信じがたい提案を持ちかけて…。

眠らない月
ヘザー・グレアム
風音さやか 訳
歴史ある瀟洒な邸宅の奇妙な噂を調査しにやってきたダーシー。依頼者のマットとともに真相を追うが、ある晩見た夢をきっかけに何者かに狙われはじめ…。

霧のぬくもり
ヘザー・グレアム
風音さやか 訳
祖父が遺した家に移り住んだクリスティナの前に、連続殺人の罪を着せられ死んだ男の幽霊が現れた。元刑事で初恋の相手ジェドとともに事件の真相を追うことに。